婺源乡绅系列

那二爷的战争

程 晖◎著

中国财富出版社

图书在版编目(CIP)数据

那二爷的战争 / 程晖著. —北京:中国财富出版社，2015.3
(婺源乡绅系列)
ISBN 978-7-5047-5536-0

Ⅰ.①那… Ⅱ.①程… Ⅲ.①长篇小说-中国-当代 Ⅳ.①I247.5

中国版本图书馆 CIP 数据核字(2015)第 013629 号

策划编辑 王秋萍　　**责任印制** 方朋远
责任编辑 张　静　　**责任校对** 杨小静

出版发行 中国财富出版社
社　　址 北京市丰台区南四环西路 188 号 5 区 20 楼　**邮政编码** 100070
电　　话 010-52227568(发行部)　010-52227588 转 307(总编室)
010-68589540(读者服务部)　010-52227588 转 305(质检部)
网　　址 http://www.cfpress.com.cn
经　　销 新华书店
印　　刷 北京高岭印刷有限公司
书　　号 ISBN 978-7-5047-5536-0/I·0180
开　　本 710mm×1000mm　1/16　　**版　　次** 2015 年 3 月第 1 版
印　　张 12.5　　**印　　次** 2015 年 3 月第 1 次印刷
字　　数 258 千字　　**定　　价** 32.00 元

内容提要

那二爷原本是北京八旗子弟，因沉湎玩乐不理财，家道衰落。八国联军打到北京，携全家南逃到江西婺源。为了生存，那二爷一改往昔玩世不恭的陋习，利用自家过去经商的资源和婺源的优势，艰苦创业，成了当地首屈一指的富商。1938 年，日本入侵婺源，为了不当汉奸，他散尽家财，并和乡亲们一道，利用婺源的地形和气候等有利因素，坚壁清野，团结对外，形成铜墙铁壁，令侵略者无法攻占婺源，最后怏怏而走。而婺源也就成了抗日时期中华东南数省难得的一片未沦陷的“净土”。

婺源乡绅系列

NA ER YE DE ZHAN ZHENG

那二爷的战争

楔子
婺源首富

这是20世纪30年代后期，一个春天的清晨。

江南的一座古镇，典型的徽州民居。一条青石板路，两旁是黑瓦白壁、木雕门窗、马头墙、悬挂照妖镜的古式楼房和院落，每家每户都有门楣，门楣的匾额上头墨写大书“大夫第”“尚书第”“三省堂”“朱子遗风”“耕读传家”等，崔嵬醒目，雕刻精美。春节刚过，大门左右还贴着烫金朱红色对联，地上是星星点点的红色鞭炮纸屑，多数已零落成泥碾作尘。狭窄、曲折、幽深的小巷子，望不到头。墙角与溪边点缀着疯长的青草野花。

路上是三三两两着黑色或白色布衣马褂的行人，路边有三五家卖布匹、粮食、酒类、中药、茶叶、瓷器、猪牛肉、工艺品、金银首饰、日杂百货、文房四宝之类的店面，以及小饭馆、旅店、理发铺、打铁铺、裁缝铺，街道上还有或边走边叫卖或驻足招揽生意的小商贩，包括卖小吃、小玩意、女人化妆品、山货水果的，做豆腐的，崩爆米花的，收破烂的，等等。

或小巷里，或大街上，不时传来鸡鸣狗吠之声，鸟叫声、蛙鸣声、虫唱声、风雨声，与商贩的叫卖声交织在一起，很有人间烟火气息。商贩叫卖，与行人说话，都是古徽州当地方言，虽然不大听得懂，却软语婉转、你侬我侬，煞是好听。

这时，从青石板路的那端，迤逦走来一个高个儿中年男人，戴着一顶时髦的瓜皮小帽，身穿华贵的绸缎长衫，脚蹬北京老字号“内联升”手工布鞋，一手拿油纸扇，一手提竹编鸟笼，脖子上挂一串一百零八颗菩提珠串，手指上戴着两枚金戒指，一看此人便是有钱有闲，生活优裕。而其长相、穿着、气质，均与婺源本地人大为不同。他目光深窈，身材魁梧，神情高贵，气质不俗，城府难测，内在精明，步伐轻慢，稳如泰山。

只听他嘴里念叨着：“古树高低屋，斜阳远近山；林梢烟似带，村外水如环……好诗啊好诗！”字正腔圆，有板有眼，竟是正宗的北京话呢！一路上很多人认识他，均谦恭、敬畏地跟他打招呼，叫他“那爷”或“二爷”，他笑眯眯地点头回应，他已经五十五岁了，只是不显老。

他就是本镇、本县、乃至整个徽州南部的首富，婺源本埠最大的公司——京昌隆贸易有限公司的老板，那云乡那二爷。这个街上不少店铺都是他开的，本镇最大的一座老宅院是他家的，镇外很多茶山、茶厂、良田、瓷窑、砚矿也是他家的。

那二爷次第踱进他的那几个店铺，有卖茶叶的、卖瓷器的、卖金银的、卖贡米的，以及文房四宝店、男女洋装店、百货大卖行、典当铺等，转了转，瞧了瞧，说了几声，关照了几句，问了情况，交代完业务，见没有什么问题，颇为满意，就早早地离开了。一个人走出小巷子，沿着清澈幽静的星江河畔，走过古色古香的朱熹老夫子故居，走过佛相庄严、诵经不息、香烟袅袅的万福寺，走过长虹卧波的彩虹桥，来到郊区一片田园附近的凉亭里，这才坐了下来。

这座八角形的木石瓦结构小亭，据说还是四百多年前的明朝时期修的，雕梁画栋，古色古香，屹立于风雨之中、日月之下，与周围的山水田地融为一体，显得那么朴拙、耐用、小巧、好看。

春天来了，一年之计在于春，一日之计在于晨。放眼望去，到处是朝气蓬勃的生机，是清新盎然的气息，是美不胜收的景致。那金黄娇嫩、一望无垠的油菜花地，那绿油油、翠生生的稻田，那茂密而整齐、一层层、一畦畦、一直延伸到半天云头的茶山坡……可都是他那家的产业啊！那二爷心里闪过一丝自豪和欣慰，但很快眼前蒙起一层阴翳，连连叹息了几声。

日寇的铁蹄越来越近，各地汉奸、伪军们蠢蠢欲动，婺源及休宁周围的亲日派势力准备成立维持会，想让他当这个会长。那二爷既不敢得罪亲日派，可也不愿当汉奸，只想平平静静、安安稳稳地做自己的生意。但他既然是徽州南部的首富巨商、乡绅领袖，论名望地位，他不当谁当？其实人人都知道，一旦谁当这个维持会会长，就必然会成为遍布各地、隐于地下的“锄奸团”首先要除去的敌人。

这事儿让那二爷这些个日子吃不好，睡不着，白天老是抓狂，夜里常做噩梦，既影响做生意、会客人，而且把身体、精神都搞垮了。

婺源乡绅系列

NA ER YE DE ZHAN ZHENG

那二爷的战争

目 录

小云乡出生后没多久，他爹抱着他在房中踱来踱去，半是高兴半是忧郁、半开玩笑半当真，对他娘说着悄悄话：“嗨！这小子属猢狲的，而且生来就这么闹腾、机灵，以后长大了一定是个不安分的主，跟我的路数完全不一样，前途未卜啊！”

待白德礼走后，那家母子也赶紧从小道快步逃跑。好在这支义和团队伍没有追上他们，否则又会是一场大祸。一路上，他们自然少不了对美国佬白德礼有一番议论。但是他们没想到，多年后，那二爷还真的有事来找他了，而他还真帮了二爷的大忙。

萧江宗宪比那二爷大十来岁，两人以兄弟相称，经常聚会，喝酒，品茶，游玩。二爷刚创业时，萧江宗宪还多少支持过他。只可惜，同行是冤家，商海无亲朋。在后来激烈而无情的市场竞争当中，两人的关系和交往越来越隔阂、疏远，怨恚越积越深。

孩子们长大成人以后，令那二爷十分烦恼，觉得他们都是“败家子”，不满意。在他看来他们全都是“不务正业”，只知道走自己的路、做自己的事。而且四个人还是走的完全不同的人生道路，甚至是四方水火不容、你死我活的敌对势力。

那二爷这才明白，萧江宗宪今天摆宴设席是醉翁之意不在酒，那就是“请君入瓮”，让他做抗议中央政府将婺源划归江西的“呈文”的牵头人，他可不愿上这个当。跟南京国民中央政府作对，得罪堂堂的蒋委员长，那可不是开玩笑的。一旦上头翻脸，吃不了兜着走。

那徽建议的具体内容，就是把土地、茶山全部送给佃农，把仓库里的粮食都分给百姓，把钱财送给游击队、国民党军队和土匪军打鬼子，把茶厂、砚厂、瓷厂和店子统统关掉，清退所有员工并给他们多发一些安抚费，从而恢复为一个普通百姓，这样亲日派就不好强迫他当维持会会长。

第一章　京城往事

沧海横流，折戟沉沙。19世纪末20世纪初的中国，清王朝夕照式微，渐趋没落；西方列强觊觎中华，蠢蠢欲动；军阀土匪群魔乱舞，欺压民众；民众生计苦难，日夜惶惑。鸦片战争、太平天国起义、洋务运动、甲午海战、戊戌变法、义和团运动、八国联军侵华、日俄争夺东北、清朝灭亡、辛亥革命、北洋政府、五四运动、国共两立、抗战八载、大决战……城头变幻大王旗，各领风骚三两年。天地不仁，以万物为刍狗；圣人不仁，以百姓为刍狗。

1900年，即光绪二十六年，八国联军总司令先是西摩尔，后为瓦德西率所部自天津登岸，一路向西猛攻而来，迅速闯进京畿紫禁城。朝中一派慌乱，慈禧太后带着光绪皇帝等皇室人员仓皇出逃，原本已经积弱积贫的中华大地满目疮痍。尤其是华北地区，百姓遭殃，民不聊生。西洋兵、东洋兵烧杀抢奸，无恶不作，人们只得纷纷背井离乡，举家南徙。

最后，清朝廷竟以“量中华之物力，结与国之欢心”为由，下诏令老臣李鸿章同侵略者签订了完全不平等的《辛丑条约》，被迫赔偿对方白银四亿五千万两，这个数目相当于整个清政府十二年的财政收入总和！这才讨得西方、东方众鬼子的欢心，停战休兵，扬长而去。

一

北京东城朝阳门内的隆福寺胡同附近，一个普通的四合院里，住着一户姓那的满族人家。那姓属于正宗的满洲八旗之正白旗，原姓叶赫那拉氏，最初是漠北蒙古族，后跟着皇太极、努尔哈赤父子一起逐鹿于白山黑水之间，争夺天下，成为关外满洲根正苗红的八旗之一，正白旗旗主多尔衮，叱咤风云，战功厥伟，大清入关前后被封为睿亲王。

其实说起来，叶赫那拉氏与大清皇室爱新觉罗氏是有宿仇的，毕竟曾经在草原上是多年的死对头，既有千丝万缕的联系，谁也离不开谁；同时又彼此不共戴天，水火不容。故传说清朝最终的覆亡，就是慈禧太后造成的，她替先祖报仇来了。

后来，这户满族人家逐渐简化为汉姓那，可在满清朝廷里仍长期非常显赫，是百分之百的八旗嫡系。其祖上那彦成曾中过进士，历仕乾隆、嘉庆、道光三朝，官至一品直隶总督衔太子太保，位极人臣。可此后不久，家道便慢慢衰落了下来。

到本书主人公那云乡的祖父一代，属于那彦成孙辈，那家人虽然没有了官职，也没有谁喜欢和擅长读书走科举，或货殖经商之路，但爵位还是保留的，家产也颇丰殷，日常生活还是宽裕的，毕竟瘦死的骆驼比马大。

那二爷的父亲，那洪熙那大爷，是一个典型的、老实巴交的老北京市民，没有飞黄腾达、光大门楣的野心，只喜欢一些琴棋书画、听戏唱曲之类的小名堂，平时性格谨小慎微，沉默寡言，见人点头哈腰，不爱张扬，与人为善，吃穿用度简单清苦，最后还娶了一个隔壁胡同的邢家平民女子。两人青梅竹马，朝夕相处，虽地位、身份、家境差别悬殊，但建立了很深的感情。不知情的人哪里晓得，他竟是八旗子弟、豪门后裔，而且家财万贯，宅院华贵！虽然祖业在他手里没法发扬光大，守却是守得很好的。

那二爷之母邢氏作为一个小家碧玉，能够被豪族公子那洪熙所看中，自有其过人之处。除了模样长得周正端庄、身体结实健康外，她在料理生活和家事管理方面的能力也颇强，还有北方女人、京城女人的巾帼英伟之气，性格果断干脆，为人慷慨热忱，深得全家的尊敬和信赖。因为丈夫那大爷文弱、低调、淡泊，所以在那家倒是那母做主，那大爷一切都听妻子的。

只可惜六十年风水轮流转，等到那洪熙大爷的长子那云乡那二爷长大成人后，情况却完全不同了。也许是那大爷太过艰苦朴素了一点儿，那二爷就要把失去的夺回来似的；也许是父亲过于压抑、克制，儿子却“矫枉过正”，走向了另一极端。那云乡年少时候的性格倒是豪爽豁达、古道热肠、好交朋友，可是也出手大方，生活奢华，挥金如土。偌大的一个家当，短短几年就被他挥霍得差点一干二净了，把那大爷气得早早命丧了黄泉。

那云乡生于1884年，即清德宗光绪十年，传统甲申年，生肖属猴。那是一个雷电交加、风雨如磐、洪水肆虐、京城大街小巷成了汪洋大海，雨后却又见艳阳高照、酷热难耐的、盛夏的晌午。就连那府外雄伟辉煌的隆福寺，也失去了往日游客如织、香火缭绕的热闹气氛。

小云乡出生后没多久，他爹就抱着重达九斤半、长得又白又胖像个人参娃娃一样的他，在房中踱来踱去，嘴里哼哼唧唧，半是高兴半是忧郁、半开玩笑半当真，对他娘说着悄悄话：“嗨！这小子属猢狲的，而且生来就这么闹腾、机灵，以后长大了一定是个不安分的主，跟我的路数完全不一样，前途未卜啊！”

他娘却正沉浸在头胎就生了个“带把的”真爷们儿的兴奋之中，只听得进恭维的好话，对夫君的这席话不以为然，马上沉下脸来，嗔怪着说：“吔！那可不能这么说，看咱儿子怪聪明的，将来有出息着呢！你以为你这样过日子就好吗？”

那大爷就再也不好多说什么了。因为，小云乡突然屙出了一泡热臊尿，喷洒了他满手，又淋湿了他的袍子。紧接着，他先是咧开乳嘴冲他爹乐了一下，然后又马上洪声大哭起来。佣女连忙把小云乡接了过去。那大爷和那母一阵哈哈大笑，赶紧洗手换衣。

不知道是那大爷一语成谶，还是他实在有这种预见的智慧。果不其然，这小云乡长大以后，不但不爱商贾、做官等经营实务，也没有读书、文艺等精神追求——除了继承他爹的看戏唱曲、提笼架鸟、酗酒划拳等少数几项癖好之外，却不像他爹那样喜欢诗词书画、四书五经、弦歌雅意。

他还一改他爹一贯低调、退让的作风，很是张扬跋扈，仗着家里有钱、八旗子弟的显贵身份，在外面结交了大量三教九流的狐朋狗友，黑白两道通吃，还养了不少小厮，加之府上奴仆、下人原本就多，成天前呼后拥，不务正业，东游西荡，好不得意快活！是一典型的衙内阔少、纨绔儿郎。

除了喜爱玩乐、不思进取、游手好闲、打架斗殴之外，那云乡竟染上了许多恶习：成天打牌赌博、吸鸦片、逛窑子，花钱如流水，败家一阵风。他爹身体虚弱、性格文静，管不了他；他娘又当他是个宝，从小娇惯他。于是，短短一年多下来，曾经粮食满仓、金银满库、宝贝成堆、古董无数的那府，竟大部分都被他花费掉了，家道迅速衰落了下来。

那洪熙大爷本来体质就差，患有肺结核、哮喘病，现在让儿子气得卧病在床，在闹义和拳、走八国联军的头一载，即光绪二十五年的严冬季节，呜呼哀哉而去。而那一年，那云乡二爷才十六岁。那云乡被大家称为二爷，正是在他父亲那洪熙病逝后才开始的。

所以，那云乡被人叫做二爷，是跟他父亲有关的，他父亲叫大爷，他就叫二爷。其实他在兄弟里排行老大，是长子。他还有个弟弟——那云武，小他五岁，生于1889年，即光绪十五年，生肖属牛，父亲去世那年他才十一岁。那云武长大后被大家称为武爷。

那云武的性格爱好与哥哥那云乡大相径庭。如果说那云乡像他们的母亲，那云武则像他们的父亲：那母像个男子，刚强爽直、热情主动，那二爷继承了母亲的这些优点；那父则沉默寡言、谨慎谦让，那云武就继承了父亲的这些优点。

那氏兄弟俩虽然在性格、爱好上的差异很大，感情却很深厚，甚至从某个角度说兄弟俩还能形成互补，且那云武对大哥那云乡非常敬重。只可惜，那父也好，那母也好，做弟弟的那云武也好，都无法说服和劝阻那云乡的不良嗜好和败家行为，眼睁睁地看着好端端的那府，在很短的时间里就被摧毁得不成样子了。

清朝末年，社会动荡，矛盾尖锐，世事变幻，风雨飘摇。那府的衰落，既是那云乡放纵挥霍的结果，也与当时整个国家的大气候有关。大清王朝日薄西山，大厦将倾，满族八旗全盘崩溃，倏忽垮台，又何止区区的一个那府！

二

在那家庚子年南逃之前的十来年里，在那云乡、那云武兄弟成长的那些岁月里，生活在天子脚下、皇城根儿的他们，有三件大事对那氏兄弟一生产生了重大影响。

第一件是1890年北京百年不遇的强暴雨。此年七月，长达二十余天的滂沱大雨日夜不停，海河流域北系发大洪水，偌大个京城一片汪洋，城内城外都被淹没在水乡泽国之中，比那云乡出生那年的雨还大、水还深。场面恐怖！

史书记载：

“海河……大雨滂沛，连绵不息，二十余日之久。”

“直、晋山水建瓴而下，河水陡涨至二丈三尺八寸，浩瀚奔腾，异常汹涌。”

“房山县山水涨发，冲入浑河。”

“卢沟桥上水深尺许，永定河南三工决口数十丈，奔涛骇浪，滚滚南趋。……西南一望尽成泽国，倒灌入南西门（即右安门），城门壅闭者数日。……并冲决南苑墙数十丈，穿苑东流，遂入东安、武清两县，以注天津。”

“前三门外水无归宿。……家家存水，墙倒屋塌，道路因以阻滞，人民无所栖止，肩挑贸易觅食维艰。……水顺城门而出，深则埋轮，浅亦及于马腹，岌可危。……外城之永定、左安、右安各门，雨水灌注不能启闭，行旅断绝，一切食物不能进城。”

“广安门、右安门外一带，平地水深丈许，一片汪洋，居民露宿屋顶树巅，呼号求救。……南西门、永定门外数十村庄被水淹。……非用舟船无从拯救，一时造办不及。”

“永定河、南北运河、大清河、潴龙河及任丘千里堤先后漫溢多口，上下数百里一片汪洋，有平地水深二丈余者，庐舍民田尽成泽国，人口牲畜淹毙颇多，秋禾尽遭漂没，为数十年所未有。”

那年那云乡还不到七岁，一个小娃娃。那云武刚出生没多久，尚是在母亲襁褓里吃奶的婴儿。

刚开始，那家和京城里所有人们一样，都对这场大雨和洪水没有产生足够的重视，以为与往年差不多，虽然雨水是很严重，但不会有太大危险的，于是一如既往平静地过着日子。等到问题严重时，却是已经晚了，危险早已来临，不可避免，只好眼睁睁地看着灾难发生。得过且过，或者说苟且、勉强活着，听任宰割，这大概就是老百姓的生存哲学。

在光绪庚寅年北京那个可怕的七月三伏天里，人们都窝在家里，而不知大祸临头。接二连三地，很多人困在房中被饿死、冷死、憋死，很多人在水里溺死，甚至连尸体都被洪水冲走找不见了，很多人家里的房子倒塌，家具、物品、粮食、牲畜被洪水冲走、淹没或毁坏。

那家最初也是阖府人丁待在家中，饭菜倒是不缺吃，也不缺清水喝，可是庭院里、房屋里的浊水越积越多、越涨越深，部分低矮或陈旧的下房已经被狂风暴雨击穿屋顶，有些外墙颓圮倾倒。坚持了十数天以后，实在没法再住下去了，到处湿漉漉、臭烘烘的。晚上根本无法入睡。人就坐在炕桌上，靠着衣柜，发着愁，叹着气，面面相觑，偶尔眯眼打一会儿盹。白天饭菜也吃不下去，小云武日里夜里，屡屡被雷电之声惊吓得号啕大哭，小云乡却安安静静的，显得倒像个大人。

好在他们一对姓刘的下人夫妇俩，家在西边香山红叶村的半坡上，说是那边地势较高，房里肯定不会进水。丈夫自告奋勇冒着大雨赶回家去看了看，发现情形确实比城里好多了，就又赶回来准备接主人一家去他们那里暂住几天，待暴雨停了、洪水退了再回城。

于是，他们就把家里简单清理了一下，安排几人守护，然后租了一只小船，一家四口，以及刘姓夫妇俩，还带了一些干粮、食品、衣服、首饰、用具、礼物之类，便草草地出发了。

待出门一看，外面的情景真的把大家吓了一跳：天空乌云滚滚，就像压到了隆福寺主殿檐角那么近；黑雨倾盆，就像整个天倒下来了似的。才十来天不见，外面的世界仿佛全变了：胡同里的许多大树被雷电劈开、风雨刮倒，横七竖八地躺着；一些房子或坍塌或龟裂或倾斜，在雨水里喘息着；各个胡同则像是一条条浊浪滔滔的小河，漂着木块、树枝、布袋、烂衣、死去的猫狗鸡鼠兔……

因为胡同很窄，弯弯曲曲，错综复杂，而洪水又急，水里的杂物又多，所以他们的小船行驶非常困难，几次差点被树干或墙角撞翻。几个人小心翼翼地驾着船，好不容易出了隆福寺后胡同，到了东四大街上。那里的场面更加惊险不堪：街道、空地和广场已像个黄色的巨大海洋，混浊的洪水既宽又深，人们在水面上挣扎着，有些是紧张地趴在破门板上，有些是蜷缩着坐在木桶或洗澡盆里，有些像他们一样慢慢地划着小船，有些是直接在水里痛苦地泅游。西南方向紫禁城一带已完全被黑云所笼罩，往日红墙绿瓦、宫阙巍峨的气象彻底不见了。

听周围那些人说，城里已饿死、冻死、病死、溺死了不少人，不少地方的水里漂着尸体。那大爷、那母听得心胆俱寒，恶心得不断往外吐酸水。雨水太大，他们披的皮雨衣、打的油纸伞根本不起作用，全身都湿透了，冷得直打哆嗦。

他们要从朝内大街出朝阳门，经护城河，沿西直门外往西郊而去。因为洪水深而急，水里又漂着东西，水下还到处有石墩、砖块、树桩、土包等物，下人夫妇俩一前一后紧紧掌着舵，稳定船身。那大爷本来体质文弱，这些天又患了病，很是难受。那母又是产后不久，身体也很虚弱。她牢牢攥着手里的小皮袋，抱着已熟睡的小云武。

小云乡在前前后后照顾保护着父母和小弟弟。聪明懂事的小家伙，是父母的欣慰，也不断博得下人夫妇俩的赞扬。

尽管他们尽量小心驾驶着小船，但是就在出朝阳门时，仍然出事了。因为城内的大水都是通过城门往城外排泄，就像水库开闸一样，水流迅速变得异常湍急，船快如离弦之箭，猛地一下撞在门槛上，船身突然扭转过来，又重重地碰了一下门洞的外墙角，小船便剧烈摇晃颠簸起来。

那洪熙当即跌摔在船舱里，死死地把住船沿，脸色苍白。那母则一手紧抱着小云武，一手攥着细软包袱，东倒西歪的，也是面目全无人样。一刹那间，她脚步没站稳，一个趔趄，小云武竟脱手而出，连同包裹他的襁褓，掉进了城门下的滚滚洪流里。那云武被惊醒了，顿时“哇哇”大哭起来。

此时此刻，几个大人顿然惊骇莫名，慌张失措。下人夫妇要掌握小船的稳定和方向，分身乏术；那大爷夫妻体弱有病，也无计可施。他们只能四对大眼、八只眼睛恐惧地望着水面，不知咋办。

当时附近还有不少守门的将士、逃难的平民，大家全都惊愣了，愣愣地看着襁褓里的小云武在湍急的浊水里剧烈挣扎，眼看即将被洪流吞噬、葬身泽国，一条活蹦乱跳的小生命就这样即将消失。

风声，雨声，雷声，水声，那大爷急切的呼救声，那母哀恸的尖哭声，此际，汇成了一段凄惨悲苦、牵人心肠的命运交响曲。

就在这千钧一发的时刻，众目睽睽之下，站在船尾的那云乡，不到七岁的小云乡，突然猛地一跃，钻进水中，又迅速往前游了约莫两米，把即将被水淹没的弟弟牢牢抓在了手中。他那幼小的身影、笨拙的姿态，此刻却好像并不是那么难看，相反还有几分矫健和敏捷。

在场的人一个个目瞪口呆，一动不动地瞧着。那氏夫妻当即热泪湿透了眼眶，心中激动得简直无法形容，嘴里只是喃喃着：“云乡，好样的！”“云乡，好儿子！”同时看着小云乡抱着小云武在水里站立不住、脚步蹒跚、随时会被浊浪淹没和冲走的危险情形，又马上为他提心吊胆起来：洪水这么急、这么深，千万千万不要让两个儿子都罹遭灭顶之灾啊！

那大爷赶紧叫下人夫妇把船打横了，想办法靠过去一点，以接应小云乡。做丈夫的把船杆用力插在洪水深处，让做妻子的一人死死掌好舵，自己则全身趴到船头，待离那氏兄弟仅有四五十厘米时，一双大手箭一般伸过去，迅速拽住他们，提回了船上。

顿时在场的人欢声雷动，都情不自禁地鼓起掌来。那氏夫妻的脸上高兴得笑开了花，双泪直流，那母更是不断地祈祷“老天有眼啊，感谢上苍啊”。

下人夫妇一前一后将船牢牢掌控了，那氏夫妻则紧紧地抱着那云乡兄弟，一家四口劫后余存，十分兴奋。那大爷轻柔地摸着小云乡的头，虽然嘴里什么也不说，但看那赞许、宽慰的眼神，显然非常欣喜。那母则不断亲着大儿子的小脸蛋，笑喊着：“云乡，我的乖儿子、我的乖宝贝！你真棒！我太高兴了，我真为你骄傲！你为什么这样大胆，你不要命了，就这样跳进水里去救你弟弟？”

小云乡此刻却安静了，憨憨地挠挠头，浅浅地露出一丝微笑，说：“娘，我哪里想那么多，我当时只是想着要把弟弟救出来。”小云武惊魂甫定，躺在母亲的怀里，一双大眼睛睁着，看着他的父母和哥哥。刘姓夫妇对小主子的英勇之举也是不断夸奖，不时地冲他竖起大拇指。

因为风雨还大，在城里行船就这般不易，出城后到河里、郊外恐怕会更加困难。而步行的话尤其十分艰险，虽然上次下人回去是步行的，但他一个大男人，又是空手，自然容易些。而现在他们有病人、妇女、儿童，且带着这么多东西，实在不可能。经过理智的思考，他们还是决定打道回府，返回家里去。在家里再怎么难熬，但总不至于有生命危险。

于是他们就折身回家了。在家里继续承受了整整一周的煎熬，大雨总算停住了，洪水也慢慢退却了。

正因为有这次那云乡舍身救弟的英勇表现，所以后来他长大了染一身恶习，疯狂败家，那洪熙和那邢氏夫妻基本上还是迁就他的，只是没想到情况会发展到那么严重。而且，那云武始终敬重哥哥，且一心想报答他，紧紧保护着他，也是因为哥哥曾经救过自己的命。

三

第二件是1894年的中日甲午战争，中国北洋水师遭到惨败，全军覆没。

那时候那家兄弟都还小，不懂事，对国家大事、政治军事可以说一窍不通。刚开始，他们只是在家里听父亲说了个大概，只说这东洋日本鬼子，原本是从咱们中国出去的，也算是炎黄的后裔了，后来在海外群岛上立了足，发了迹，却回过来还要抢咱们的土地、资源，这不是强盗是啥?！如今他们又学会了西洋人的军事技术，有洋枪、洋炮、大军舰，咱们还打不过他们。

对还没有真正长大的十来岁少年那云乡而言，他别的什么都不懂，只觉得强盗毫无理由抢他人的东西，肯定是坏人，更何况是咱们自己的东西，这种人就应该“杀无赦”。这就从小埋下了他对日本人的恶感，及他仇恨日本人的种子。

直到战争结束之后数月，父亲那洪熙的一个好朋友——刁叔叔来访。他是满人八旗的一员高级将领，庆亲王爱新觉罗·永璘近支，直接参加了甲午黄海大战，当时是北洋海军提督丁汝昌的副将。他伫立在主帅舰的瞭望台上，亲眼目睹了整个战役过程。“清远”号遭受重创，他搀扶着已身负重伤的丁大帅，乘小艇仓皇逃离登岸，好不容易捡回了一条命，回到北京后还被朝廷以“潜逃”“渎职”问责，打入囚牢，刑部差点要处斩他。后来，家里花了整整一万两银子，才把他赎出来。

这个姓刁的叔叔来到那府做客，向那家全家人讲述了当时那惊心动魄的一幕。

他说：“咱们只不过是枪炮武器不如那小日本，但咱们的将士作战还是非常勇猛的。黄海一战，咱们虽然失败了，却也重创了敌军，仍然是很光荣的。特别是‘致远号’巡洋舰的管带邓世昌，更是咱们的骄傲！邓世昌是北洋舰队里最优秀的军官之一，在九月十七日那天的黄海大东沟海战中当场壮烈牺牲，就连光绪爷闻讯后都垂泪了，亲撰一联‘此日漫挥天下泪，有公足壮海军威’。后追封其为太子少保衔，从一品，谥壮节公，入祀京师昭忠祠，并抚恤其亲属。

“我瞅得很清楚。那天，邓世昌一直在指挥‘致远号’舰奋勇作战，一马当先，是我方表现最好的一艘军舰。因为我方担任主攻任务的旗舰很早就被敌人所击伤，大纛旗被击落，邓世昌便立即下令在自己的军舰上升起旗帜，以吸引住敌舰。‘致远号’前后火炮一齐开火，连连击中敌舰。后在数艘敌舰的围攻下，其船身多处受伤，燃起大火，船身严重倾斜，而炮弹也打光了。

“早在战争打响之前，邓世昌就屡屡明志：‘如果在海上和日舰相遇，遇到危险，我就和它同沉大海！’这时，他感到最后关头到了，便鼓励全舰官兵道：‘我曾多次对你们说起，人谁不死，但愿死得其所尔。我辈从军卫国，早置生死于度外，今日之事，有死而已！我们就是死，也要死出中国海军的威风，报国的时刻到了！’

“邓世昌发现对方的主力舰‘吉野号’极为嚣张，船捷炮利，横行无忌，火力最猛，杀伤力最巨，便愤而说道：‘倭舰专恃吉野，苟沉此舰，足以夺其气而成事。’他毅然下令开足马力，驾舰全速向‘吉野号’右舷撞去，决意与敌同归于尽。

“这大无畏的气概把东洋鬼子吓呆了，鬼子们见状大惊失色，遂集中炮火向‘致远号’展开猛烈射击。此时，一发炮弹不幸击中了‘致远号’的鱼雷发射管，使管内的鱼雷发生爆炸，导致‘致远号’船身破裂，快速沉没。二百五十多名官兵大部分牺牲，邓世昌亦与全舰将士一同壮烈殉国，全舰仅有七人获救。

“邓世昌坠落海中后，紧随其后的人员送以救生圈相救，被他严词拒绝，执意不接，并说:‘我立志杀敌报国，今死于海，义也，何求生为！’他所养的爱犬‘太阳’飞速游至其旁，口衔其衣袖，使其无法下沉。但邓世昌誓与军舰及部下共存亡，便狠了狠心，将爱犬按入水中，一起沉入碧波，献出了宝贵的生命，享年四十五岁。”

对刁叔叔讲的这些内容，那云乡并不是完全能听懂。可是，对那惊天地、泣鬼神的海战场面，对邓世昌视死如归、英勇无畏的牺牲精神，他感到无比的敬仰和佩服，心里暗暗地想：“做人就是要做这样顶天立地的男子汉！”

四

第三件是1898年的戊戌变法。那年，那云乡已经十五岁，那云武也有快十岁了，都长大了，懂一些事儿了。有一天，听说在城南宣武门外的菜市口要处决一批政治犯，哥哥就大清早带着弟弟出城去看杀头。他们本来想让父亲带他们去，可父亲感到身体不大舒服，不想去，但也没有阻拦他们去。原来，那天朝廷处决的，正是历史上著名的戊戌六君子——谭嗣同、康广仁、杨深秀、杨锐、林旭和刘光第。

北京的胡同、街道多，街口就多，可名气最大的当数菜市口。菜市口的名气之所以大，是因为那里曾是杀人的地方，是刑场、法场，清朝有不少名人都是被斩首在菜市口的。戏文中所唱的“推出午门斩首”，其实是拉到菜市口“出红差”，砍头！明朝的刑场最初是在西四牌楼，清政府则将其移到了菜市口，大概是看中了它的地盘开阔，适合人群围观。市民聚集，可以杀一儆百。离宫城较远，不带血腥晦气。每到冬至前夕，对判为秋后问斩的囚犯执行死刑，当然也有临时突然拉去处决的。

不过在京城菜市口杀人，并非始自清朝。早在蒙元时期，南宋丞相、著名民族英雄文天祥，也是在这里被鬼头刀砍下头颅来的。文丞相死得英勇，大义凛然，血溅当地，围观者人山人海，气氛悲壮。

元朝之时首都北京还不叫北京，而叫大都。菜市口还不叫菜市口，而叫柴市口——卖柴的地方。而早在大辽、金国之时，这里还是城外远郊的荒野地区。到明朝时，这里却已成了京城最大的蔬菜市场，沿街菜摊、菜店众多，许多百姓都赶来此地买菜，并把菜市最集中的街口称为菜市街，清朝时改称菜市口，此名遂一直沿用下来。

等到成为法场以后，犯人在天亮前就被从大牢解出，戴上枷锁，推入囚车，押出宣武门，过断魂桥，送往这里，就不可能再有生还的希望。刑场监斩官的高座位，常设在明朝始建的“西鹤年堂”药店门口，位于菜市口丁字街的西北角。搭一官棚，下放一长方桌子，上摆朱墨、锡砚和锡制笔架，笔架上搁放几支新笔。

监斩官照例要在“西鹤年堂”里坐一坐，稍事休息，再升座行刑。公案上的笔，却是有几个犯人便要预备几支。每杀一个人，刽子手提上头来，监斩官照例要用朱笔在犯人头上点一点，而那支笔就会有人出许多钱买去。传说这种笔可以压邪驱魔。

当正式行刑时，死囚被反手捆绑，脖子后插一块斩牌，由东向西排好。头戴红头巾、身穿红麻服的刽子手，也手执鬼头刀依次排列。待监斩官下令之后，“咔嚓”一声，将死囚的脑袋砍下来，挂在或插在街中央的木桩子上示众。尔后尸体被人运走，血迹当即被黄土垫盖上，人们继续卖菜买菜，生意还格外火爆。

清朝有个叫许承尧的，还写过一首叫《过菜市口》的诗：

> 薄暮过西市，踽踽涕泪归。市人竟言笑，谁知我心悲？
> 此地复何地？头颅古累累。碧血沁入土，腥气生伊蹶。
> 愁云泣不散，六严闻霜飞。疑有万怨魂，逐影争啸啼。
> 左侧横短垣，茅茨复离离。此为陈尸所，剥落墙无皮。
> 右侧竖长秆，其下红淋漓。微闻决囚日，两役舁囚驰。
> 高台夹衢道，刑官坐巍巍。囚至匐匍伏，瞑目左右欹。
> 不能指囚颈，一役持刀锋。中肩或中颅，刃下难邃知。
> 当囚受刃时，痛极无声噫。其旁有亲属，或是父母妻。
> 泣血不能代，大踊摧心脾。

1898年，即农历戊戌年，大清光绪二十四年。此年六月，以两个广东举人康有为、梁启超为首的改良主义知识分子们，意图发动资产阶级改革，说服了光绪皇帝。光绪帝表示：“汝等所欲变者，俱可随意奏来，我必依从。即我有过失，汝等当面责我，我必速改”，颁布“定国是诏”圣旨，其主要内容为学习西方，提倡科学文化，改革政治教育制度，发展农、工、商业等。改革进行了总共区区一百零三天，多少有些成效和起色。

可是，这场改革遭到了以慈禧太后、奕劻、荣禄等人的强烈反对，他们自始至终百般阻挠。此年九月，由于袁世凯告密，慈禧太后突然从西郊颐和园赶回紫禁城，再次垂帘听政，将光绪帝囚禁至中南海瀛台。维新派两位领袖康有为、梁启超，因有人及时报信而迅速离京，分别逃往法国和日本。变法遭到失败。

而维新派另一重要灵魂人物、湖北巡抚兼署湖广总督谭继洵之子、为光绪帝非常器重和信赖的湖南浏阳人氏谭嗣同，却不愿逃走。他慷慨激昂地表示“各国变法无不从流血而成，今日中国未闻有因变法而流血者，此国之所以不昌也。有之，请自嗣同始”；与康有为胞弟康广仁，康有为“文胆”、时任山东道监察御史的山西人杨深秀，由光绪帝亲赏四品卿衔、在军机章京上行走、参与新政的四川人杨锐与刘光第和福建人林旭，一道被捕，押赴菜市口法场杀害，英勇就义。

“戊戌六君子”里，最年轻的林旭才二十四岁，康广仁、谭嗣同也才三十二岁与三十四岁；年纪最大的杨深秀五十岁，杨锐、刘光第分别为四十二岁、四十岁，都还风华正茂，正当盛年。那氏兄弟所看到的，便是他们。

九月二十八日那天早上，那云乡、那云武从东城家里赶到菜市口时，法场已经人山人海，被挤得水泄不通了，市民们交头接耳、议论纷纷，真是人声鼎沸、热闹非凡。这俩小伙子个头又矮，哪里看得清楚？他们想从人群里钻进最里面去，可又怕离杀头的地方太近，那血腥恐怖的场面看不下去。好在街角长着一棵大柳树，很多小孩攀爬到了上面，他们便也在一些大人的帮助下，爬到了树上。

当时恰好是秋季，秋后问斩的时候。蓝天白云，大雁掠过，秋高气爽，凉风飒飒，风景和气候倒是最好的。此刻还没开始正式行刑，六个囚犯按东西方向一字排开，一个体格英武、形象甚佳、仿若玉树临风的青年男子正在大声说话，虽然有些微湖南口音，但京腔也还是比较标准，所以基本上能听懂。而另外五位，山西人杨深秀恐怕还好一点，其他几位都是南方人，就很难听得懂了。

这名大声说话的男子正是谭嗣同，他原籍湖南，生于北京。有意思的是，他出生的地方，是在城南宣武门附近的孏眠胡同——他父亲谭继洵时任户部员外郎的府邸，离此菜市口法场不远。而变法期间他为官时的住处，及被逮捕的地方，是在菜市口大街西北边的半截胡同浏阳会馆，离这里更近，仅有一箭之隔，说不定法场中围观的人不少都认识他。正因为他是六人当中唯一生在北京、京腔和口才是最好的，所以六君子推举他出来代表大家发表演说。其实他的见识、学问、文采也是六人当中最好的，是他们的灵魂人物。

那云乡兄弟俩发现，这六个死刑犯还真是都不怕死，一点儿也不像其他那些马上就要被砍头的人的一副麻木、恐惧、瘫软的样子。相反，他们一个个站得笔直，目光坚定，神色不变，莫非这就是传说中的“视死如归”？尤其是那个谭嗣同，他面对拥挤的观看者，意态从容，镇定自若，一会儿慷慨激昂、滔滔不绝地发表演说；一会儿又念了几句什么诗“望门投止思张俭，忍死须臾待杜根。我自横刀向天笑，去留肝胆两昆仑”；一会儿又向监斩官要来纸与笔，在上面龙飞凤舞地写下几行苍劲的大字“有心杀贼，无力回天，死得其所，快哉快哉”，端的是壮烈、辉煌、大气！

监斩官就是大名鼎鼎的当朝军机大臣刚毅。谭嗣同在与另外几人临刑之际，他又突然叫住刚毅，很轻蔑但亦很严肃地示意还有几句话要说。刚毅是慈禧的忠实爪牙，见此状连忙叫左右带走谭嗣同，示意快斩，对死囚不要理会。慌乱仓促之间，竟把案台的朱笔都带落到了地上。谭嗣同向四周微笑了一下，跟着另几人，大步走向菜市口的中央。

六君子死得也都是浩然正气，血光映天：

年仅二十四岁的杨锐，当头颅落地时还两目圆瞪，鲜血从脖颈中喷出，“血吼丈余”，后人评曰“冤愤之气，千秋尚凛然矣”。

刘光第遇难时，刽子手手起刀落，血流如涌，而无首之躯竟不倒下，吓得整个菜市口万余众鸦雀无声，人人皆合十求祥。

谭嗣同就更不消说了，行刑手一连三刀，锋利之极的鬼头刀，都没能将其头颅砍断，实在是铮铮铁骨啊！刚毅惊惶失措，命令将谭嗣同直接按倒在地，行刑手又连续剁了几刀，方才断气。直到当天下半夜，谭府老管家花了十多两银子，雇了几个苦力，从刑场上将其遗体抬回，放在浏阳会馆后院的老槐树下。大家在缝合其头颈的时候，发现其肩胛上也留下了深深的刀痕。

愚昧麻木的看客和市民们，是什么都听不懂，也不管的。他们是来看热闹的，顺便有一种亲眼目睹别人被砍头的幸灾乐祸的心情。当年明末抗清民族英雄、一代名将袁崇焕被奸贼诬陷，皇太极、多尔衮使用离间计，而志大才疏、自命不凡的崇祯皇帝信以为真，将他从关外要塞紧急召回京师，迅疾处决。在将其凌迟刀剐时，无知的围观人们竟向他吐唾沫、扔垃圾、毒骂不止，还争抢他的肉下酒吃。他们以为，与朝廷作对、得罪皇帝，肯定不是好东西，肯定该杀。袁崇焕如此，这六君子亦如此。

行刑之前，围观者东张西望，议论不休；临行刑时，他们目不转睛，鸦雀无声；当刽子手的鬼子刀落下时，他们又吓得赶紧把双眼闭上，或把头扭转，站在最前排的则潮水般向后避开；等到头颅落地，血如井喷时，他们又认真观看起来，继而又大声喧哗了……

鲁迅小说《药》里是这么描述人们围观杀头的：“老栓也向那边看，却只见一堆人的后背；颈项都伸得很长，仿佛许多鸭，被无形的手捏住了的，向上提着。静了一会儿，似乎有点声音，便又动摇起来，轰的一声，都向后退；一直散到老栓立着的地方，几乎将他挤倒了。”

那云乡兄弟俩的情形大抵类似，他们毕竟是第一次看杀头，最初是觉得有些新鲜、好奇、紧张、刺激；到真的看到快要行刑了，便被那恐怖、严肃的气氛所震慑，竟感到十分害怕、慌乱，有些后悔赶来了；当刽子手站到囚犯身边，举起鬼头刀时，他们的心脏疯狂地跳动，仿佛马上就要从口里冲出来，连呼吸都停止了，脸上已毫无血色，身体一点儿也动弹不得；当刀劈下去时，他们根本不敢看、不忍看，只是用双手把眼睛捂得死死的，不过这就是一瞬间的事，待睁眼一看，囚犯的头已落下，血流满地，一股血腥味顿时弥漫全场。

那云乡的脸憋得通红、眼睛鼓鼓的；那云武则满眼都是泪水，差点就要大哭起来。哥哥赶紧一只手拉着弟弟的手，对他表示安慰；另一只手则堵住他的嘴巴，希望他千万不要哭出声来。

这就是那氏兄弟人生第一次亲临死刑现场，其实这也是他们第一次亲见死人。但不久这一切都结束了，他们从树上滑了下来，准备回家。这时候他们发现，自己的脚还在发软，手还在发抖，心还在狂跳，脸无血色，身子就像不是自己的似的，或者好像去了另一世界。周围不时有人议论：

“吓（he），真吓人!”

“敢与太后老佛爷作对，活该!”

“不过他们还都是些汉子，尤其那个谭什么来着?”

“小声些，你不要命了，竟帮死刑犯说话……”

“有那么严重吗?”

……

那氏兄弟只顾埋着头走路，也不抬头看看是哪些人在说话。他们自己更是一声不吭，一路上一句话都不说，回去后也是好长时间都尽量避免提到此事。这一次的刺激和影响的确太大了。不知道他们在想什么，也不知道他们是怎么想的。

但就是这次之后，原本聪明、懂事、本分的那云乡，已经十五岁、长大了的那云乡，却突然之间染上了一身的恶习，打牌赌博、吸鸦片、逛窑子，大把大把的银子往外扔，短短一两年，就把大富之家那府挥霍得几乎底儿掉!

这两者之间，难道一点儿关系都没有吗?

第二章 庚子南逃

1900年，即清光绪二十六年，八月中旬的一天，下午辛时，天气异常炎热，空中没有一丝风，毒日头照得户外白晃晃的。那云乡那二爷正躺在家里东厢房的大炕上，身穿单薄的短袖汗衫，手中握一杆老烟枪，抽着一泡大烟，吞云吐雾，十分惬意，房里充斥着一股奇特的香甜气味。炕桌旁边放着一把破蒲扇，不时地他还要拿起来扇两扇。尽管这样，他仍觉得身上燠热难当，豆大的汗珠从额头上滚落。

1989年他陷入了赌博豪掷的泥淖之中，不能自拔，成天成夜将银子大把送去赌场，把家里输得干干净净。在把他老子活活气死之后，总算有了一些悔意，收敛了许多，不再出去豪赌了，不再上前门外的八大胡同找姐儿了，不再与那些狐朋狗友们在一起鬼混了，却只剩下了抽大烟的一个癖好，每天都要趴在床沿烧几泡。

每当清醒时分，那二爷还是会想起这刚刚过去的一年多来，自己赌场大输、挥金如土、钱财滚滚而出的情形，想起父亲生前捶胸顿足、痛心疾首的模样，想起去岁末期父亲临终之际凄惨、悲伤、愤恨、绝望的眼神——那是一个大雪纷飞、银装素裹、北风呼啸、天寒地冻、非常素洁的日子，就像《红楼梦》书中最后说的，“好一似食尽鸟投林，落了片白茫茫大地真干净”，想起这些，他感到十分后悔、非常痛苦。

但他一旦端起烟枪，点燃黑粉，抽上几口，沉浸在那被鸦片所麻醉的、云雾萦绕的境界里时，就仿佛什么都忘记了，满心愉悦，整个人都好像要飞腾起来。时间一久，他原本结实的身子几乎被鸦片和妓女吸光了血肉、精髓和灵性，变得枯瘦如柴、孱弱不堪，而那英俊端正的五官也大为减色。

五

这天，那二爷刚烧完一泡大烟，心情尚可，便放下枪，灭掉火，从炕上下了地，整整衣服，正准备出门，去上房给那母请安。突然，一个下人从外面急急忙忙跑进来，全身汗流浃背，结结巴巴地说：“爷……爷，外面有人找……找您，说是您的好……好朋友。”

那二爷顿时感到有些惊异，挥了挥手，说：“你慌什么？天又没塌下来。带他进来吧！”他假装镇定，又重新坐下。这个下人新到那府不久，所以连二爷的好朋友都不认识也很正常。

来人是那二爷一个姓赫的好哥们儿，也是八旗子弟、世家公子，只见他上、下身都穿短褂小裤，肤色被太阳晒得黑黝黝的，汗水把全身上下打湿了，就像刚从河水里冒出来的。只见他神色慌张，气急败坏，大声地嚷嚷道：“云乡，大事不好了，八国联军马上就要打进城了，西太后和光绪帝准备逃走了，京城里很多人都准备离开了，咱们怎么办？也快点走吧！”

“啊?！这些西洋鬼子来得这么快?”那二爷顿时吃惊起来，豁地站起身。

来的这位赫姓哥们儿，有个亲戚在紫禁城里的军机处当差，系四品文官，他的讯息应该是没有疑问的，所以那二爷未免有些恐慌。从去岁末到今朝的义和团暴乱，西洋军逞威，他多少是了解的，只是没想到外寇的行动有这么快。再联想起父亲曾经给他讲过的四十年前英法联军火烧圆明园的那可怕的一幕，他的心一沉，猛地拉起哥们儿的手，就往门外冲去，一边说：“走，我带你去见见家母！”

小赫哥其实比那二爷还要大两岁，平日二人过从甚密，经常一起出去玩，找窑姐，吸鸦片，掷骰子，踢蹴鞠，当初都是他教二爷的。他家的社会地位比那家还高，可是经济条件不如那家。加上二爷阔绰豪爽，素不吝惜金钱，所以两人一直交往很好。

小赫哥个子长得比那二爷高了差不多一个头，肤色尽管有点黑，却自有一种高贵气质从眼眸里、言语里、举手投足里溢出来，显见是大家的公子了。一路上，沿着长廊、庭院，小赫哥添油加醋、绘声绘色地把外面八国联军的疯狂杀戮、京城百姓的惶恐混乱、王公贵族纷纷逃窜的场面描述了一通，感觉就要亡国灭种、末日降临一样，那二爷直听得魂飞魄散，连脑子里那半梦半醒的烟瘾都化遁去了大半。他心里已是下了决心要领着母亲、弟弟离开北京，外出躲一躲风头了。

此次八国联军从海上赶来，在天津登陆，向北京进发，名义上是打着“剿灭义和团”的旗号，其实还是针对清政府，气势汹汹为报仇而来的，颠覆清朝、觊觎政权、瓜分中国的野心也不是没有。那二爷与小赫哥聊到这里，倒大有些怪罪义和团了：“叫他多什么事呢?!”

所以小赫哥就在一旁嘀嘀咕咕地责怪起慈禧来：“西太后也真是的，咱们大清朝廷的军政大权全都掌握在她一个人的手中，但她向来都不关心江山社稷，不管百姓死活，光顾自个享受，把大部分军费都用在了给她祝寿、建宫殿园林、玩乐戏耍上，而不知道购买、制造洋枪洋炮，训练军队。现在西洋人打来了，她就只会自己一个人弃城而逃……”

那二爷吓得赶紧抢步过去，狠狠捂住他的嘴巴，并迅速向四面瞅了瞅，见什么人也没有，遂压低声音，狠狠地批评道：“老兄，你说话注意点！当心隔墙有耳!”

小赫哥比那二爷的胆子似乎大多了，一副啥也不怕的模样，撇了撇嘴，继续说：“我怕甚？我怕它个逑！现在老佛爷也是泥菩萨过河——自身难保了。又是义和团又是洋鬼子的，这次大清的天下还能否保得住都难说呢！咱八旗、满人入关，一统天下，也有两百五十多年了，想必气数已尽，该改朝换代了。呵呵，其实也该满足了。日久必分，分久必合；生死由命，富贵在天吧。”

听着这些话，那二爷真是觉得有如五雷轰顶，心惊肉跳。要是放在平日，这话是冒犯朝廷、大逆不道，要砍头、抄家的！别说不能让他说，自己听都听不得的。不过他觉得小赫哥的话倒也有一定的道理，也许没那么严重；再说现在情况急切，赶紧撤离才是上策，就不想多跟他计较了。何况是在自己那府院内，无人进得来，他要说就说吧。刚才他突然去捂小赫哥的嘴巴，也是一时的下意识罢了。

小赫哥虽然年纪没比那二爷大多少，虽然与那二爷一样游手好闲、浑浑噩噩，虽然一副玩世不恭、满不在乎的样子，却还是很有头脑和见识的，这一点儿要胜过二爷。他继续批评慈禧道：“西太后怕洋人，也怕百姓，于是就想出了这么一着：自以为高明地利用义和团对付洋人，用‘以匪制夷’‘狗咬咬骨头’的手段，其实却是糟透了的馊主意。她的如意算盘是，如果义和团消灭了洋人，她以后便消灭义和团；如果借洋人的手把义和团消灭了，她再转过来与洋人做交易。总之，她念念不忘的是如何保住这大清江山，企图‘鹬蚌相争，渔翁得利’，做那坐山观虎斗、两全其美的江上打鱼人，所以一直脚踏两只船，于是初期就出现了种种奇怪的现象：西太后一边亲下诏书，要义和团攻打各国驻华公使馆，一边又派人给各公使馆送水果、粮饷，表示慰问。朝廷连篇累牍地公布一封又一封针对洋人的‘讨罪诏’，同时又命令当时镇守北京的清军主力武卫营按兵不动，‘勿扰洋人……’

“西太后是个很自负的女人，老是缩在紫禁城里的她，以为全天下人都是傻瓜，就她聪明不成？但问题是，谁也不比谁傻多少。首先是义和团得知了她的底细，便不再卖命了；再则各国联军也并不买她的账，照样向北京进发不误。于是她的计划就落空了，里外不是人。这不，拳匪陆续要撤走了，洋鬼子打进来了，八旗兵守不住了，她自己也只好逃了。”

那二爷任小赫哥大放厥词，再也懒得去阻止他了。

其实那二爷内心里还是挺佩服小赫哥的，自忖：“他从哪里懂得这么多东西呢？”要不是他知道小赫哥有几把刷子，也不会跟着他瞎胡闹，一味被他忽悠，以至于将整个家当都赔了出去。

那二爷曾多多少少埋怨、嘀咕过小赫哥，他却哈哈大笑：“这就叫及时行乐，钱不花白不花。莫非要留到将来有一天，别人来帮你花吗？”这话说得倒是没错，这钱要不是早花了，留待今日，那不是被拳匪抢劫，就将遭洋人掳掠，一家人还有生命之虞。但问题是，惟其如此，二爷便将大爷气死了。这个代价可是太残酷啦！

那二爷与小赫哥来到上房，他母亲那邢氏正坐在长椅上小睡，鼻孔里微微有鼾声。她手中拿着油纸扇，旁边放着一件未完成的刺绣。

那母一向很有个性和主见，快言快语，敢作敢为，但由于她长期溺爱儿子，使得原本聪明、懂事的儿子染上了一身的坏毛病，在短短的时间里把家当差点败光，夫妻俩管又管不了，气得那大爷七窍生烟、口吐鲜血，她自己成天只会唉声叹气、默默垂泪。自从那大爷病逝了以后，她就像完全换了一个人，性格变安然、淡泊了，对家里内外事务都彻底放手，交给身为管家的娘家长兄打理，终日深居简出、寡言慢步，吃斋拜佛、烧香念经，偶尔做一些刺绣之类的轻巧活儿。

她总认为，儿子一定是她前辈子的仇人，她欠他的，现在他来让她还了。所以她也就心安理得、听天由命了，整日祈祷阿弥陀佛，为自己忏悔，为儿子祝福。

论起来，那母还不到四十岁，按年龄就是个少妇，或者说年轻寡妇而已。但家境衰落、夫君早逝、儿子不孝，把她打击得身心俱困、过于苍老，礼佛皈依又让她心如死灰，所以那面相、那气质，还真的有点像个“老太太”“老夫人”了。

只是那母不知道，此刻乡儿的弟弟武儿在哪里。刚才来报信的仆人说家里没找见他，也没听说他要去哪里，估计小孩子爱新奇，出门去看八国联军和义和团打仗了。可外面乌烟瘴气、乱七八糟，危险得很，枪炮可是不长眼睛的。那二爷马上为弟弟担起心来。

尽管事情紧急，那二爷还是不好意思立即把母亲唤醒，看她睡得正酣，他真的不想打扰她。凝视她那一副憔悴、坦然、超脱的神情，二爷感到很是内疚，这都是拜自己所赐啊！他站在母亲椅子边，小赫哥则站在门口，对他使眼色，让他叫醒她。他朝小赫哥轻轻扬了扬手，示意再稍等片刻。

也就是片刻，那母只一个小寐，醒来了，睁开眼睛，打个哈欠，伸个懒腰，看他站在身边，遂说："乡儿，你来了。"

那二爷赶紧对母亲施礼，回道："母亲大人好，给您老请安。"又招手让小赫哥过来，说，"小赫哥今儿个也来了。"

那母说："小赫也来了哈？好！"

小赫哥便抢步上来施礼，说："那老夫人，给您老请安。祝您福如东海，寿比南山……"

那母脸上一副平静、不屑的样子，但还是不失礼节，待他说完这一席客套话，方才问道："小赫，好几天不见你了，真是稀客啊！今儿个是什么风把你给吹来了？天气这么热，太阳这么大，你也不待在家里好好休息休息，避避暑。"

因为那母总认为是小赫哥把自己儿子带坏的，故素来对他没有好态度，甚至还迁怒于他，对他很有意见。只不过近来礼佛，脾气和态度才温和多了。过去看到他，是从来没有什么好脸色、好话的。再说，今天她又怀疑他是来带儿子出去鬼混的，所以话里还是有些冷嘲热讽。

那二爷与小赫哥自然猜得出老人家的心思，二爷连忙为他辩护："不，母亲，小赫哥今天来，是有很紧急的消息……"

"是啊，老夫人！鬼子马上就要打进城了，老佛爷和光绪帝准备离开了，外面乱得很！要是不赶紧走，就来不及了。"小赫哥又一次把城里城外的形势绘声绘色地对那母描述了一遍，不过是比给那二爷说的简要概括多了。眼下情况紧急，他只能尽快说完。

待小赫哥讲完以后，两个年轻人本以为那母一定吓得不得了，会赶紧催那二爷兄弟做准备，尽快出城躲一躲呢！可她脸上竟很反常，显得非常平定，若无其事似的。换句话说，这老太太的性格还真是冷静，"雷打下来尚能喝三碗稀粥"的样子。

那二爷急了，顿时慌手慌脚、昏头昏脑地说："娘，咱们还是快点走吧！小赫哥说得对，再不走就来不及了。这义和团也好，洋鬼子也好，咱们惹不起！"

那邢氏却不以为然，沉默了好半晌，方才徐徐地说："你们要走就走吧，我是不会走的，我死也要死在咱那家的宅院子里。"

"可是……"

那邢氏接着说："再说走到哪里去呢？咱们从没出过京城，外面人生地不熟的，兵荒马乱，还不如咱自个家里安全呢！咱有地下室，就在地下室里躲一躲吧。”

她这说的倒是实情。可是地下室能躲得住吗？躲又躲得了几天？那二爷突然想起一件事，说：“母亲，我们不是有一对下人夫妇的家在香山上吗？我们就去他家躲一段时间吧。”那对下人，就是当年闹水灾时准备请那氏一家人去他们家住几天的刘姓夫妇。但这两年那氏迅速衰败，以及那大爷病逝，养不起太多的下人，就把他们中的大多数都打发回家了，只留下一两个。

小赫哥却马上摇头，说：“不行，不行！香山太近了。城门失火，殃及池鱼，保不住的。要走就走得更远一些，比如去南方。”

“可我们从没去过南方啊，哪里知道怎么走呢？哦，小赫哥，你们家准备去哪？”

“也还没有定呢！我只是刚才在路上见我大伯从宫里急匆匆跑出来，遇上他，听他说了这事，就赶紧过来告诉你。我也得马上回去，看看家里怎么打算。”

“那太感谢了。”那二爷真诚地说。那母看着小赫哥，脸上的神色也和善、亲切多了。

那二爷又想起了什么，看着他母亲的双眼：“娘，二舅不是在南方，在上海吗？而且事业也做得不错，日子还过得挺滋润。咱们就去投奔他吧。”

原来，邢氏有两个同胞亲兄弟，一个在他们那家当总管家；一个早年去了南方，在上海做外贸生意。往常几乎每年都回京过年，平时也老有信件往来，生意做得不小，这些年赚了不少钱。只是他姐夫、那二爷父亲那洪熙大爷，多少长了一个贵恙脑袋，看不起商贾之人，所以一直对他不是很友好。

小赫哥满脸满眼的惊喜神色，立刻插嘴道：“是啊，这不就好了吗？你们就去投靠二舅爷吧，把我也带上。云乡，以后我就跟着你了。”

那母显然很不乐意，既不乐意一家人从京城出发，千里迢迢、关山重重地赶去那遥远的上海，投靠自家兄弟；更不乐意小赫哥跟着他们家一起，这像什么话?！只见她还不待儿子答复小赫哥，就打断了他的话，对他说：“你还是先回去吧，估计你父母都在急着找你呢！你最好是跟着他们一起。你怎能连家人都不要了，倒是跟着我们？——至于我，是绝对不出城的，我宁可被鬼子打死在那家。”

不过她心里却像镜子一样清楚：“要是自己不走，不带着那氏兄弟一起，那势必小赫哥是要来与云乡、云武结伴的。那可怎么办?”她开始犹豫不决了：走，还是不走？毕竟，她从没出过远门，这一旦双腿迈出京城，那将是个什么状况，还回得来吗？

小赫哥似乎是在印证她的话：“那老夫人，就让我跟着你们吧！我们一大家子，兄弟姐妹一大帮，缺我一个也无所谓的。”

而事实情形是，赫家固然是大家族，他父亲好色成性，妻妾成群，子女十几个，小赫哥是庶出，姨娘生的，并非嫡子，确实有没有他不是很重要。但同时另一个原因是，赫家社会地位高，他祖父做过军机大臣和大学士，在清朝也就是一品宰相；他父亲的叔伯兄弟也有多个在朝为官，他的姑妈、姨妈还是王爷夫人；而他却从小不务正业、游手好闲，一身坏习气，老在市井里混，所以大家很鄙薄他，在赫家没有地位和好名声。赫家虽未彻底将他扫地出门，那也是有他不多、无他不少，日子很不好过的。他既是官宦之家、八旗后裔里的"败家子""孬种"，更是一个叛逆、孽障！

特别是，他父亲去年被放出京了，到山西做道台，所以他们一家要走，那也是去他父亲那里。而他父亲对他非常严格甚至是苛刻更甚至是凶恶，天天非打即骂的，他很怕去见他父亲，还不如跟着那家，倒是自由、逍遥多了。

小赫哥打的倒是如意算盘，不过那二爷也不是很想跟他一道走。自从那大爷病逝，他收敛多了，也理性多了，对过去自己的所作所为颇是悔恨，也就对领自己上路的"好哥们儿"小赫哥亦有些不满。

他说："小赫哥，我娘说得对，你还是先回你自家去看看吧。你得跟家人一起，不管走还是不走，也不管去哪里。我想，事情并没你说得那么严重，拳匪很快就会出京，西洋贼也打不过咱们的，太后和光绪爷很快就会回来。咱堂堂大清，难道怕他区区一小撮匪寇?！我们也只是出去暂且躲避两天，同样很快就会回来，到时我们又见面了，再在一起玩啊！"

那母对儿子这番话很是欣慰，脸上露出了满意的神情。虽然对他话里最后两句，即将来回京以后，两人还要在一起鬼混，很有一些意见。但对他前面的那几句，她挺高兴，觉得儿子真的长大了，懂事多了，在大问题上还是有主意的。

小赫哥又撇了撇嘴，对那二爷的看法不以为然，为他仍对朝廷充满信心表示失望。再说二爷不同意与他一起走，更令他心里不是滋味。

那二爷又对那邢氏说："娘，你还是得跟我和云武一同出城，事不宜迟，再耽搁下去就麻烦了。"

那母内心正在矛盾纠结，突然，从外面闯进一个十来岁的英俊少年郎，满头满脸大汗，口里气喘吁吁，长得很像大观园里的公子贾宝玉，"面若中秋之月，色如春晓之花；鬓若刀裁，眉如墨画；面如桃瓣，目若秋波"，很是俊美好看。那就是她的二儿子——那云武那武爷了，当年的小娃娃长成了大帅哥。

于是，这边三人，那边一人，同时打着招呼："武儿！""弟弟！""云武！"以及"母亲！""大哥！""小赫哥！"却不过是一瞬间的事。

接着是那母正要问儿子去哪里了，那云武却抢着说："娘，外面太可怕了！城里那些拳匪见人就杀，见值钱的就抢，见年轻漂亮姑娘就侮辱，还处处打烂砸毁，放火烧屋，像发了疯的魔鬼一样。到处都是他们的人马，都是被杀的人的尸体，都是烧掉的房子、被毁坏的东西。我刚才从景山、北沙滩那边过来，差点被他们抓住，那就可能被他们杀死，回不来了！”一副心有余悸、九死一生的神态，满脸苍白，眼眸里写着恐惧。

那二爷忙问了一句弟弟：“你去景山、北沙滩那边干啥？你明明知道，这些天义和团在城里大闹天宫，很不太平！”

那云武委屈地说：“我哪里知道情况有这么严重？我是跟着几个伙伴想去紫禁城北边的玄武门看看，听说太后老佛爷今天要带着光绪帝从宫里出来，说是去西边的山里避暑呢，那场面一定很热闹。谁知还没到玄武门，就在路上被一群拳匪发现，来抓我们，我们吓得连忙逃跑。好在这些胡同我们比较熟悉，钻来钻去，才把他们甩掉。好险哟！”

那二爷还要继续教训弟弟，尽大哥的责任，母亲却使眼色，制止了他。其实，二爷心里还是喜欢这个弟弟的，兄弟俩感情很不错。

那云武继续说：“母亲，二位哥哥，听说城外边有西洋鬼子的大批军队，正准备进城呢！广渠门、朝阳门、东直门一带敌人众多，听说很快就冲进城了。听说洋人比义和团还野蛮残忍呢，也是一路杀人放火抢劫。一个朋友把义和拳匪称作‘红魔’，因为他们穿红衣服、戴红头巾，像刽子手一样；把洋鬼子们称作‘白魔’，因为他们是白人，雪白皮肤、金色头发。怎么办？好端端的京城，已经像个人间地狱了，哪里还是人待的地方？”他说到后面，差点要哭出声了。

那邢氏这才不再犹豫，终于下定了离京的决心。她便对两个儿子说：“咱们马上走，去上海，找你们的二舅去！来，咱们商议一下，怎么行动。”

六

就这样，等小赫哥依依不舍离开之后，那家母子仨便在一起做出了离京南下的计划。就他们三个人，管家带着几个下人留在北京守家。那母特地叮嘱他们：“要小心，人身安全最重要，保命要紧，迫不得已就赶紧逃，也不要管家里如何了。”再说，家里除了有一套大房子，一些老家具、用品、粮食，也没有多少值钱的东西了。

宜早不宜迟，夜长怕梦多。当天夤夜，那家母子仨，换上普通人家的衣衫，每人背个小布包，简单地带一点衣服、食物、盘缠，跟留守家里的人话别之后，就上路了。他们也没有什么留恋，根本连回头看一下那府都没有，只想着尽快离开这危险之地。

可当时他们哪里知道，那母此次离家以后，再也没有回过北京，直到三十多年后病逝了，先在南方入土为安，再被儿子用棺材送回来，与丈夫安葬在一起。那二爷也是五年之后才独自回来，武爷则是十年后与哥哥一起回京。那时这一切早已是物非人非，恍如隔世了。

晚上凉快，安静。路上的义和团士兵、清兵也很少遇上，一路只见过两起，他们在屋角躲一躲，就过去了。但处处可见房子被焚烧，东西被砸毁。他们不走大街，走小胡同，从东便门出城的。一路还碰到好些也要出城的人，不过大家并没有彼此交流要去哪里。东便门形同虚设，只要有人出城，把守城门的兵士就开门放行，连盘问都懒得开口。

他们都不怎么说话，静悄悄地行走，唯恐被军队发现。出城后也是只挑小路走，趁着星光，踏着夜露，以村舍、树林、河滨为掩护。倒是碰到两拨也是往南逃的京城里的人，虽然不去上海，只到保定，那也能同行一段路程，于是做个伴，多几个人也保险些。北京到山东的铁路已被八国联军控制，只能是低头走路、安步当车了。因为日里行路不安全，大家就随便找个树林、草窠、野庙、乡民的羊圈、马厩躺一躺，只趁夜里赶路。

头几天还算顺利，他们走大兴、固安、霸州、雄州，都没有什么大的风波，行得也快，一周就走了五六百里地，然后与去保定的两家人分了手。这一天到了直隶沧州与献县的交界之地，过了子牙河，出事了。半夜突然来了几个山贼，把他们洗劫一空，将金银、大洋、首饰等值钱的东西都拿走了，只给他们留下随身换洗的衣服、一点口粮而已。母子三人欲哭无泪，又不敢反抗，既手无寸铁，亦毫无功夫。只有那云武，待山贼走后，攥紧拳头，暗暗发誓：将来一定要学武术！

这以后的路就更难走了。虽然远离了义和团、八国联军等危险，白天赶路也不怕，稍稍小心点，不往人多的是非之地去就是。可是身上没有钱了，有限的一点粮食也吃完了，拿什么买饭吃，哪有钱住客栈、旅馆？唯一剩下的就是沿途乞讨了。可他们过去乃王府后裔、大富人家，饫甘餍肥，养尊处优，都是别人在服侍自己，如今哪里开得了口向人家要饭？哪里放得下这个颜面？

数日粒米未进，饿得头昏眼花，实在撑不下去了，他们也只得红着脸蛋，压着嗓子，向沿路经过的人家解释自己的处境，希望能给个方便，行个好事。好在中国的老百姓绝大多数还是善良的，虽然自己穷，却还是愿意帮助他人。他们就这样一路乞讨，得些吃的，或在人家屋里借住一宿。有时遇着荒郊野外，杳无人烟，就到地里挖些红薯、花生、土豆，就着凉水，勉强凑合一路走着。

山东省高唐县境内是义和团暴动的发源地和中心区域之一，毗邻的平原县是团首朱红灯的家乡。那氏母子在路上早就听好心的群众告诫过了，为免生祸端，他们只得选择穿行于偏僻、荒凉的乡间小道。

有一个傍晚，他们正在一片棉花地里赶路。这里地势平旷，土地肥沃，盛产棉花。白花花望不到边的棉田，正是他们赶路的最佳掩护。

就在这时，他们隐约听到远处有很多人杂乱而尖利的叫喊声："抓住他!""抓住那个洋人!""别让他跑了!""打死他!"

不久，他们看到有个身穿黑色神甫衣服、金黄色的卷曲头发、蓝色眼珠、身材高大、三十来岁的外国男子，慌慌张张朝这里跑来。经过他们时，报以友好的、窘迫的、乞求的眼神。因为要逃命，他什么话也没来得及说，就从他们旁边的一条小道夺路而去，很快就隐身在棉花丛中。

紧接着，十来个手拿大刀、长矛、木棍、铁枪，穿着红衣红裤系着红头巾、红腰带的义和团追了上来，一个个凶神恶煞、如临大敌的样子。冲到他们面前，这些人停下了，有个领头模样的人满脸戾相、大声大气地问道："你几个，刚才看到有个洋鬼子经过这里吗?"

当时，那家母子三人里，那母是想直接告诉他们，洋神甫逃跑的路线；那二爷是想什么都不告诉他们，只是说没看到；那云武却嘴巴快，抢先开了口："我看到了，他就是从这里跑走的!"指的却是多数人所走的、大路的方向。

那伙义和团员什么也没想，总以为小孩子是不会撒谎的。再说他脱口而出，也肯定来不及思考，就信以为真，朝着大路追去。

那家母子也准备离开了，那个外国神甫却突然从棉田里钻出来，原来他并没有逃远。他用纯正的中国话对他们说："多谢你们救了我一命。"

双方简单交谈了几句，原来此人名叫威廉·白德礼，美国人，在高唐县城外的一个天主教堂当神甫。他来中国十来年了，所以汉语才说得这么好，算得上是"中国通"了。他听说那家母子是北京人，去上海投亲，就说："我今天也准备回美国躲一阵子，到青岛去坐船回国，顺便看看我的父母，这场暴乱应该不会太久的，很快就会平息，我也很快就会来中国的。"

那家母子对政治时事不懂，对天主教毫无了解，也从没和外国人有过接触，所以不会说什么，只管听白德礼讲述了一通。

白德礼说："你们救了我一命，中国人说知恩图报、礼尚往来，我以后有机会也一定会想办法报答你们的。以后有什么事，你们就来我的教堂找我，我肯定很快就返回中国的。你们骗了这些拳匪，他们要是在大路上找不到我，又会马上转身回来找你们的麻烦的。这伙人，很野蛮、残暴，不会放过你们的。他们人多，又带了武器，咱们打不过他们。咱们赶紧逃吧，大家都走小道，走得越快越好。咱们后会有期！青山常在，绿水长流。”临走前，白德礼还懂得对他们抱了抱拳。

待白德礼走后，那家母子也赶紧从小道快步逃跑。好在这支义和团队伍没有追上他们，否则又会是一场大祸。一路上，他们自然少不了对该美国佬白德礼有一番议论。但是他们没想到，多年后，那二爷还真的有事来找他了，而他还真帮了二爷的大忙。当然，这是后话。

这一路过了海河、黄河、大运河、淮河、长江等几条大江大河，过了河北、山东、河南、安徽、江苏等几个省份，从一马平川、阡陌纵横的华北平原来到了崇山峻岭、风景秀丽的江南丘陵，行程三千多华里，日日夜夜赶了近五十天的路。那家母子受尽了磨难，吃够了苦头。

那母的身体本来不大好，如此长途跋涉、昼夜兼程，甚是吃力，越走越不行了，后边一段路基本上是那二爷在搀扶着她走。他们甚至在皖北宿州境内找到了一把人家丢弃不要的破竹轿，兄弟俩抬着母亲走了数日，还过了淮河。那母有些心疼老让两个宝贝儿子遭罪，一再坚持不坐轿了，这才将其扔掉，继续步行。

倒是那氏兄弟，却因这段漫漫长途而锻炼了身体，越走越精神了。尤其是那二爷，这些年抽鸦片，逛青楼，豪赌，任意堕落，把身体搞垮了。而此次南逃远行，身体却又逐渐恢复，变得越来越壮硕了。他本来身材就高大魁梧，长相又俊朗端正，尽管不如他弟弟的秀美白皙，却同样是大帅哥一个。

他们本来是往南走的，应该纬度越来越低，气温越来越高。但因为时令已由炎热的三伏酷暑转到凉爽的初秋，太阳没那么毒了，天气没那么热了，天上的云越来越淡，河中的水越来越清，加之没有了战争的危机，且自然风光越来越漂亮，想到很快就要到达繁华的上海大都市，就要见到二舅了，所以大家的身体、心情越来越好，一路上竟有说有笑起来。

可是，在苏、皖两省交界的和县附近，也是当年项羽十面楚歌、霸王别姬、双双自刎的地方，他们好不容易渡过长江天堑以后，却因走错了往南京、武进、苏州的大路，竟往西南方向的芜湖、宣城、徽州而来。这一路上倒是奇山异水、古村老寨，农产丰收、人烟阜盛、经济富裕。这就是著名的古徽州，黄山、九华山、齐云山等高耸入云，是美不胜收的名山胜迹，绩溪、歙县等商宦云集、人才辈出的名邑巨镇，他们一边走一边欣赏，竟不像是逃难赶路，倒是在旅游观光了。

他们渡江后又走了数日，过了黄山脚下，一路上好几十里都是巍巍高峰、莽莽森林，没有什么大的村镇，更无驿馆旅舍，没法投宿询问，这一天直走到晚间，翻山越岭，道路崎岖，行走缓慢，非常艰苦。

他们好不容易才爬上一座无名山冈，已是子夜时分，实在是太疲惫了，于是坐下来，本想歇息一会，却发现再也走不动了，也不想走了，就干脆在这里小睡一会吧。只是山上太寒冷，风又大，他们便裹上厚厚的绵毛衣，用柴草垫身，背靠着大树，很快就进入了梦乡。

翌日拂晓，那云武首先醒来，揉揉惺忪的双眼，向四周一望，像是突然发现了新大陆似的，惊喜地喊道："娘，哥，你们快看，这是什么地方?"

那母和那云乡被那云武突然唤醒，还以为发生什么事情呢，顿时睁开眼睛，极目远眺，于睡眼蒙眬之中，只见一个像世外桃源一样的锦绣山川、梦幻世界出现在他们面前：在那远远的青山脚下，绚丽的果林、金色的田园、蜿蜒的河流、如画的村庄，不就是父亲那洪熙生前教他们兄弟所念古文《桃花源记》里描绘的那样吗?

"……土地平旷，屋舍俨然，有良田美池桑竹之属。阡陌交通，鸡犬相闻。其中往来种作，男女衣着，悉如外人。黄发垂髫，并怡然自乐。见渔人，乃大惊，问所从来。具答之。便要还家，设酒杀鸡作食。村中闻有此人，咸来问讯。自云先世避秦时乱，率妻子邑人来此绝境，不复出焉，遂与外人间隔。问今是何世，乃不知有汉，无论魏晋……"

这就是婺源!

因为极度疲惫，那家母子决定先在婺源休整几天，再去上海寻访亲人。不想，这一待就是一辈子!

第三章　流落徽州

母子三人下得山来，打听到这里是皖省徽州婺源县，县城在紫阳镇，就一路经过江湾、汪口、秋口，径直往紫阳而去。虽然他们没听说过婺源，可当然知道紫阳是南宋大思想家、教育家朱熹的家乡。沿途都是美景，但他们都已无心驻足欣赏，只想尽快安顿下来，以后再来欣赏也不迟。当地的百姓非常热情、好客，咨询问路，知无不言、言无不尽，眼神清澈、毫无戒备，让他们对婺源更多了几分好感。

他们又走了整整一天一夜，第二天上午终于来到了蜿蜒星江河畔的幽幽古镇——婺源县城紫阳。

七

也许是冥冥之中的天意，也许是上辈子与婺源的约定，那家一家三口自北京出发，走了四十多天、三千多里、六个省份，跨越千山万水、无数城镇和村庄，但到了婺源以后，他们停下了脚步。先是那母觉得对这个地方有种天然的喜欢，那家兄弟也觉得上海天遥地远，不如先暂时生活下来，他日再考虑以后的打算，或去上海投奔二舅，或返回北京家里。

此时他们已经穷困潦倒，好在那母手上还有个祖传的金镯子，她牢牢藏在内衣里，在路上没有被山贼抢走，就去当铺换了一笔钱，一家人在老街找了个旅馆勉强凑合住下。那氏兄弟俩执手发誓：一定要在很短的时间里搞出点名堂，在婺源这里立下足来。

说起来容易，做起来却不简单。虽说婺源人质朴善良、厚道好客，但是自己的路那还得自己走。那么，做什么呢？开个小店？可没有本钱，也不知道搞什么行业。给人家干活？兄弟俩年纪还小，没有力气，也不会干活。从事一些与文化、教育有关的脑力劳动？这倒是婺源这个人文气息浓郁的地方的人们所推崇、敬重的，此时，那二爷才真的开始后悔当初不听父亲的话，游手好闲、不学无术了，“书到用时方恨少”啊！

那氏母子最初还没有那么快就有创业或谋生的计划和行动，刚开始的几天还是以外地游客的身份，到处走走，看看，听听。紫阳镇的住户绝大多数还是本地人；即使客家人也是迁来了一两百年的，算是老住户了；有些外来的生意人里，少数有北方人，如山东的、皖北的，但北京人是绝无仅有。他们的言语、性格多少有些隔阂，尽管他们对那家人很好，毕竟沟通起来还是有一定的困难。这其中也有那家人自己作为北京人和北方人、八旗子弟和王爷后裔所共有的那些特征和毛病。

那二爷曾去拜访过婺源县的吴澧县令——一个五十多岁的知识分子，有些像他的父亲那洪熙那大爷。吴县令是安徽桐城的，离这里倒也不算太远，光绪年间举人出身。吴县令听说他们一家是从京城里逃出来的，他也知道不少关于北方闹教案、拳匪、东洋军侵华的事情，不免唏嘘不已。吴县令对天主教在中国的传播，对义和团的暴乱和前后变化，对八国联军制造的庚子事变等事件，有自己的见解。不过他毕竟是官府中人，也不好对西太后和朝廷有太多的微词。

而对那家人的遭遇，吴县令却爱莫能助。吴县令从个人的官俸里，拿出五两银子来让那二爷接受，说是一点儿心意。二爷表示了谢意，却没有要他的钱。然后吴县令又给二爷介绍了婺源当地的一些情况，并说以后有什么事就去找他。二爷向他告辞了。

区区小户人家，实打实的物质生活，每天开门七件事，柴米油盐酱醋茶，光靠务虚是不行的。在经过数日纯粹的调查考察、游览欣赏之后，那家母子很快就发现正面临一个严酷的现实问题：他们即将坐吃山空。下一步，要是不能很快筹到资金，就得出门找活儿干了。否则，莫非又像南逃途中那样沿路乞讨，竟沦落到“吃百家饭，穿百家衣”的叫花子境地?

天无绝人之路，一个偶然的机会里，那二爷认识了紫阳老街教私塾的朱子安先生。朱先生对他不俗的气质、堂堂的相貌非常欣赏，对他坎坷的经历、尴尬的处境则表示同情。两人意气相投，成了忘年交。这算是二爷初到婺源的第一个重大收获。

朱子安是个很有意思的小老头，中等身材，花白头发，一条辫子挂在长袍上，双眼含笑，性格开朗风趣，自由洒脱，落拓不羁，很有学问和文采，爱说话，也爱喝酒，像个老顽童似的。他每天三顿都要喝几两小酒，喝得满脸通红，脚步踉跄。然后他口若悬河，滔滔不绝，博学多闻，引经据典，天文地理、历史掌故、文学艺术、唐诗宋词、四书五经、琴棋书画……几乎无所不通、无所不晓，辞藻丰富、如泻珠玑，幽默生动、引人捧腹。有时还咿咿呀呀哼几句小曲，虽五音不全、呕哑啁哳，却亦有一些韵味。

因为朱子安很有学问，人品也不错，古道热肠，乐于助人，所以尽管平时有些爱发酒疯，数落人，且不拘小节、不修边幅，可紫阳老街的百姓们都挺喜欢他，尊敬他，都乐意把孩子送到他这里来念书，学费课酬也是随便给，多少不在意。对贫寒人家的子弟他干脆不收钱，平时有些文字、文化类的事情，如写春联、家书、状词、碑文等，红白喜事择黄道吉日、生辰八字、风水方位什么的，都请他帮忙。朱子安与吴县令既是文友也是酒友，还是亲家，吴县令就是他介绍那二爷去拜见的。

朱子安虽然也姓朱，且他教的私塾就在星江码头附近的朱熹老屋、朱文公文庙里，但他其实与朱熹毫无关系。他既不是婺源紫阳本地人，也不是来自朱熹的出生之地福建。他同那家一样，从北方来的，原籍江苏徐州，是紫阳街上少数的北方人之一。但他来了有三十多年了，是最早来到紫阳定居的外地人之一。

有一次，他对那二爷说：“我也跟你一样的，那时候也与你一般大小，在老家待不住了，活不下去了，某天突然从床上醒来，仿佛是做了个梦似的，也像是哪位大仙指点的一般，什么也不管，什么也不想，就只顾埋着头往南边走，走到这里，遇上我老伴和她一家人，就不走了，成家了，定居了，站稳脚跟了，然后就到了今天。不过我是双亲早亡，又无兄弟姐妹，了无牵挂。斗移星转，物是人非，白驹过隙，岁月无情，这一下就是三十多个春秋，哈哈！”

朱子安出身于书香门第，祖父、外祖父、父亲都是举人、秀才，在衙门任职文职、小吏。他从小就家学渊源，耳濡目染，喜欢读书，所以还在幼时就天资聪颖、博学多才。可惜的是家境贫寒，父母过早因饥病交加，撒手而去，扔下他一人。他到了婺源之后，仍然酷爱读书，每天手不释卷，知识更加广博。他虽然有文采，却从不参加科举，所以连个秀才都不是，半个功名也没捞到。但他毫不遗憾，只是说：“没办法，我就是这个命啊！”

他到婺源后，娶了当地一个汪姓乡绅的女儿为妻，接连生下四“千金”，即朱碧云、朱碧雪、朱碧卉、朱碧玉，前三个已嫁，其中一个嫁给吴县令的公子吴翱，后回了安徽桐城老家；一个嫁给舅舅家的表哥，即汪乡绅的长子汪兆宏；一个招了个木匠做上门女婿，入赘继承朱家香火；只剩下小女朱碧玉，年逾廿龄，尚待字闺中，据说喜欢街上一个药铺的小伙计，不过还没定亲。这就说明，朱子安这人非常开明，对女婿的门第、地位、行业、关系都是不计较的，只要自己女儿乐意。

他还常常开玩笑说：“我这几个女儿的长相，都不随她们母亲而随了我，这实在是一大遗憾。我太太当年是紫阳街上的‘一枝花’，大美人一个；我的女儿们却都像我，没一个好看的。”

实际上，朱家四千金尽管算不上是美女，不如她们母亲年轻时候娇媚秀美，可模样亦还都端庄可人。按照父亲朱子安的评价，大女儿朱碧云华艳，像牡丹；二女儿朱碧雪泼辣，像玫瑰；三女儿朱碧卉温婉，像荷花；四女儿朱碧玉素朴，像兰花。

那二爷兄弟平时常喜欢去私塾听朱子安先生讲学，听他摇头晃脑地教学生们背古文、唐诗，以及儒家的几部经典，《论语》《孟子》之类，什么“关关雎鸠，在河之洲。窈窕淑女，君子好逑”；“蒹葭苍苍，白露为霜。所谓伊人，在水一方”；“对酒当歌，人生几何？譬如朝露，去日苦多。慨当以慷，忧思难忘。何以解忧，唯有杜康”；“学而时习之，不亦说乎？有朋自远方来，不亦乐乎？人不知而不愠，不亦君子乎”；“天子呼来不上船，自称臣是酒中仙”，“天行健，君子以自强不息；地势坤，君子以厚德载物”；“不知周之梦为胡蝶与，胡蝶之梦为周与？周与胡蝶，则必有分矣”，等等。

像这些当年那二爷他父亲都教过他的，只是后来他沾染了一堆坏毛病，跟着一群狐朋狗友们到处玩乐放纵，荒废了学业，忘记了不少，但也有很多还记得。不光是原文，还有他父亲教给他的对原文的阐述、描绘、评价。所以有时候朱先生还让他代自己教学生一会，而他就偷偷溜回家喝几盅。

朱先生对二爷、武爷说："这婺源真是世上难找的好地方，比陶渊明笔下的桃花源还要美呢！难怪我三十多年前来到这里就舍不得走了，如今你们兄弟俩也来了，也舍不得走了。乾隆时代徽州知府何达善曾赞美婺源道：'山阜崛起之雄，贤哲挺生之异，实为海内灵奥名区。大江以南以声名文物著称者，于是为最。'"

朱先生领着那云乡那二爷在紫阳城内城外徜徉漫步，饱览风景，体察世情。有一天上午，趁云开雾散、天朗气清、秋高风爽，且私塾无课，两人一起攀登到城西海拔一百一十二米的儒学山巅，高瞻远瞩，举目遥望，心旷神怡。朱先生讲解着这里的典故、传说，如数家珍。

他问道："紫阳以前还有两个名字——蚺城、弦高，你知道这些名字是怎么来的吗？"

二爷当然不知道了。朱先生就指点江山，娓娓道来：

"你可能不会想到，紫阳这三个名字，还与其命运相关呢！你看它的地形是不是很特别，东、南、北三面皆被星江水包围，只有西面靠山，是一个典型的半岛。而它原来的两个名字——蚺城、弦高，就与它的地形有关。

"先说'蚺城'吧，如果你认得'蚺'这个字就知道，它是一种巨大的蟒蛇。无论谁站在紫阳城外的高处，首先都会看到，那银色的星江水，恰似一条巨蟒，盘曲在脚下。这条蚺其实也就是一条蛟，只不过过去这条蛟是一条害龙，给紫阳带了无穷的水患。嘿嘿，这就叫'蚺出星江，兴风作浪'。

"历史上，紫阳遭受的水灾不忍回放：明嘉靖四十年（1561 年）洪水暴发，老街水深七尺。天启四年（1624 年）五月上旬发大水，县城内可行舟，县太爷的大堂里水达三尺；中旬又发大水，舟可往来于城墙上，西门和南门城墙倒塌，民房多漂走。康熙三十年（1691 年）五月大水，淹浸城墙，漂走民房。乾隆九年（1744 年）七月洪水暴发，比天启四年（1624 年）的水位还要高两尺，城内皆可行舟。光绪四年（1878 年）五月洪水暴涨，县城学宫前水深数尺，船可从西门城墙上往来。光绪八年（1882 年）洪水骤发，比光绪四年（1878 年）水位还高出五尺……"

听到这里，那二爷心里"咯噔"一下："怎么来了婺源还要承受暴雨洪水之苦？难道在北京还没受够吗？难道我真是大水的命？"听他父母讲过，自己就出生在一个暴雨之日，后来一个算命看相的先生说他"五行多水"，所以光绪十六年（1890 年）他在六岁多时就能跳下汹涌的洪水把弟弟救上岸，而洪水竟推他不动，或者根本不敢推他，自动向两边避开。

朱先生赶紧圆场说："不过现在好了，吴县令来婺源八载，做的这头一件惠民好事，就是给星江河修了一条高一米、长九百米的大青石护洪大堤，据说可以保五十年没问题呢!”

那二爷点点头，应和着他：“那当然好啊!”

朱先生继续解释紫阳的另一个名字弦高：“想参透‘弦高’一词的特殊含义，是需要一点想象力的。不过，只要你用眼光沿着星江河巡视，从河道折转的南北两端稍稍向前延伸，你就会惊骇地发现，这是一张古代的弓弩；再用目光把南北两端一连，就是一道弓弦。好一把强弓硬弩！而且弦已高高拉起，弓已收得很紧，一副严阵以待、时刻准备向下俯射的架势。嘿嘿，这就叫‘箭在弦上，势在必发’。”

那二爷问道：“弦高不是战国时期郑国的一位商人吗？当秦国大军压境，准备来攻打他的国家时，他却将自己的一群肥羊送去假装‘犒劳’秦军，镇定自若，从容应对，巧妙吓退敌人，从而消弭了一场一触即发的大战，拯救了自己的国家。”

朱先生却说：“此弦高非彼弦高也！我想它并不是一个人名，还是要从它的本义来理解，即箭弦被高高拉起。对于一座城池而言，人为的破坏，肯定远比自然的破坏更加严重。也许就因为‘弦高’这个名字的杀气太重了，所以紫阳遭受的兵燹比水灾惨重许多倍。

“远的就不说了，仅清朝咸丰五年（1855年）至同治三年（1864年）的九年间，太平天国起义军先后二十余次攻入婺源县境，十二次占领县城紫阳镇。在反反复复的拉锯战中，这些天王的下属们，对传说中的天王故里也是毫不留情。因为洪秀全是广东的客家人，他的祖籍也是在婺源哟。‘洪杨匪乱’都已过去四十多年了，至今徽州人私下里聊起‘长毛’来，仍莫不心有余悸，谈‘虎’色变。

“在太平军攻打婺源的历次战斗中，不仅清军千总、把总、守备、兵丁等战斗人员多有战死，而且知县投河，民团被屠，老百姓遭受的灾难当然更大了。就像项羽火烧阿房宫一样，太平军惯用放火焚山的战术，徽州很多地方的山林和古建筑被付之一炬；更惨的是，很多平民百姓被无辜杀死。

“据徽州的史书上说，此地曾经有个讨饭的叫花子，对瞎眼的老母极孝，太平军到了以后，找他带路，去指点村里哪些人家是富人。不想这个叫花子的‘觉悟’不高，他想，都是乡里乡亲的，害他们干吗？就不愿意。于是太平军连他也给杀了。

“徽州还有一个老秀才，咸丰十年（1860年）太平军把他抓去了，要他写文书。老秀才却不识抬举，不愿配合，跑到山里躲了起来。冤家路窄，第二年他又被太平军碰上了，于是太平军就把他的耳朵给割了下来，流血不止而死；他的儿子被抓去，后也被杀死；他的外甥女长得漂亮，仅有十七岁，为怕受辱，投井而死；家中妻子十余人相继而死，一家被灭了门……”

那二爷越听越觉得心惊肉跳，连后背上的毛发都耸起来了。这“长毛”不是与北京的义和拳匪、西洋鬼子一个样吗？一样的凶狠、野蛮、残忍、血腥，甚至还“有过之而无不及”。没想到，一家人长途奔波，千里迢迢，历尽艰辛，本以为找到了一片和平、吉祥、安定、宁静的净土，却依然是这样一个既有水患又有战火、命途多舛、大灾大难的地方。他心里凉透了半截，就像踩在冰窖里，暗暗忖道：“这该怎么办？这该怎么办？”

他不免脱口而出：“朱先生，您不是说这里是世外桃源吗？为什么还是有这么多灾难，似乎比京城还要混乱、可怕哟。”

朱先生笑了笑，说：“我所谓的‘世外桃源’，不过是相对而言罢了，这个世上哪里能找得到一块真正的人民安居乐业、鸡犬之声相闻、毫无忧愁灾祸之地？你以为是佛经里说的阿弥陀佛所在的西方极乐世界吗？现在是个兵荒马乱、民不聊生的世道，又不是太平盛世，像远古的唐尧虞舜夏禹商汤、汉朝的文景之治、李唐的贞观之治、宋朝的太宗仁宗，或者咱们大清的康雍乾时期。说句不好听的话，现在是早已出现天下大乱、改朝换代的末世气象了。‘人为刀俎，我为鱼肉’，咱黎民苍生，还不是只有任人宰割、被动挨打的份儿？相对而言，婺源这里位于三省交界之处，位置边远，交通落后，且四周高山环绕，河流密布，地形崎岖，易守难攻，比绝大多数地方确实安宁、祥和多了。比起北京、南京、上海、天津等等大地方来，婺源这里算不算一个‘世外桃源’呢？你想想。”

那二爷想了想，觉得朱先生说得的确很有道理，心便渐渐平静了下来。

朱先生继续说：“我再讲讲紫阳这最后一个名字的来由吧。显然，它是为了纪念与我同宗的那位大人物、婺源历史上的第一名人了，因为朱熹晚年就号称紫阳先生。大概古人觉得前两个名字都不大吉利吧，就将它改为了紫阳。改武归文，变蛇为人，似乎是大吉之卦。可命名者大概忘了，这朱紫阳是干什么吃的！他一生‘舌’耕不辍，一心想做个靠嘴皮子吃饭的巧‘舌’如簧的帝王之师，最终官拜焕章阁侍制兼侍讲，为皇帝宋宁宗讲学，目的终于达到了。比我这个他的本家晚生，穷教书匠，自然强多了。

“怪了！这就更应验了。刚才咱俩站在儒学山巅往下鸟瞰，这半岛的形状，不正是活生生的就像一位巨人张开嘴巴吐出的舌头吗？真是惟妙惟肖。莫非它就预示着这位儒学大师一辈子只能卖弄口舌，而无法提刀上阵杀金贼？

“咱们人的舌头的功能，除了辨别味道外，主要就是用来发音说话了。你看看紫阳这个巨大的‘舌头’，不禁会想起一连串相关的成语，舌战群儒、舌灿莲花、唇枪舌剑、摇唇鼓舌、瞠目结舌、油嘴滑舌、笨嘴笨舌、搬口弄舌、舌蔽唇焦、舌端月旦……

“俗话说，百无一用是书生。书生们穷酸懦弱，一无用处，可偏偏又喜欢弄出些口舌之争来。朱熹更不用说了，他与当时另一位哲学大师陆象山的争辩，就是一个典型示范。两人唇枪舌剑、你来我往地辩论了多年，光在上饶铅山就搞了两次鹅湖之会，互争短长。他们一个是客观唯心论，一个是主观唯心论；一个强调要多读书，一个则认为不必多读书；一个说世上先有鸡后有蛋，一个说世上先有蛋后有鸡。反正是谁也说服不了谁，所以先是不欢而散，后来又握手言和，最后倒成全了明朝王阳明的‘心学’。

“然而祸从口出，摇唇鼓舌久了，必然会有不测之灾。朱熹正是因为这‘喉舌’的作用，生前被打成‘伪学’，死后七百年，他的塑像、文庙、祠堂、老屋，被太平军砸烂、捣毁，就差没放一把火全烧掉了。呵呵，要真是那样的话，我的私塾也没地方办啰。像他这样既有杰出成就、名闻天下，而个性、主张、观点又过于独特鲜明的人，不知道若干年后的未来者，该怎么对待和评价他?”

那二爷心里暗暗笑道：“您不是也在这里高谈阔论，指点江山，臧否人物吗？您不是也在这里卖弄口舌、靠嘴皮吃饭吗？那您与朱子有什么区别呢?”他并不清楚，朱先生发这么多的感慨，是否另有所指，或者是有什么特别的含义。

不过，像朱先生知识如此渊博，且大有见地，实在令他佩服，收获不小。他觉得，朱先生比他父亲那洪熙还要超过很多倍。都说中国民间藏龙卧虎，在这个偏远小城还隐有如此一位大儒，端的是婺源的幸运，也是他那云乡的幸运。

这朱子安平时很少像这样滔滔不绝地说过话，今天终于遇上了一个听众，而且还是禀赋素质不错的听众，当然非常高兴，遂更加卖弄不少。

两人此时已来到朱熹老屋，这既是朱子安任教的私塾，也是他长期的家。

八

朱家老屋居于紫阳古城的中部位置，得天时地利人和之佳境，前面是星江东流、古木掩映、渔舟点点、青山迢迢的老码头，背后是宅院栉比、商铺林立、人来人往、熙熙攘攘的老街，一静一闹，相映成趣。闹中取静，别有天地。码头处偶尔会有船只聚集，以装卸货物和鱼虾。但多数时候还是比较清静、空旷的，可观水天一色、江山倒影的自然景象。

朱先生说：“从这里乘一小船，顺星江下去，可以经乐安江，过德兴、乐平，直入鄱阳湖、长江呢!”

他们沿江滨过去，从码头旁的石阶往上走，一路上都有人朝朱子安先生打招呼，点头示意，抱拳作揖，很是友好和尊敬，亦令那二爷羡慕。星江南岸有一汪清澈甘甜的小山泉，两人爬山远足，深感身热口渴，便俯下头去，喝了一大口，顿觉凉爽神舒。泉眼巨石上大书“廉泉”二字，朱先生说是朱熹当年回祖籍省亲的亲笔。

他还说：“婺源正是因为自朱熹甚至更早的时候起，就养成了廉洁无私的优良传统，所以不管是从婺源出去做官的人，还是在婺源做官的人，都比较清廉自守、俭朴拮据，这一点我们不得不承认。你看看婺源人的房子，商贾、地主家才是最富有、最阔大的，而官员家则大多很一般，哪怕是那些位居尚书、侍郎等朝廷要臣的家，甚至还不如普通读书人家。”

朱家老屋正式的名字是“朱文公家庙”，又称朱熹故居，但是实际上这里并不是朱熹的出生地，而是他父亲——大学者朱松的出生地。朱熹出生于福建武夷山下的南剑州尤溪，当时他父亲在那边为官，后来他任职、讲学主要也是在福建境内，最后又葬于出生地。朱熹的祖父朱良才也不是出生在这里，他是个统领三千兵马的中级武官，因防务需要，调防婺源，就在这儿生下了朱松。

朱家老屋的正宗主人朱松，字乔年，号韦斋，北宋政和八年（1118年）考中进士，官至著作郎、吏部员外郎、饶州候补知州等职。其时正值金兵进犯中原，宋室被迫南渡，朱松闻之悲恸欲绝。他屡次向皇帝宋高宗赵构上疏提出“任用贤才”“整饬纲纪”“收服民心”等中兴国家的计策，且反对与金人议和，惹得皇帝和奸相秦桧都讨厌他了，便改派他去编书，撰修《哲宗实录》。逝世前三年，又派他任饶州候补。他没有去，就请假回家了。元至正二十一年（1284年），也就是他死了一百多年后，朝廷追谥其为献靖公，那也是因为他儿子发达了，人称“天下至师”“儒家大圣”的缘故。

朱家的房产本不太大。一个普通武官，会有多少积蓄？朱熹死后，这片祖地渐渐为邻里人家所蚕食鲸吞，只剩下宋理宗赐给朱家的“文公阙里”匾额一块。元朝延祐年间，朱熹五世孙朱光以此为证据，跑到省衙去申诉。本县人汪镐，也是朱子安岳父汪乡绅的先祖，为平息这桩纠纷，拿出自己家的土地换回被邻居所占之地，这才恢复它的旧观，并在此建立徽国朱文公之庙，费用皆由汪镐所捐赠。以后多次毁灭，又有重建。最近的一次，是清咸丰八年（1858年）被宣称“拜上帝”“打倒孔家店”的太平天国占领时所焚毁，光绪元年（1875年）复建。

朱家老屋分为前后四进：第一进是三个大牌坊，中间显赫地刻着“文公阙里”四个大字；后面的正门上，高悬“宋代圣人”大匾，左右还有两扇大门；第三进是正殿“文公庙”，体量恢宏；最后一进是纪念朱熹乃父、老屋主人朱松的“韦斋祠”，因朱松号“韦斋”而得名。四进大房的两旁，还有东庑和西庑，以及院外的藏书楼、虹井亭等。

朱子安的紫阳老街书塾，就设立在最后一进的韦斋祠里，取其安静之境，便于教学。他们家则住在韦斋祠偏房的楼上，书塾隔壁则是他们家的厅堂、厨房和餐室。

对于朱熹，朱先生有自己客观深刻的评价，实事求是，直言无忌，并没有“为尊者讳”的顾虑和讲究。只听他说：

“对于我这位先人，真是很难用一句话来概括。首先，我不得不承认，他的成就和影响非常之大，他的识见、学问、文章都是一流的。可是，他也有瑕疵和缺点，不能说是假道学、伪君子，严以律人、宽以待己，道貌岸然、表里不一，满嘴仁义道德、成天男盗女娼，但其行为举动却亦多为时人与后人所诟病。他要世人‘存天理、灭人欲’，而他自己则是‘存人欲、灭天理’。

“比如说，他很瞧不起出卖色相的风尘女子，曾对妓女严蕊采取酷严刑逼供，污蔑其清白；而自己却扒儿媳的灰，还纳尼姑为妾，这就太说不过去了……”

那二爷顿时感兴趣起来，打断朱先生的话：“这是真的吗？朱老夫子还有这等历史？究竟是怎么回事？朱先生您说详细点。”

“是这样。明朝凌濛初的《二刻拍案惊奇》里讲了这样一件往事：朱熹在任提举浙东常平仓期间，台州有个营妓名叫严蕊，才貌俱佳，色艺双全，被称为南宋中叶第一才女。故而慕名者众，连台州知府唐仲友亦与其交好，但并无奸情。后唐仲友为严蕊等人落籍，令她回家乡黄岩与父母居住。

“时恰逢朱熹巡行至此，因唐仲友的永康学派反对他的理学，且年少气盛对他有不敬之词，中间还涉及当时知名词人陈亮与唐的恩怨过节，老朱遂连上六道奏疏弹劾唐，其中第三、第四状论及唐与严的风化之罪，诬陷两人有染，下令黄岩通判抓捕严，关押在台州和绍兴，施以鞭笞，严刑伺候，逼其招供，即与唐的男女暧昧苟且之举。而严却很看重自己清白，与唐没有关系就是没有，故拒绝承认，不愿栽赃唐知州，宁死不屈，义正词严。此事弄得朝野议论纷纷，连皇帝宋孝宗都震动了，于是亲自干涉，把朱调走，另外换来一人主审，将严释放从良，后被宋廷某宗室纳为侧妾。

“从这件事可以看出，朱熹老夫子不仅从道学家的角度歧视、仇恨妓女，认为她必乃不洁之女，行不轨之端，将其往死里整；而且胸襟狭小、内心刻薄、意气用事，对不敬自己的人严厉打击报复，这实在是他光辉一生极大的污点，无法抹去了。

“朱熹如此歧视妓女、笃持道学，其实就是歧视女性，反对欲念。那他自己的私生活又是怎样的呢？许多正统史书记传大概要‘为尊者讳’吧，因而‘语焉不详’。但我曾经读到的一份史料表明，他自己是搞了‘个人特殊化’的，即染指儿媳与勾搭尼姑。这便是历史上著名的‘庆元党案’，《宋史》卷三十七中有简略记载。

“事发于庆元二年（1196年）十二月，监察御史沈继祖弹劾朱熹，内容上除了说朱不忠于朝廷、贪污腐败等常见问题外，另加了两项朱惯用弹劾别人的，一个是‘诱引尼姑二人以为宠妾’，一个是‘家妇无夫而孕’；并对其云雨交欢细节大有描绘。这不都是作风问题，都是没有‘灭人欲’的问题吗？看看，这次人家是‘以其人之道还治其人之身’了。据说他后来在写给皇帝的罪己书中，对这两条还‘供认不讳’。”

听完这个故事后，那二爷不免心中窃笑，想道：“这不就是您说的‘假道学、伪君子’，‘严以律人、宽以待己’，‘道貌岸然、表里不一’，‘满嘴仁义道德、成天男盗女娼’吗？可您还口口声声说不是。没想到，堂堂朱圣人竟然是这么个角色！”

朱先生继续说：“但朱熹毕竟是朱熹，他是两宋理学家中最有文学修养的一位。你可以不对他的理学感兴趣，也可以不了解他的为人，但不能不背诵他那些脍炙人口的诗歌。特别其中有三首，堪称千古绝唱。你肯定也会背诵的。”

两人于是一齐背诵了朱熹的三首千古七绝：

《春日》：“胜日寻芳泗水滨，无边光景一时新。等闲识得东风面，万紫千红总是春。”

《观书有感》：“半亩方塘一鉴开，天光云影共徘徊。问渠哪得清如许，为有源头活水来。”

《泛舟》：“昨夜江边春水生，艨艟巨舰一毛轻。向来枉费推移力，此日中流自在行。”

像这样活色生香、趣味盎然的诗句，一幅幅美丽、可爱的画面，绚烂、生动的意象，谁会将其与头脑中那个半死不活、阴阳怪气的“老棺材瓢子”连在一起？其实，就是前面提到的他与儿媳扒灰、纳尼姑为妾的风流韵事，亦使他的形象真实、全面了许多。

朱先生还提到了他曾经读过的朱熹一篇文章《漫记疫疾事》。朱熹在文中说：“我的家乡有一种说法，有些怪病会传染给别人。所以，当有人不幸染上这些病后，邻居便不敢去问候他，亲戚也不敢去看望他。这种伤天害理的事，实在是太过分了。有些人憎恶这种乡俗，就写文章谎称：‘这种疾病不会传染，大家不必躲避。’这些人的用意是好的，可惜它并不是事实。我以为与其这么撒谎，不如直截了当告诉大家，这种病虽然会传染，但亦不应当嫌弃、躲避病人。须知恩义与利害相比，恩义要重得多啊！其实时疫是否传染给你，在于人心之斜正、体气之虚实，不可一概而论。我的外祖父祝公小的时候，邻里有一户人，全家都染上了时疫，别人都不敢去看他。可我的外祖父却整天出入他们家，去给他们送饭煮药，待给每个病人都喂了药和饭以后，才自己回家去。后来他也不是什么事也没有吗？！”尽管他说的道理并不完全科学，但他高风亮节，还是值得我们后人崇敬的。

朱先生言犹未尽、兴味盎然，说：“今晚你就在我家吃饭吧，咱们一老一小，一边喝酒一边继续聊。”然后把他拉进自己家门，屋里只有朱先生的夫人汪氏，以及还没出嫁的小女朱碧玉。两个大姐都不在娘家，三姐和她那当木匠的入赘姐夫本来在家，可刚巧这几天去给一亲戚砌屋帮忙了。

那二爷因为来过朱家几次，认识她们了，也就不再客气，稍稍表示了一下客套礼节，即与朱先生在餐室分宾、主坐下。两位女眷给他俩斟上茶以后，自去厨房安排菜肴、酒水、餐具不提。

朱夫人汪氏本系大富人家千金小姐，尽管穿着普通衣服，却自有大家闺秀的涵养和举止，稳重优雅，很注意分寸礼节。眼目已有皱纹，但仍掩饰不住年轻时的秀美迷人。朱碧玉跟她的几个姐姐相貌相若，虽不是那种或妩媚或美艳、一眼就能让人动心难忘的绝色女子，却亦端庄清秀，身体也丰腴健实，看多了还是有味、耐看的。她很勤快、能干，生活能力强，懂得服侍人，节俭持家，还有各种技能，是那种贤妻良母、贤内助、小户主妇的类型，一点也不像个姐妹里的老幺、父母眼中的小女。算起来她今年有二十岁了，属蛇，比二爷还大三岁呢！

那二爷突然怎么觉得，这朱碧玉倒有几分像自己的母亲，都是那种既可以独当一面，又不乏女性柔情的女能人。不过那母多了一些京城女子外在的大气，碧玉姑娘则多了几分南方妹儿内在的细腻。想到这里，他心里不免有些许的跳动，然后往她临去的方向再扫了两眼。

朱先生饮了一口茶，问道：“云乡啊，我之前讲了蚺城、弦高、紫阳三个名字的由来。你知道‘婺源’这个名字又是怎么来的吗?”

那二爷当然的不知道了，只得摇头。朱先生这便是明知故问，根本不用一问一答，只管自己发表演说就是了。

他又开始长篇大论起来：“所谓婺源，即婺水之源也！婺水就是县城外流淌的这条星江。至于‘婺’这个字，可是有意思的。在古汉语中，‘婺’是古星名，即‘女宿星’。旧时用作对妇女的颂词，意为‘美貌’，如‘婺焕中天’。婺源历史上对县名的来历多有争议，有‘婺水绕城’之说，有上应‘婺星’之说，有‘水流如婺’之说，各据其理，莫衷一是。

“你看这个‘婺’字，拆开来就是一个左手持矛、右手著文的女人，一个能武能文的女子。她是一个朴实无华的村姑、一个魅力四射的美妇，又是一个难以接近的处子。这个隐藏在深山里的女人，是那样的美丽又清纯、古朴而自然。她是从极远的天边飞来的，又飞回了遥远的天际。

“婺源不仅仅山水秀丽、风光无限，婺源的村姑、美妇是这里的又一道风景。她们大都是小家碧玉型的，当然也有少数是大家闺秀型。少女们花色迷人，虽然不施粉黛，可个个皮肤白嫩，身材和五官都是一流的。溪边的浣纱女，尽管比不上苎萝山下的浙江美女西施，却亦是清秀天然、赏心悦目的。”

那二爷听到这里，看了看不断送上菜蔬酒类的朱家母女，暗道：“朱先生必然是话里有话。他这么阐释婺源女子，究竟具体是指他的乡绅千金、大家闺秀的夫人，还是他的几个名花有主、小家碧玉的女儿？是老的还是小的？还是皆在其‘王婆卖瓜，自卖自夸’之列？”

“婺源这里流传着一个美丽神奇的传说：远古尧舜禹时，地球上洪水滔滔。就连婺源这样一个山区，也是家家户户都被淹没了。就在很多山民被水包围、无处可逃的时候，从很远很远的地方飘来了一个美丽的姑娘，只见她骑在一条巨大的鳙鱼的背上，逆水而来，向着被困水中的灾民飞临，把一个个孤立无援的山里人拉上鱼背，逃出了洪水的包围。后来，地球上的水消退了，大鳙鱼干死了，化为了婺源境内的大鳙山。那个美丽的姑娘也飞上了天，化成了‘婺女星’，每到夜晚都向凡间眨着眼睛。

“自古以来，婺源这里还真出过不少能文能武的奇女子。大家都说婺源的女人非常能干，标准的‘上得厅堂、下得厨房，写得文章、见得爹娘，上得炕床、生得儿郎’。她们上山抡得起开山斧，入闺捏得起羊毫笔，里里外外都是一把好手。”

听朱先生说到这里，那二爷再次认真瞅了一眼朱碧玉，心想：“难道手脚麻利、勤勉能干如家母的婺源女，才是吸引我们把双脚停在这里的主要原因之一吗？”他暗念着唐朝诗人贺知章的那首《咏柳》：“碧玉妆成一树高，万条垂下绿丝绦。不知细叶谁裁出，二月春风似剪刀。”眼前这位小姐的芳名，想必就是出自这里了。

而朱碧玉和母亲见朱先生又在赞美婺源女子，又是那套“八百钱”，都冲他撇了撇嘴，满脸的不屑和哂然。那二爷开始有些觉得奇怪：“这不是在夸你们吗？为何仿佛还不高兴？”后来一想，大概是朱先生平时在她们面前说过无数遍了，耳朵都听得起茧了，这才如此不以为然。

巾帼不让须眉。在历史上，婺源曾出现过不少博学聪颖、文采飞扬的才女，留下了很多脍炙人口的诗文。如紫阳陈玉英的《碧藕轩吟稿》、延川金环秀的《流香小草》、桂岩村戴红贞的《絜春榭诗》等，都是才情横溢、文辞优美。

在旧版的《婺源县志》还记载了这样一件趣事：“新源村有个名叫胡意姬的少妇，聪慧美丽、博学多才。她夫家有个堂弟在数十里外的书院读书。书院的先生自恃才高，对她堂弟和其他学子的诗文不屑一顾。有一次，堂弟找到嫂嫂诉说心中之苦。胡意姬听后说：‘明日我代你写一诗一文，你去交给先生看看。’次日先生一见此诗文，以为学生大有长进，赞赏不已。当他知道诗文出自乃嫂之手后，大为感慨：‘谁道女子不如男！’”

婺源女人是那种外柔内刚的类型。在婺源山间，你会经常看到她们脚套棉袜、腰别柴刀，神采飞扬、英姿飒爽地走在林间山道上。而那把柴刀，就是她劈山开道的利斧、壮胆防身的武器。遇有老藤挡路，斩断它；遇有毒蛇横行，砍死它。那种胆气、豪气让人钦佩不已。

婺源还曾出过一个女“武松”。那是在大清乾隆三十八年（1773年），金田村虎多为患，咬死咬伤人畜无数，因此村民群起结伴以驱虎。有一天，一头大老虎在众人的追赶下，逃进了村民黄汉渭的菜园里，一口咬住毫无防备的他。众人均被吓得目瞪口呆，谁也不敢上前救助。

正在屋内忙家务的黄汉渭的妻子詹氏，听说虎咬其夫，便迅速拿起一根木棍，赶往菜园。她冲到老虎身边，一手抓住其尾，一手高举木棍，猛击其头部。暴烈的猛虎被这个女人吓坏了，慌忙丢下黄汉渭，落荒而逃。女“武松”虎口救夫的故事，于是在婺源一带流传，成为美谈。

婺源女人不但外表长得美，心灵也美，美得像山谷里的一缕清风，像山涧里的一滴清泉。一千多年以来，在婺源广泛传颂着一个童话般美丽的“堆婆冢”的传说。

在婺源与休宁的界山上，有一座高高的浙岭。浙岭山峦相接数十里，形势险要，历来为兵家必争之地，也是徽、饶二州的必经通道。一条长达十五华里的古驿道“七上八下”，在岭峦上蜿蜒盘旋。岭头有一间供行人歇脚的古驿亭。行旅赶路的、挑担抬轿的、砍柴伐木的、遮风避雨的，当爬上这“七上八下”的山顶，莫不大汗淋漓，在此歇脚小憩。

“传说五代十国时，有一个姓方的婺源女子，每日专程登上岭头，为爬山过岭的行人供应茶水，分文不取。年复一年，女子变成了婆婆。她死后，人们就把她安葬在浙岭之巅，让她每天能看到过往的行人。凡过往者，谁也忘不了这个心灵善美的女子的恩德，都要在她的坟墓上垒上一块石，撒上一把土，日积月累，一个名不见经传的山乡老妪的墓冢便高大了起来，变成了一个墓高六米、占地面积达六十平方米的小‘金字塔’。由于年代久远，后人忘记了她的名字，而尊称她为‘堆婆’，于是‘堆婆冢’的美名呼啦一下子传开了。”

那二爷饮了一口茶，想道：“我们那天从北方逃难过来，爬的不就是这座浙岭吗？为什么就没有碰到过一个给自己茶水喝的婺源好心女子呢？”

“据史书记载，早些年婺源新岭下村有个叫俞履绥的，其填房娘子程氏，一生乐善好施，闻名遐迩，有口皆碑。俞家比较富裕，可程氏对钱财看得很淡，从不考虑个人享乐，常对人说：‘积财留给子孙，不如积德。’为帮助大家，她拿出银圆三千块给村中族人，凡那些家境穷苦不能维持生计的，年底分别资助一百或数十块；凡是死后不能收殓办丧事的，她就出钱为其买棺木埋葬。她还在县内修路搭桥，建亭辟岭，兴办义塾。除了捐赠乡亲以外，外地若有公益捐募，她亦无不施舍，如绍兴修路、潮州风灾、皖北洪水、甘肃地震等，她都分别捐银圆数百或一千。程氏临终时，家里还余银圆一千八百块，她仍嘱咐儿子把这笔钱作为善举之用。”

“嗨!”那二爷深感惋惜，“朱先生讲的怎么都是过去的事情呢？这要是在今天的话，那我不也可以去向这位俞夫人请求给予资助吗？太可惜了！咱家眼看都揭不开锅了，下一步的日子还不知咋过呢。”

酒菜都做好端上来了，朱夫人、朱碧玉也坐下来，大家开始吃饭，那二爷则陪朱先生喝酒。因为是熟人，又是小户人家，她们也没什么顾虑，同桌进餐。

朱先生一边喝酒吃菜，一边说：“我再给你讲讲婺源的几大特产吧。酒、鱼、茶、砚，简单概括，就是白、红、绿、黑。其实你现在一眼都能看到，酒、鱼、茶，都在这饭桌上。砚在隔壁的书桌上。

“先说这白酒吧，因为婺源的水质好，基本上都是山泉水，所以酿出的酒液也是清冽甘甜、柔绵幽香、纯澈爽口，你喝一口看看是不是?”

那二爷试着茗了一小口，果真如朱先生所言，先且不说这酒的度数高不高、酿酒的技术好不好，但酒水里确实有一种山泉水的清甜，口感马上好了不少。而这在北京是从未有过的。北京的“二锅头”，醇倒是醇、浓倒是浓，却并无山泉水的口感，只能喝出一种高粱、小麦的冲劲来。

“再说这红鱼吧，其全称是‘荷包红鱼’，是婺源独有的品种。你看它色彩红艳，形似荷包，肉质细嫩，营养丰富，味道鲜美，素来为宴席珍肴。你夹鱼肉啊，吃吧!”

那二爷“照葫芦画瓢”，跟着朱先生夹起鱼肉吃了一块，的确好味，直逼舌尖，与朱先生描述无二，于是再次点了点头，表示“不错”。并说不光红鱼是好东西，朱氏母女的烹饪水平也是高超的。两个女人心里自然高兴，连忙谦虚回谢。朱先生又主动夹了好几筷子鱼片到他碗里，还劝着菜：“你要是觉得好吃，那就多吃点啊!”

还有就是你刚才喝的这绿茶，是不是也不错啊？我们婺源是“名茶之乡”，驰名天下。早在唐代陆羽的《茶经》里就记载：“歙州茶生婺源山谷。”宋代它被列为全国六大绝品之一，明清时期岁贡不止。它以“颜色碧而天然、回味香而浓郁，汤色清而润厚、回味甘而持久”著称。

再则，享有“砚国明珠”“石冠群山”等盛誉的龙尾砚，有敦煌壁画传统，有六朝造像韵味，为中国四大名砚之一。因婺源古隶歙州，故又称“歙砚”。龙尾砚自唐代问世后，历朝被定为贡品，欧阳修、苏轼、黄庭坚等古代名人都曾为龙尾砚撰文、写诗、填词、赋歌、记铭。

“龙尾砚因产自龙尾山而得名，故龙尾山又称砚山。这座山倒是不高，可名气大得很。几千年来，它因出产中国文房四宝之一‘歙砚’的砚料，而被天下读书人所熟悉、仰慕。北宋诗人黄庭坚为登山求石，不辞辛苦，跋山涉水二百里地，专门来此求宝。他写有长篇诗歌《砚山行》，开头四句是：‘新安（歙县古名）出城二百里，走峰奔峦如斗蚁。陆不通车水不舟，步步穿云到龙尾。’呵呵，大概他是像蚂蚁一样爬来的。大文豪苏东坡也写有《龙尾砚歌》，他夸赞龙尾砚为‘君看龙尾岂石材，玉德金声寓于石’。书法家蔡襄则将龙尾砚比为‘相如闻道还持去，肯要秦人十五城’的玉璧。”

在整个吃饭的过程中，看起来是朱先生一个人在发表高谈阔论、口若悬河、旁征博引、包罗万象的演讲，另外三位只能当听众，只有倾听的份儿。其实不然，三位听众并没有闲着，他们一边吃，一边听，一边也在不显山、不露水地悄悄打量着别人。那二爷是在偷看朱碧玉，朱碧玉是在偷看那二爷，朱母则是在认真打量那二爷。朱先生一个人在滔滔不绝地进行演讲，其实他也一切看在眼里的，心里比镜子还清楚，只是不说破而已。

朱家四千金，在紫阳城乃至整个婺源县都是名声在外，上门求婚者、做媒者络绎不绝，简直踏破了门槛。四姐妹彼此互相之间只差一岁，次第出生。所以朱碧玉本来比几个姐姐小不了多少，今年也有二十岁了，说起来也该找婆家出嫁了。她与老街一个药铺小伙计彼此也有一点儿好感，结婚并无不可。父亲朱子安是随孩子的，不过朱母对男方不是非常满意。但他们真是想强烈要求在一起，她也不会太阻拦。

但主要问题还并不在这里。朱碧玉作为家里的老幺，虽然论貌美、聪明、才艺，在四姐妹里不算是最好的，可她最勤快、能干、贤惠、懂事，知道父母的心意，与父母感情最深，是朱先生夫妇的心头肉、小宝贝。两位老人希望她不要那么快嫁出去，多在家里待些年月，多陪陪他们。

那二爷在朱子安先生家吃饭时，虽然没有和朱碧玉搭话，但偶尔互相瞧一眼，有几回还四目相对，脸颊顿时通红，内心怦然心动，这种感受真是妙不可言，难以表达。

尽管那二爷已经不是童男，逛过多次八大胡同、青楼红灯，染指过的风尘女郎也不少，算是“过来人”了，但那些其实都是瞎胡闹，是稀里糊涂的鬼混。只有今天，他是打从娘胎里出生第一次有了心猿意马的感觉。

那二爷真是“酒不醉人人自醉”了，飘飘然起来，而这是一种最佳的状态。这时候，春心荡漾的他，眼里的朱碧玉姑娘，那就是“情人眼里出西施”，越发觉得比往日还要漂亮迷人。他雾里看花、水中望月，血脉贲张、激情迸发；她风姿楚楚、含情脉脉，眉黡春山、眼颦秋水，仿佛随时在那里希冀着、等待着。

那二爷心中突然有了一个很大胆的想法。

九

那二爷酒足饭饱，向朱先生一家道谢和辞行。朱碧玉早已隐身内室。朱先生表情平静如常，看不出有啥变化。朱母的眼神却依然有点神秘复杂，莫测高深。可朱母仍一副大家闺秀、儒士夫人的气派，很客气地邀请他以后再来做客。

在回家的路上，那二爷双腿如踩在云雾里，缥缥缈缈、恍恍惚惚的。这既有酒后的轻度麻醉作用，也有他为自己心中那个想法而备感兴奋的因素。

那家临时租住的旅馆并不太远，与朱子老宅只隔着两条小巷子，几百米吧。那二爷很快就进了客房。刚才在那边朱家是喜庆、优裕、浪漫的，回到这边那家却是冷清、凄惨、现实的，判若云泥，对比鲜明。

只见那母满脸愁云、忧心忡忡地坐在床头；小帅哥那云武也无精打采，闷闷地立在母亲身边。那二爷大吃一惊，酒意顿时醒了不少，赶紧问他们这是为什么。

原来，那家已经断炊了，锅里没有饭，缸里没有米，桌上没有菜了。其实他们都已有好几天没吃过一顿饱饭了。好心的旅馆老板知道后，给他们送来了几个红薯充饥，而且原本这两天就要交的房租，还可以再宽延数日。

是啊！那二爷头脑马上清醒下来，从半空云端回到现实里。没钱了，没饭吃了，下一步该咋办？难道还是像在南逃沿途那样，继续乞讨，吃人家的残汤剩饭？几天以后若仍然交不起房租，一家三口果真搬出旅馆，露宿街头？这等处境实在无法想象，到时只能“三十六计，走为上计”——重新赶路。或者先找谁借一笔钱，再挨过一些日子，等待机会？可有谁愿意借钱给他们呢？朱先生？吴县令？可他们凭什么要借，他们会借吗？他们自己也并不是大富大贵。这些都是权宜之计。那么，寻个活儿，可眼前有啥活可做呢？要么干脆自己跑一趟上海，找二舅商议，看看他有什么办法，怎么帮自己？甚至，母子仨干脆离开婺源，前往上海算了？

那二爷与母亲合计了一会，决心还是自己先去城里各处走走，看看有什么临时的短工小活可做，挣点零花钱，买些米和菜，过几天再说。

就在这时，突然，那二爷的兴奋、激动劲再次涌了上来，现实困境、谋生思路放在一边，浪漫情怀和少年意气占了上风，他再次觉得必须尽快实施自己的想法。

第四章　新婚立业

那云乡一字一顿地对母亲说："我要娶朱子安先生的小女朱碧玉！"

那母和那云武对朱先生一家人并不陌生，大家是见过面了的，所以便不再感到奇怪。只是那母说："碧玉姑娘不是已经定亲了吗？好像是什么药铺的伙计？"

"定亲了又怎么样？他们又没有结婚，再说两人是不是真的喜欢对方还难说呢！我倒觉得她喜欢我，我也喜欢她，我想我跟她是有缘分、有意思的。"反正是在自己家里，面对母亲和弟弟，加之趁着酒兴，那二爷就什么都不隐瞒了。

"你真的这么有信心？"

"这点儿信心我还是有的，要不我怎么敢夸下海口？我一定要追她，娶她！"

"听说碧玉姑娘今年二十岁了，比你大三岁？"

那二爷点了点头。

那母掐着指头算了一下，又在心里想了想，说："女大三，抱金砖；再说你们一个属猴，一个属蛇，确也般配。碧玉姑娘的长相、性情、能力、为人，以及朱先生他们那个家庭，我也是中意的。好的，儿子，我支持你！"

"那二爷，我也支持你！"小家伙那云武对哥哥说。

"我觉得碧玉本人好说，只要我努力；朱先生也好说，他是赏识我的；就是她的母亲，态度不够明朗，有些不知深浅，似乎难打交道。"

"这点儿你可以放心。女人之间的事情，我来帮你解决，我去找她说合说合。"迁居到婺源的那母，仍一如既往的清心寡欲，每天吃素念经，烧香拜佛，对外面什么事都不关心，不过问。但此次既然关系到儿子的终身大事，她不得不亲自出马了。

"那就有劳母亲大人也！"那二爷来了一段京剧念白。

那二爷双手暗暗握起了拳头，下定了决心。

“可是，咱们现在连锅都揭不开了，哪里还有资本给你娶亲呢？”那母再次表示忧心。

“不怕，我想我们好日子很快就会来的。我刚才路过星江码头，看他们货船招搬运工，给的酬金还不少，就是辛苦点儿呗。我等会马上就去！”

“我也去！我也去！”小云武欢呼雀跃，跃跃欲试。

“你就别去了。你还小，搬不动的。”

想到曾经身为王爷后裔的儿子要去当搬运工，做苦力，就为了挣那一点钱养家糊口，那母心里感到一阵绞痛。可是除此之外还有别的什么法子？再说，那家是在他手里破败的，按说也该让他受些磨难。而这南来的一路上，他也确实受了很多磨难，吃了许多苦，现在成熟、稳重、懂事、能干多了。对此，那母是心知肚明的，也是深为欣慰的。

那母还改变了自己曾经的观点，或者是他们母子间上辈子积下的恩怨，或者是别的什么原因，总之，这个国家也好，他们那家也好，活该有这么一次大劫，是躲不过的。孩子年轻的时候懵懂荒唐，难免会有过失、错误，但只要长大后纠正了，变好了，那就行。不过，代价是大了一点儿。哎，过去的事情，还后悔那么多干什么呢？把今天的日子过好，并着眼于更好的将来吧。

那家母子仨这一席谈，驱散了房里因为断炊所带来的阴霾，气氛马上明快、活泼多了。

十

连日来，那云乡都没去见朱子安，也没到私塾去听课和代课，一直在码头上给人搬运货物。三天后，他正在码头一带干活，低着脑袋，背着重物，穿着破旧粗布衣服，全身脏兮兮、臭烘烘的，拼命往前快步。有谁知道，这竟是来自京城的公子哥儿、大户贵胄？

苦点脏点累点，那二爷倒是不怕，因为有钱拿，家人有饭吃，交得起房租。他怕的是自己这邋遢、尴尬的样子被朱家人看到，特别是遇上碧玉姑娘，那可就糗大了，到时场面该如何收拾？可偏偏码头离朱家不远，他只好换上一套别人的粗布衣服，戴一顶从老街某个角落捡到的破毡帽，一声不吭，且总是把头压得低低的，尽量躲着朱家的方向，三天总算平安过去了，他心里还暗里庆幸，自鸣得意。

第四天下午，当那二爷干了大半天苦力，筋疲力尽，抬起头来，想歇息片刻时，眼前站着的一个人，正是朱碧玉！也不知道她是从哪里突然闪出来的，把二爷吓个半死。所以，他的第一反应，不是尴尬，不是羞愧，而是惊恐，背上的货物当即摔下来。他并未主动问她，只是静等她开口。

那二爷忙碌了大半天，只是觉得疲惫，但并没有脸红心跳、气喘吁吁。相反朱碧玉倒是大口喘着粗气，背上都湿透了，显然她是跑了不少路，才有这等表象。

果然，她在稍稍缓了一口气、心有所平静了，便说道："嘿嘿，我花了大半天，几乎把整个紫阳城的大街小巷都跑遍了，就差没把地翻过来了，未曾找到你，没想到你就在眼皮底下，就在我家附近。可奇怪的是，我也来回经过这里好几回了，怎么没见你？"

那二爷并没有正面回答朱碧玉，只是问道："你没去我们一家居住的旅馆客房，去问问我的母亲、弟弟吗？他们肯定知道我在这儿。"但话一出口就哑然失笑了，因为她还没去过他们的住处呢！于是立即改口问道："是你找我吗？"

"我爹找你。"另外一句没说出口："我怎么会找你？我找你干什么？"

"好的。那你先回去吧，我得回家去洗把脸，换件衣服，然后马上赶去你家。"那二爷对货主说了一声，便与朱碧玉往回走。至于她看他的究竟是啥表情，他已无心揣测，顾不上那么多了。

半个时辰后，那二爷来到了朱家。朱先生态度和蔼地问道："听说你到码头去当搬运工去了，难怪这么多天我都没看见你。为啥？家里生计出现问题了？"

那二爷点点头，表示同意。

"这个我也猜想得到。你们家从北京那么大老远逃难到这里，想必是有大麻烦了。好的，今天我找你来，正是为你解决这个问题。"

"哦?"

"我想，咱们紫阳老街私塾的课，以后就由你来上吧，凭你的才学完全可以胜任。况且你也上了好几次，孩子们都接受你了。"

"啊?！朱先生，这怎么成？我哪里行？再说您为啥不上了?"

"我想腾出手来，静下心思，好好写些书法，做些诗文。你一定行的，而且我不是还在这里嘛。有了这些收入，你们一家就可以在婺源这儿立足了。"

那二爷知道这完全是朱先生在帮自己，十分感动，马上表示谢意。

朱先生却说："我这也不是一味帮你。一则我经过多日的考察，觉得以你的能力，是绝对能够成为一位好先生的；再说我还是为了我自己，教了这么多年的书，有些困乏了，想休息休息，也想做点自己一直想做的事情。你先坐下吧，咱们再说说话。"

于是那二爷坐了下来，朱碧玉给他沏上一杯热茶，二爷又与朱子安天南海北地侃侃而谈起来。朱先生满肚子的学问、见闻，需要有听众，私塾里的娃娃们听不懂，他的夫人、女儿们又不想听，那二爷是最佳人选。同时，那二爷也希望获取更多当地的知识与信息，不管是他的家底、基础，还是他自己的爱好、想法，更不用说下一步要当正式的私塾先生了，没有出众的才学咋成？因此他们一老一小是一对绝配的说者与听者。

今天他们一家人倒是都在，不过朱母和几个女儿躲在里屋，唏唏唆唆讨论女人之间的话题。三姐夫是个木匠，他们的对话他又插不上嘴，就去后院做他的工去了。书房里只有朱先生、那二爷他俩，继续聊着婺源的历史、文化、风俗、人物等内容。

"地处万山之中的婺源，由于交通不便、信息闭塞，长期以来蒙上了一层既神秘又奇异的面纱，其民风不被外界所了解，甚至为外人所误传。

"直到南宋初期，婺源这里出了一位著名的文学家，名叫汪藻。他当过中书舍人、翰林学士等，为官三十载，显赫荣达。宋高宗赵构的诏书、圣旨、御笔，大都是由他执笔的。也就是这位婺源才俊，在得知家乡要修建一座'清风堂'后，慨然命笔，遂写下名篇佳作《婺源县清风堂记》。

"他写道：婺州去州二百余里，皆取道山间攀缘，不可舟车。当地民众达十万，因极度贫困，民众经常为一些鸡毛蒜皮的小事而争强负气，所以官吏被委派到婺源的常常畏缩躲避，使这里蒙上了恶名。但实际上，这是一块很秀美的地方。这里有溪山之巍，足以登临；有鱼稻之珍，足以宴乐，这里的人民是非常聪明、尚武、修文、好义，而且慷慨大方。

“汪藻还说，外地人对婺源的种种非议，其源起是由于过去一些官员对婺源和婺源人的歪曲、贬损。现在，婺源人民建起了这座‘清风堂’，给婺源洗去了罪名。其实，天下之物，没有不可教化的。过去婺源出现的那些问题，责不在民，只是因为当官的不善治理，他们‘结意于绳墨之端，置民于牛羊之地’，把人民当禽兽一样对待，怎么能不发生问题呢？所以，当官的越是瞎‘忙碌’，人民越是反对，离社会安定就越远。

“就这样，经过汪藻登高一呼，从此天下为婺源和婺源人正了名，而其名气也越来越大，不胫而走。同时当地经济也逐步发展，焕发新的生机。特产贡品从这里诞生，名扬天下。人才更是辈出无穷，或科举入仕，或经商行货，畅行全国，走上了良性循环的道路。所以说，婺源是从南宋开始鼎盛起来的，而其两大功臣就是朱熹和汪藻。

“那么，‘婺源’这个地名、这个县，又是从什么时候最先出现的呢？那就得追溯到更遥远的唐朝了。婺源原属于安徽省徽州治下的休宁县，地处深山腹地，经济落后，从不为世人所看重。不料唐朝开元年间，一件不大不小的事情，让这块平静的土地引起了朝廷的瞩目，从而催生了独立的婺源县。

“唐明皇李隆基在位时，一味重用‘口蜜腹剑’的小人李林甫。开元二十四年（736年），李隆基不顾宰相张九龄的一再反对，让李林甫也当上了宰相。李林甫当政后，打击贤臣，重用小人，闹得民不聊生。

“翌年，徽州休宁县有一个叫‘洪真’的山里佬，领导了一次农民起义，史书上称为‘洪真谋叛’。洪真率领的农民起义军，以休宁县回玉乡鸡笼山为营寨，聚众活动于歙、衢、睦三州边境之遂安、开化、休宁等县四百余里的地区，震撼了李唐王朝。

“鸡笼山里飞出金凤凰，一向只把眼睛盯着美女酥胸丰乳的唐明皇，这才惊愕地把目光游移到这么一个偏远、贫瘠的地方，慌忙发兵讨伐。唐明皇本以为这股‘流寇’很容易荡平，但出乎他意料的是，这仗足足打了三年，可见农民军抵抗之顽强，战斗力之出色。

“痛定思痛，唐朝的统治者决定加强对这块山高皇帝远的‘匪区’的控制，于开元二十八年（740年）正月初八，划出洪真起兵闹事的休宁县回玉乡和乐平县怀金乡，设置了一个新的小县——婺源县，归歙州管辖。当时县城设于现在的清华。唐天复元年（901年）迁到弦高，也就是今天的紫阳。

“但自从南宋以后，婺源经济发展了，各类人才涌现，宋元明清四朝，诞生了进士五百多人、仕宦两千六百多人，几乎各个村寨都出过官员、士子……”

“这个我知道。”那二爷插话进来说，“我前些天去坑头村玩，发现村口的草地上，横七竖八躺着许多八角形的基石，每一个中间都有个圆洞，粗看还以为是村里人砌新屋时用的柱础呢！可等我凑近去一看，真是吃惊不小，只见上面都刻得有字，如乾隆乙酉科、乾隆乙亥恩科……我随便数了数，竟有三十个左右。

“我问了村里人，这才明白，这些都是过去的‘旗杆石’，是专供村里考中进士的人在上面插旗帜用的。这个小小的边远山村，光明清时期就出了四十来位进士，包括多位在京城和各地任要职的官宦人士，果然名不虚传。想一想当年这些旗杆石上旗帜招展的气派，让人瞠目结舌。旗杆石，就是该村历代科举成果的集中展示。”

朱先生说：“说到旗杆，婺源这里曾经还有过一个传说。早在明朝时期，原籍婺源理坑的工部尚书余懋学，踏上仕途后为官清正，颇受万历皇帝的赏识；后屡遭政敌恶意陷害，不得不弃官还乡以避祸。临行前万历再三叮嘱余懋学，他会视日后事态的变化，决定是否派人接他回京再做官。如自己所派的人打着红色旗去接他，便说明他将性命难保；如所派的人打着黄色旗去接他，便说明他将官复原职。

“余懋学闲居在家，据说还在村里修砌了一座当时理坑最高的建筑，取名‘望京楼’。这座楼至今还屹立在那儿呢！据当地人介绍，站在此楼顶上，天气晴朗的时候，正好可以看见朱山尖，而这也是从京城到理坑来的必经之路。

“几年以后，朝中时局稳定了，万历皇帝就派人打着黄色旗，浩浩荡荡地从京城赶来徽州迎接他。但当时正值深秋时节，远远望去，落日的余晖将一面大黄旗染得血红，家人错将它看成了红旗，于是向余懋学去报告说是红旗。余懋学一听大事不妙，未等钦差一行走进家门，便先吞金自尽了。

“这显然是篇野史，或民间传说，经不起推敲的。一则，堂堂尚书大人、一代名臣，其心理竟然会如此脆弱崩溃，还没见到钦差本人就先行自尽了？二则，堂堂万历皇帝下圣旨召一个臣子回京，程序需要搞得这样复杂、怪异吗？就连不想用他了，还要派人打着红旗去见他吗？”

“呵呵！”那二爷笑道，“这个故事还真有意思，您分析得也颇有道理。对于余懋学，我曾听我父亲说过，他之所以被迫归乡，主要原因还是得罪了当朝的皇太后。

“事情的具体经过是，当时朝中有一奸臣，干了不少坏事，众僚属非常气愤，想整治他一下，但又奈何他不得。因此人与皇太后关系暧昧，连皇上都要让他几分。余懋学为人忠诚，刚正不阿，皇上很赏识他，故众大臣暗中想让他参此奸臣一本。

“有一次，几个臣子在宫中的白墙上画了一条鱼，鱼尾、鱼身画得像真的一样，好看极了，但未画鱼头。余懋学下朝经过这里，见这么好的鱼竟没有鱼头，很是可惜，于是给笔尖续了墨，添上了鱼头。鱼头即为头，是请他余懋学‘为头’呢！余懋学知道臣子们让他替大伙出气，一切尽在不言中，遂心领神会，将此奸臣与皇太后之事告诉了皇上。

“这天晚上，那个不得人心的奸臣和皇太后在她屋里喝酒，喝到高兴之际，两人脸红心热，情欲大开，正想行那男女苟且之举。谁知这时陛下突然来访，只听远处太监一声‘圣上驾到’，把太后和那奸臣吓了一跳。太后赶忙把奸臣藏在寝宫的衣柜里，用铜锁锁上，方才出来给皇上开门。

“皇帝进来后，发现桌上有两个酒杯和两双筷子，于是忙问皇太后缘由。太后急中生智，编谎称：‘这是你父皇生前留下的口谕，让我喝酒时要想着他，遂给他放一只酒杯’。皇帝心中知道事情的原委，但既然母后这么说了，便也不好多问。

“但问题是，此奸臣由于躲得匆忙，细节缺乏谨慎，长袍的一角露在了衣柜的外面。万历皇帝知道此人就在里面，于是说道：‘母后，您这寝宫中的这只衣柜看着有些旧了，还是烧掉算了吧，过几天我差人给您换个新的。’不由分说，立即派人连橱带人抬出宫中烧掉了。太后心里发慌，但也不敢为情人求情，知道皇上这样做是给自己留面子，只好忍痛让他活活被烧死了。

“事后，皇太后打听到是余懋学告的密，便怀恨在心，处处为难他，在皇帝面前讲他的坏话，要置他于死地。几经陷害不成之后，皇上深知太后不将他弄死是不会罢休的，于是暗中设计了余懋学中毒的假象，表面上是将其尸体运回城外安葬，实则已在棺材上开了透气口，出了皇宫就将他送回了婺源老家。并且跟他约定，待太后死后，事情风头过去了，就将其接回。”

“原来还有这么一段典故啊，这我可没听说过。”

“婺源这里的人们，不管渔樵耕读、三教九流、男女老少，都崇尚读书，佩服文化人，‘万般皆下品，唯有读书高。’‘书中自有黄金屋，书中自有千钟粟，书中自有颜如玉。’又说‘十户之村，不废诵读’，‘山间茅屋书声琅，放下扁担考一场’，这些俗语在婺源流传甚广，很能说明哪怕普普通通的婺源人也具有很高的文化素质。假如你在乡间古道上，遇到一个农人樵夫，也千万不能小看他，说不定他就是博览群书，满腹经纶。

“相反，他们瞧不起商贾生意买卖之人，再有钱都会被鄙视，认为他们沾满了铜臭，‘商人重利轻义’。当然，这些观点也并不全对。

“不过，婺源人重视文化，耕读传家，的确具有很好的传统，所以自古就有很丰厚的人文底蕴。婺源各地的很多地名，非常有味道，譬如紫阳、赋春、诗春、词坑、理坑、秋口、虹关、沱川、太白、清华……哪一个不是文绉绉的，哪一个不让你咀嚼良久？

“婺源的方言也非常古雅、含蓄、隽永。在老百姓的日常用语中，还保留有古文的特点。我今日就考你几个吧。厕所叫什么？”

“不知道。”

"舒园。是不是很含蓄？拔草叫什么?"

那二爷再次摇头。

"刘青。是不是很文绉绉？——呵呵，还是我来说吧。他们就连打个盹儿，也文雅地叫做'春困'。女人修个面，也被说成是'摘额'，好像那头顶上还真有不少凤冠霞帔等着拿下来似的。

"还有，上午叫上昼，正午叫当昼，黄昏叫断暗；梅子叫酸梅，李子叫苦李，橘子叫金豆；猴子叫猴狲，鸭子叫鸭公，母猪叫猪娘；伯父、叔父、姑父、舅父、姨父，一律冠以'爷'字；哥哥、弟弟，统统加上'佬'字……

"我来考你几个对子吧。在徽州这个地方，有一个'七才子现丑'的故事。说的是明朝时期，北方有七个文人以才自傲，以为天下无敌。有一次，他们路过徽州，在一个渡口前大呼小叫地要撑船的老者摆他们过河。老者听他们介绍自己是文坛名士，就想讨教学问，与他们对个对子。

"诸文人心想，草野之人，懂得什么对子？就不屑一顾地出了一个上联：'尺蛇出洞量量九寸十分。'讥笑老者是小蛇一条。云乡，你来对对看。"

那二爷在心里略微想了想，觉得自己勉强也能对上，比如"八国侵华数数七贼一寇"，可是他却说："我怕对得不好，贻笑大方了。您还是说说摆渡的老汉是怎么对的吧，我想一定很精彩。"

"是啊！那老者听后，不假思索，脱口而出，应声对曰：'七雁投河点点三双一只。'七人刚开始还不觉得，等到过河以后，细一琢磨，才知道老者是把他们都比作了呆雁。他们顿时恼羞成怒，却又无可奈何，毕竟是自己讥笑人家在先，同时也暗暗佩服老者的才思敏捷、机智过人。"

朱先生停顿了一刻，抿了一口清茶，接着说道："当这七人一路走得口干唇燥时，见山村旁边有一茶寮，就大摇大摆地走过去喝道：'我等是北方文士，快送茶来。'卖茶的老者一听，遂笑曰：'哦，原来是七位远方大才子啊，好，我这有副对子，对出来喝茶分文不要，并另有礼物相赠；对不出就回家读书三年，再来喝茶吧。'

"几位才子觉得，你一个卖茶的山野老头，肚子里能有多少墨水？对就对。老者于是出了上句'一盅清茶能解解解元之渴'，连用三个'解'字。这第一个解字，乃解除之解；第二个解字，乃姓氏中的解，读作'松懈'的'懈'；第三个解字，乃明朝时科举乡试的第一名，读作'借钱'的'借'。

"妙联一出，这七个不可一世的文人你望望我，我望望你，谁也对不上来，这才知道徽州不啻为人文荟萃的地方，就连一个卖茶的普通老人亦如此不简单，于是羞愧得落荒而逃，向北而去。云乡，你不妨来对对看。"

那二爷想了想，一下子确实难对得出来，说："这种谐音对联，是很有难度的，往往就成了绝联。比如我听说有一联'进士尽是近视眼'，也是连续三个同音词，好像至今也没有人对出来过。还有山海关上那副著名的对联，'海水朝，朝朝朝，朝朝朝落；浮云长，长长长，长长长消。'"

"是啊！这些对联我也曾试图对一对，却一直没对上合适的。"

"朱先生，我冒昧地问一问，这段时间以来，听您说了这么多婺源和婺源人的好。您再说说，婺源和婺源人有哪些不好的呢？"

"有啊！比如说，婺源这里属于边远山区，素来很穷，人们穷怕了，所以过日子很注意节俭。勤俭节约，生活朴素，这本来是好事啊！可是不能过了度，那就成了吝啬、病态了。过去有一徽商，家有百万巨富。谈到致富之道，他的秘诀就是'要想致富，先治五贼'。"

"何谓'五贼'？"那二爷大感兴趣。

"一贼曰眼，因为眼睛好美色，诱你娶娇妻艳妾，花费太多，其实娶一丑妇，照样延续香火；二贼曰耳，因为耳朵喜欢听好话，听丝竹之音，其实听听山歌小调，一样动人；三贼曰鼻，因为鼻子喜欢闻香的东西，其实每天闻猪屎马粪，一样快活；四贼曰舌，因为舌头专喜欢品尝山珍海味，其实不吃美味佳肴，也照样能填饱肚子；五贼曰身，因为身子要穿好衣服，其实剪叶为衣、结草为冠就好了。"

"呵呵，有意思，眼耳鼻舌身，再加上意，那就是佛家所说的'六根'了。"

这真是让人笑掉大牙的徽州老"朝奉"们的本色。此外，婺源这里还有分"大姓""小姓"的民风陋习。所谓大姓者，其祖先多是达官贵人，后代人多势众；而小姓者，则是大姓人家奴仆的子孙后代，一般人口较少，没有地位、权势。像咱们这种外地人，也属于小姓之列了。在一些大的村落、镇子里，常常是大姓统治，欺负小姓。大姓人家有红白喜事，就由小姓人家击鼓吹号，举旗打伞，抬轿抬棺，做些"下等"事情。甚至有些还刻薄规定：小姓人家的子孙，男子不得读书、女子不得缠足，大、小姓之间男女不得通婚。

"的确是不应该。"

"还有，你看看徽派民居，还是很有特色的，大多依山傍水而建，粉墙青瓦，整体色彩是黑白相衬，朴素淡雅；掩映在青山绿水之间，点缀于修篁古树丛中，富有诗情画意，确实好看。但它也只可远观罢了，真的住起来却存在很多问题。不但高大的'五岳朝天'的马头墙将其内部世界彻底隔绝了，而且其平面布局也依小小的天井，呈'口'字形、'曰'字形、'凹'字形；这三种布局，无论是哪一种，都把人完全给封闭了起来，与外面毫无交流。我想，当初徽州的老祖宗们设计出这种房屋来，其目的不是要自己住得舒服，而是把家室紧紧禁闭起来，从而财不外露、富不外流。”

那二爷连连点头。

“尤其冬天，日子最不好过。厅堂的天井里八面来风，冷飕飕的；关上厚厚的大门，一家人就像是在坐牢；没有什么阳光，你白天走进卧房里也要点灯，那种在黑暗中摸索的味道，实在是不太好受。”

“朱先生您说得太对了，我也是这么想的。”

眼看天快要黑了，又到吃饭的时间了，这次朱家的四姐妹都在，那二爷与她们还不是很熟，同桌吃饭的话有些尴尬，就早早告辞回家去了。

十一

从第二天开始，那二爷正式代替朱子安先生，在私塾里教课，成了“那先生”。

这样一来，他的收入是稳定了，一家人的生计是没有问题了，他的母亲、弟弟，不用天天愁云满面、寝食难安了。另外，他与朱碧玉见面的机会也越发多了，他追求朱碧玉的计划正式开始。

在此之前，那母与朱母已经有过私下的交谈和沟通，反馈回来的也是好消息。那母告诉那二爷，朱母对他没有太大意见，觉得他不管从哪方面说，自然是比药铺的伙计强多了。再说碧玉姑娘对那药铺伙计也并不是很满意，只是对方老来缠她，她也不得不应付一下。朱母不反对二爷与碧玉交往，但得有一定的财力，至少有个固定住处，有一定的家当，再来谈婚论嫁。

当然，朱汪氏也善意地提出，那二爷在举止形态、细节小事上还有一些小毛病，但没有明说。毕竟，谁没有一些小毛病呢？这个问题不大。但由此可见，二爷曾经堕落、放纵过一段时间，其“后遗症”尚未完全消除。

朱汪氏的这个答复，对那二爷而言实在是天大的喜讯，他当即心花怒放。因为这就说明，自己追求朱碧玉的希望还是很大。不过，他还是暗暗佩服这位朱先生的夫人、碧玉姑娘的母亲，人家还真是大家闺秀，挺厉害的，把他看得很准，提的要求也毫不过分。他自然也非常感谢她，同意自己与她女儿相好。虽然自己很有希望，但还是要付出艰辛的努力。他得达到人家母亲的要求，才好迎娶人家的闺女。

那母还告诉那二爷，她给他去找了算命先生，给的话都是好话：“女比男大三，天天抱金砖。女的属巳蛇，温柔貌又美；男的属申猴，机灵真可贵。女的有貌，男的有才。”又去庙里给他打了卦，卦辞也很准确：“红蛇白猴满堂红，合婚相配古来兴。大婚相对子孙有，福寿双全多康宁。”

那二爷于是给母亲做了保证：一两年之内一定要与朱碧玉结婚，并让她抱上孙子。为此，自己就得做到以下三条：第一，从现在开始，加大力量对碧玉姑娘进行“火力猛攻”，博取她的欢心，首先在感情上确立两人的关系；第二，尽量改掉自己身上的那些小毛病，做一个成熟、稳重、像样的男人；第三，除了当好私塾的教书先生，争取再搞点什么门路，多创造收入，尽快在附近租套房子，从旅馆搬出去。

两边的母亲是已经通过气了，但实际上两个年轻人还没真正开始接触呢！这天等学生放学以后，那二爷就羞羞答答地进了朱家，一看就是个没有城府、做贼心虚的样子。然而，碧玉姑娘似乎不在家，只有朱子安先生和夫人在，一个在书房里写毛笔字，一个在厅堂里坐着火桶，嗑着瓜子。二爷硬着头皮与他们打了招呼，然后就进去看朱先生写字，聊了一会儿。

可是由于那二爷另有意图，所以与朱先生说话就显得有些心不在焉，语无伦次，没有平常那么专心投入了。朱先生倒也很明白，就说：“你要有什么事儿，就忙你自己的去吧。”

二爷乐得赶紧向他告辞，出了书房，到了厅堂，又同朱夫人搭讪了几句。反正大家都已是熟人，也就没必要不好意思了。因为双方母亲话已挑明，朱夫人看他的眼神也柔和了许多，不再摆大户太太的架势。二爷对她所坐的火桶表示好奇，向她询问，听她解释了一番。

节令已入深秋，天色越来越昏暗，天气变得越来越冷了，山区的小北风还是比较凛冽刺骨的。朱先生穿上了厚厚的棉衣，朱夫人则坐起了火桶。这是徽州人发明的一种既可取暖又能安坐的独特日常生活用具，也不知是从何朝何代开始就有了。

这种火桶与用于挑水、装水的水桶，在体形上略有一些不同。前者大多更高一点，呈一种下粗上细的圆锥形。它刚好可以罩住一盆炭火，中有一层踏板，孩子可以站在上面，将身体装进去；大人则可以或坐或站在桶边，把两腿伸进里面，端的是暖意融融，再天寒地冻也不怕了。

由于火桶这种独特的功能，它竟成了婺源农家人的至爱，甚至形成了一种外地难得见到的“火桶文化”。山里人吹牛、说古、算账、攀亲、看大戏、侃大山……很多活动都是在火桶上面完成的。火桶使徽州人变得生动、热烈、开朗、亲密无间。

突然间，那二爷发现自己在朱母面前已无话可说了，就有一段尴尬的时期。他甚是觉得手足失措。然后朱母朝他使了个眼色，对着他们家后院悄悄侧了侧脸。刚开始二爷还不明所以，顿时灵光一现，恍然大悟，连忙向朱母告退，走进了朱家后院。

果然，碧玉姑娘正在后院里。小小的后院种着一畦蔬菜，她在小心翼翼地给菜淋水。菜的上面罩着布块，以防冻坏。她得一蔸一蔸地把布块掀开，淋完水后又罩上。天冷了，碧玉穿着一件稍厚的丝绸面子、棉絮里子的夹袄，是桃红色的，倒显得她多了几分艳丽，比往常更好看。

知道那二爷来了，朱碧玉故意不抬头看他，只顾淋自己的水。二爷轻步走近她，但又不敢离她太近，仿佛有些怕她——他还真有些怕她哟。想唤她一声，也开不了口。他颇是紧张、窘迫，又非常兴奋，心怦怦跳得很欢。

这时，那二爷回忆起，一个多月前，他第一天来到婺源，就循着孩子们的读书声，找到了朱熹老宅也就是紫阳私塾，第一次见到了朱子安先生，他正在课堂上教书；也第一次见到了朱碧玉姑娘，她好像是在屋檐下晒茶叶。没想到，这一眨眼就过来四十多天了。

对于在堂堂京城里见过美女如云、甚至“阅人不少”的那二爷来说，朱碧玉的第一眼，确实没有让他动心过。可是，跟她见面次数越多、对她越熟悉，他却越觉得她有味道，越觉得她可爱了。难道这就是爱的力量吗？或者是碧玉本人独有的魅力？

朱碧玉既不像大户人家的小姐拿腔拿调、故作矜持，也不像小户人家的女子忸忸怩怩、婆婆妈妈，她大方、开朗、爽快、自然。这时，她先开口问了他一句：“你什么时候走呢?”也不抬头，不转身，继续淋她的水。

“我什么时候走？我去哪里呀?”那二爷傻乎乎的，丈二和尚摸不着头脑，根本不明白碧玉姑娘说的是什么意思。

“回京城去啊，你不是京城里的人吗?”

哦！那二爷终于明白她的意思了。原来，碧玉姑娘最担心的，就是怕他早晚有一天要回北京，到时候她就不知道该怎么办了，跟他走还是留下来都很为难。

那云乡遂斩钉截铁、坚决地说：“我不回去了，婺源这里就是我的家，我一辈子就待在婺源了。这个请你放心，请你一家人都放心。”

“我有什么不放心的？你这人说话真怪！你回不回去，关我什么事?”朱碧玉顶了他一句，这才抬起头来，勇敢地乜斜着眼看着他。

其实她是已经放心了，所以就像中一块石头落地，那眼神、那口气，也变得欢快、轻松、明朗、大胆起来。

“……”那二爷嗫嚅起来。他挠了挠头，不知道下一步该对碧玉说什么，就问了她一个傻乎乎的问题："那……你还有别的什么不放心的？不，你还有别的什么要问的我呢？"

"呵呵，这就更有意思了，我有什么要问你的呢？我没有什么要问你的。"明明刚才是她先开口问他的，现在却二一推作五，完全否认了。

那二爷也不敢跟她计较，只是怔怔地看着她。

朱碧玉先是大胆地回敬着二爷，两人四目相对，离得很近。碧玉像是跟他斗鸡似的，就看他顶不顶自己的嘴、计不计较。渐渐地，她见二爷什么也没说，只是深情款款地看着自己，她那一对白皙的脸颊便绯红如霞起来。突然，她噗嗤笑了一声，说："我确实是没有别的什么要问你的了。"

那二爷知道她的潜台词，也就是说，她没有别的担心和疑问了，他的心里也高兴起来。

这时朱碧玉已经把蔬菜淋完，说："我领你出去走走吧。"

两人既不走后门去老街，因为那边人来人往；也不从与书房相连的厅堂出去，以免与朱家父母见面有些尴尬；而是在菜园背后穿过一条小巷子，经朱家与私塾之间的天井走出朱熹老屋大门，在码头顶上的一条青石板路折身过去，再穿过两条相对比较幽静、人少的街衢，那就是紫阳后山麓的一片水田和菜地了。这里远离老街，与星江也保持着一点距离。

天气转冷了，外面人不多。天空有些阴沉，田地里比较萧条，可山上还有不少的绿色。旁边一条清澈的小溪，从山边流过来，汩汩而去，汇入远处的星江。两人一前一后走着，都不说话。

这时，路上迎面走来一个农村青年，手里拿着一只徽州一带常见的、精编的竹篮子，上面插着一根天竹，里面装有两根蜡烛，还有两样糕点。他与碧玉姑娘似乎彼此认识，互相打了声招呼。他很淡然地告诉碧玉，他的妹子去年出嫁了，他这是代表父母去看她。碧玉却向他表示茶贺。因为他们说的是婺源本地话，二爷并不完全听得懂，只能是靠猜了。

待那青年走后，那二爷很好奇地问碧玉："你说他去看他出嫁的妹子，带糕点去走亲戚，倒是应有之义。可是他又是拿竹子又是拿蜡烛的，这是什么意思呢？莫非他妹子家还缺这些小件不成？"

走在前面的朱碧玉回过头来，白了他一眼，说："你就跟我爹一个样，都是些书呆子，傻乎乎的，还满口子乎者也，连这个都不懂。你看他妹子是去年出嫁的，今年该怎么了？"她一问出口，可毫没来由的，自己倒先脸红了。

"今年该怎么了？"二爷一时还想不明白，又反问了她一句。

“天竹是什么意思呢？谐音‘增添’的‘添’吧。而蜡烛又是什么呢？是灯吧，也就是‘人丁’的‘丁’吧。合起来呢？……”

“我明白了！”那二爷立刻恍然，“添丁啊，原来是他妹子生孩子了，他当大舅了！”

“脑子总算还不是太笨。”

那二爷见碧玉脚不停步一直往前走，虽然走得不是太快，不像赶路，但也不像散步。他不好问她，更不好阻止她，想必她有她的想法，就也跟着她往前走。

这不是一条大道，却也不是爬山的小径。眼看天色越来越近于黄昏了，两人就这么走着，没有目的，也根本不知目的在哪儿。

就在这时，那二爷仿佛有些麻木了，朱碧玉却猛地一掉头，与跟得很近的二爷差点撞上。碧玉劈头问道：“你喜欢我什么呢？”

此时野外已什么人都没有了，阒静得很。

“我喜欢你什么？”那二爷好像根本不知道答案。他想了想，突然显得很机智地说：“刚才你不是说我有些像令尊吗？我也觉得你有些像家母。你像我母亲，我像你父亲。你看，咱们不是天生一对、地成一双，很相配吗？”

这似乎并不是朱碧玉想要的答案，却又觉得这倒也是一个挺不错的答案。

向来要强、爽快的碧玉姑娘，面对一个男子的真情，她也非常感动得热泪夺眶而出，精神防线几近崩溃。

那二爷心里一激动，马上把碧玉抱住，把这个大自己三岁的“姐姐”搂在他宽厚的怀里、高大的胸前。而且，他还得寸进尺，及时俯下脸去，大胆地吻住了她湿漉漉的嘴。紧接着，两片灵巧而柔软的舌头就像水乳交融一般了。

啊，这甜美得像蜂蜜一样，清新得像春露一样，温润得像初乳一样，滚烫得像炉火一样的吻哟，把两个人的心紧紧地结合在了一起。

碧玉姑娘这时也不再好强，不再当对方是比自己小的“弟弟”，而是就当他是自己的男人、至爱、大树，任他温存、爱抚、照料。她就像只驯服的野猫、乖乖的绵羊，轻声呢喃，极尽柔媚，两人亲密接吻，热切偎依，手足并用，脉脉对视，全身心契合与投入，享受这人生难得的美好时刻。

那二爷明白了，朱碧玉要带他来到这么一个夜色笼罩、远离人群的地方，两人才好表白，也才好亲近啊！女孩子的心思总是比男孩子缜密。

他们拥抱了很长一段时间，在这阴风阵阵、荒芜冷清的野外，而且夜幕降临，杳无人烟，却一点都不感到寒冷、孤寂。然后打道回府，两人的手却是紧紧牵着的。虽然不说话，心里却感到充实、快乐。直到快进城了，怕人看到，这才把手分开。

当晚，二爷自然又是在朱家吃了饭才回去。

十二

本来，朱子安家还是有一笔不少的积蓄，朱夫人也有一些自己的体己，他们愿意送部分给两个年轻人。再说朱夫人的娘家是乡绅，有田有地有山有店子有宅子，家财万贯，也可以去借的。可是，两个年轻人想靠自己的本领创业，不想让他们借，更不想让父母白送自己。

还有一点是，究竟开一家什么样的店铺，那云乡和朱碧玉两人的意见一直没有完全统一。开店主要是为碧玉姑娘了，因为二爷的工作重点放在教书上，店面要靠她打理，是她婚后的主要事务和产业。碧玉的想法，是开一片茶店，因为对制茶的整个过程，她已非常熟稔，采青、萎凋、发酵、杀青、揉捻、干燥、初制、精制、泡茶……她可以一个人完全做下来，甚至都可以出山为师带徒了。再说婺源是名茶产地，到处是茶山、茶厂，不缺原料。那邢氏和朱汪氏两位母亲都支持她。

二爷觉得开一家茶店也未尝不可，可是他自己对经营前景没有很大把握。他则想过开间文房四宝店，这倒对他和朱子安的爱好，自然朱先生也支持他了。而问题是，文房四宝和茶开成一个店，似乎不大合适。开成两家店呢，资金又不够，再说由谁来打理？

眼看年关临近，外面雪花飘飘，天地全白，玉树琼枝，泥泞满道，万物凋零，异常寒冷。那家三口干脆就成天待在朱家，两家人几乎彻底在一起过日子了。那母和朱母两位老太各坐一个火桶，从早到晚有唠不完的嗑儿；那二爷上完课后，就与朱碧玉陪朱先生在书房里写字、读书、聊天；而碧卉、碧玉姐妹俩，还要负责下厨做饭、干家务；小武爷活泼好动，喜欢上了三姐夫的木匠活，跟着他在后院里捣鼓——但他这是帮倒忙，越帮越忙，不过三姐夫夫妇也挺喜欢他。

自从那家母子仨来到婺源的这几个月里，毕竟紫阳古城地方也小、人口也少吧，那氏兄弟竟然成为家喻户晓、妇孺皆知的名人了。首先，他们从京城逃难而来，是因为义和团的“红魔”、西洋的“白魔”都打进京了，皇帝、太后都逃走了，这本来就是个街谈巷议的焦点；而那二爷年纪轻轻的小伙子竟然当上了私塾的教书先生，有多么大的学问啊！

但最奇的还是英俊少年那云武了。他不过是个孩子嘛，却长得眉清目秀、粉妆玉砌、唇红齿白，像年画里出来的人儿，那么标致好看，可能许多大闺女还不如他呢，兼之聪明伶俐、活泼好动、喜欢到处跑，一张小嘴又甜，真是人见人爱、个个喜欢，名气自然就渐渐传开了。

还有半个月就是传统春节了，风风雨雨、多灾多难的庚子年即将过去，迎来的是崭新的辛丑年。私塾学生照例放假了，那二爷与母亲商量，既然咱们已在婺源立下足，扎了根，他准备自己一人去趟上海，找一找二舅。那母同意了。小武爷要跟着哥哥去，可二爷嫌他小，是个累赘，不愿带。他努努嘴，先是有些不乐，但很快就忘了这事，自己出门找小伙伴玩儿去了。

二爷又去对碧玉姑娘说，她自然是舍不得，却也不好挽留他。但在这依依难舍的时刻，她决定把少女身上最宝贵的东西，她的贞洁、一个圣美的处子之体郑重交给他。反正自己早晚是他的人，要与他过一生一世的了。这也可以作为分别的礼物。

当晚他们同宿在碧玉的闺房里，两人都是生理、心理完全成熟的少男少女，都有着对对方的性爱需要，干柴烈火，激情燃烧，在黑灯瞎火里摸索着，宽衣解带、赤裸相拥、手脚并用、循序渐进，两具滚烫的胴体合二为一，灵肉交融，在时而愉悦时而痛楚、时而平和时而激烈的一段段“穿越”之后，双双顺利完成了成为男人和女人的仪式。筋疲力尽过后，二爷觉得，自己曾经的那些放纵，都不过是不懂事的孩子的胡闹，今天，才让自己终生难忘。

本来那、朱两家是传统的东方家庭，但双方父母深知他俩成亲在即、分别在即，亦顺水推舟表示了默认。

也就是这一次的激情共进，两人便成其好事，朱碧玉播下良种，来年他们的大儿子那京出生。不过那是后话了。

翌日，那云乡拜别了母亲、弟弟、朱家夫妇、碧玉姑娘，背上包裹，带够盘缠，一个人上路了，往那号称“东方花花大世界”的上海而去。

从婺源去华东，一般有一条陆路、两条水路：陆路是走上饶、玉山，进浙江，走常山、衢州、龙游、建德、桐庐、富阳、萧山、杭州、余杭、桐乡、嘉兴、嘉善、松江，到上海；一条水路是经星江、乐安江，在余干附近进鄱阳湖，再从湖口入长江东下，在镇江附近转南运河南下，到苏州或吴江附近登岸，走陆路进上海；另一条水路是先往北走一段山路，进安徽境内，在休宁南边入新安江，在建宁转富春江，在杭州转南运河北上，到苏州或吴江附近登岸，走陆路进上海。那二爷选择了最后一条线路，因为陆路行走时间太久，适合事不紧急的人；而前一条水路又太长，适合货物运输。

不过，天寒地冻、山高道滑，严重影响了那二爷的行程，使得这一路上多了不少艰险。但比起几个月前自京南逃的困窘来，那还是不可同日而语，好多了。九天之后，他就顺利走进了远东第一大城市上海。这上海还真是大，满目租界林立、商铺琳琅、高楼大厦、车水马龙，且灯火辉煌、人潮如涌、声音嘈杂、昼夜不息，非常繁华与热闹。就连从皇城根儿、天子脚下的北京来的那二爷，自以为见过了世面的，也感到眼花缭乱，无所适从。

曾几何时，这里还只是长江口、东海畔的一个小县城、小河港。1840 年中英第一次鸦片战争中国失败，两年后签订《南京条约》，这里成为对外开放通商口岸，一年后正式开埠殖民，便迅速畸形发展起来，短短几十年就成了国际化大都会。

正因为上海太大了，那二爷初来乍到，不知道怎么走。虽然他手里握有二舅写给母亲的家信，上面标有地址，可还是颇费了一番周折，沿路向很多人打听，才在第三天的上午，在洋泾浜以南的一条大街上，找到了二舅家和他的贸易公司。

那二爷的二舅大名叫邢登科，其“上海大顺发贸易有限公司”既做内贸又做外贸，即既做国内生意又做国外生意，既出口又进口，所以这些年来去了美国、英国、南洋、日本、印度、中东、埃及等不少国家和地区。他也不定行业和门类，只要什么货能赚钱他就做，把中国的特产卖去西方，把西方的产品拿到中国来卖。因而发了大财，有一栋五层的高楼、一个大院子、几间大仓库、黄浦江专用码头，家里还有一幢西式洋房，手下两百多号工人，在全球还有四个分理处、七个办事点。

二舅原本的黄袍马褂瓜皮帽布衲鞋都不穿戴了，而是西装革履领带皮鞋，辫子盘着藏在宽边礼帽里，戴一副金丝玳瑁眼镜，满口“哈罗”“密斯”“哦克”“拜拜”之类洋文，若是金发碧眼卷毛钩鼻，同鬼子有啥区别？哪里有一点老北京人的样子？

见到自己的嫡亲外甥，二舅格外高兴。二舅只身离开北京到上海创业时，那二爷还只有六七岁，没想到这一晃十来个年就过去了。二爷还依稀记得二舅的模样，那时他满嘴络腮胡子，亲得二爷小脸蛋痒痒的。当然，二舅后来也听说了那家衰落、那云乡胡闹“败家”、姐夫那洪熙连病带气而逝的情形。但他看眼前的云乡精神风貌不错，也由他口里知道了事情的详细经过及他的忏悔幡醒、痛改前非，知道他已经懂事了，变好了，亦便不追究既往了。倒是他现在高大、健壮、英武、有礼，挺像个男子汉的，令二舅欣慰、满意。对北京庚子事变，二舅亦有所了解，但他正与外国人做生意，也不好说什么。那二爷介绍了他们母子仨南逃寻亲的艰苦过程，二舅听了不免一番唏嘘。

二舅虽生长在北京皇城，却更像是一个精明、圆滑、能干的南方商人。一方面他的性格和能力天生如此，他很早就离家闯南方算是走对了路；另一方面他来上海多年，历练而成。

那二爷的嫡亲及庶、堂舅爷有好几个，但他对二舅印象最好、感情最深。俗话说

“舅舅大过父”“娘亲舅大”，舅舅在中华民族传统里一直地位特殊和崇高，而自己父亲又已早逝，兼之处在这样一个窘迫的处境，所以，二爷见到二舅格外亲近，把什么都一五一十地对他说得详详细细、清清楚楚、实实在在。

二舅见那二爷原本就是打算来上海投奔自己的，且是自己的嫡亲外甥，且已出落得如此聪慧成熟，而他现在又确实需要一个好帮手。所以他对二爷说：“云乡啊，那你们一家都搬到上海来算了，你来帮我干吧，这里需要你，可以大大施展你的才干。过两天你就回婺源去，把你娘、你弟都接来。或者你就不用回去了，你待在上海，我另外安排伙计去接他们。”

“不！那不行。”二爷当即拒绝了。

“哦，这是为何？”二舅很感奇怪。

那二爷就把自己已经有了对象、准备结婚，及朱家对他们那家的恩德、婺源的情况又介绍了一通。

“这还不好办？那你就先赶回婺源去结了婚，然后把你媳妇也带来嘛。要不，把他们朱家全部迁来上海也行。上海大都市有许多机会，就是我公司也需要大量人手。婺源那个小地方，有什么搞头？”

那二爷连忙否认了二舅的观点：“不，二舅，您去了婺源就知道了，那儿真是个好地方。上海固然繁华，固然机会多，固然可以干大事业，可我更喜欢回婺源去。”

二舅见说服不了那云乡，就说：“那好吧，咱们都先别把话说那么早，反正也快过年了，你在上海过了年再回去。到时我跟你一同去婺源看看。”

于是，那二爷就住在二舅家，同韩姓二舅母见了面。这是一个上海滩本地女人，高髻旗袍、打扮华丽、养尊处优，每天麻将桥牌，遛狗逛街。她父亲是上海松江土著，颇有势力。二舅当年到上海打拼，岳父对他帮助很大，所以就接受了他的女儿。“她能守妇道，懂本分，这已就很不错了。”二舅叹了口气，轻声地说。

在上海的那段日子里，那二爷一方面了解了二舅公司的总体实力、业务状况、经营管理之类，另一方面也对整个上海的商业运作、市场动态、经济特征有了不少的调查和了解。心想：“二舅说得不错，这上海真是个大市场，说摇钱树、聚宝盆也不假，到处都能发财，做什么都能赚钱。我将来即使一直生活在婺源，可要想创业，要想开店，要想有钱，那还是必须得与上海打交道的。”

那二爷就给二舅介绍了婺源的资源，它的几大特产，比如茶、砚、酒，附近景德镇的瓷等。二舅说：“这很好啊！中国的茶啊、瓷啊，外国人非常喜欢，你有多少我能给你卖多少。你要是产品质量高，并能创出什么名气、品牌来，那价钱和利润就更可观。你一回去就可以开个这样的工厂和店子，你只负责生产、制作、包装、运输，我来负责销售。至于白酒、墨砚嘛，因外国人不懂、不感兴趣，只能在国内卖了。可听你说，既然婺源的砚这么好、这么有名，那国内市场也不会差；酒是销售范围小一点，不过，你要是会宣传，同样有前途。”

听着二舅这一席经验之谈，那二爷心里真是太兴奋了，他知道自己该怎么做了，他的眼前出现了一线灿烂的曙光。他为自己遇到了朱碧玉这样聪颖、贤惠的好女子而庆幸，他觉得她一定有“旺夫相”，她就是他的“幸运女神”。他越发想念她了，当然也想念他的母亲和弟弟。辞别他们十来天了，他恨不得现在马上就走，回婺源去。

在二舅家过了年，从初一开始，那二爷就催着二舅，要回去了。于是，一直业务很忙的二舅，把公司的一些急事处理好了以后，并交代他的副经理为自己暂为打理，就租了一艘机动小艇，带足汽油，带着一个昆山籍女秘书白小姐，沿二爷来的路线，只花了三四天，就赶到了婺源。

阔别多年的姐弟俩重逢，那母与二舅激动得抱头痛哭。对婺源的景色、民风、百姓、资源，二舅感觉的确很好，认为大有可图，并表示以后老了可来这里定居。对小外甥、小帅哥那云武，二舅喜欢得不得了，想马上带回上海，跟他一起生活。可那母说：“他现在还小呢，还是等他大了再说吧。”没想到，这回小武爷自己也是这个态度。对朱子安一家人，尤其是未过门的长外甥媳妇碧玉姑娘，二舅也挺满意。其他的具体事项，他已经与二爷在上海交流沟通了很久，认为以后就如此这般操作落实。不过仍与那母、朱先生夫妇继续聊了这些内容。

那二爷已经将近一个月没见朱碧玉了，两人自然思念甚为殷切。碧玉还显得有些消瘦憔悴、楚楚可怜，令二爷分外痛惜。沉湎爱河的人，总是如此多愁善感。这次欢聚，他们少不了背后许多的山盟海誓、浓情蜜意、温柔缠绵。

二舅在婺源住了三天，下榻在县城最高级的旅馆。要不是上海业务太忙，他还想多待几天。他带来的那个年轻漂亮、聪颖能干的白秘书，两人夜夜同寝，形同夫妻，但又并没有小妾、姨娘的名分。不过男人有几个女人历来就很正常，那母也听之任之。在二爷眼里，这个白秘书，无论相貌、能力、为人，都比二舅母强了好多倍，故甚是羡慕二舅。

二舅回上海了，走之前送给那家两千块大洋。因为是自己的亲舅舅，而且将来还要与他长期合作的，所以那二爷就欣然接受了。

而这两千块大洋，对他们那家实在是一笔很大数目的资金：首先在紫阳老街的巷子深处买了一套小宅院，离朱家只有五百米左右。从旅馆搬进新居以后，又在巷子口与老街交叉的门面开了一家茶叶店。钱还剩余不少，准备暂时留着，过段时间再考虑买一些田地，及买一片茶山。

接着是朱家准备嫁妆，包括被单、枕头、衣服、鞋子、橱柜、箱笼、生活用品之类；或丝棉制作、毛具皮革，或木货、铁器，外表大红大绿，巨硕崭新，鲜艳夺目。那家则装饰新房，大红灯笼高高挂起来，烫金对联张贴起来，楼宇雄伟，院落宽绰，窗明己净，喜气洋洋。

1901 年 4 月，眼看一切都已准备就绪，碧玉的肚子越来越显形了，于是就翻了古籍《摘星楼》，择了个黄道吉日，又发电报去上海再把那家二舅请了过来，由他与朱子安主持大局，为那云乡先生和朱碧玉小姐举行婚礼。

婚礼如期举行，宴席地点设在朱熹老屋，洞房则在那氏新家。鸡鸭鱼肉，摆满餐桌，美酒飘香，觥筹交错。张灯结彩，吹吹打打，擂鼓鸣锣，十分热闹。

来喝酒的客人真多，婺源方面有那、朱两家全部的家人、亲戚，有县令大人吴澧、吴翱父子，有萧江宗宪、汪某、俞某等多位乡绅、财主、店老板，有举人、进士、学者、作家、诗人、书画家等文士，有婺源在外为官经商者的家人、后辈，有驻军满、汉将士——显然，这也是一次婺源各方面要员、俊杰的大聚会。上海方面有那家二舅邢登科等商业、贸易公司的老总。

还有很多城内城外的老百姓来看热闹、沾喜气的，座无虚席，济济一堂，水泄不通。根据当地的优良传统，所有街坊、邻居、围观者、乞丐、流浪人、逃荒人，也都让他们吃饱、喝足，欢喜而归。

新郎官彩袍冠带，描眉画目，玉树临风；新娘子凤冠霞帔，搽脂抹粉，花枝招展。两人在主持人、喜婆“一拜天地，二拜高堂，夫妻对拜，送入洞房”，“挑头盖”，“喝交杯酒”……一连串的唱白中，按程序进行着。程序结束后，鼓掌，祝福，放鞭炮，举杯……把喜庆气氛推到了最高潮。

那二爷把朱碧玉送入洞房后，又出来答谢众宾客，并与他们喝酒、交谈。这时出现了一个小插曲。因为长期追求碧玉而不成的那个药铺伙计，十分失望和愤懑，冒冒失失冲出来要与二爷比喝酒，可没喝过他；出了两个对子、两个谜语给他猜，也没难倒他；考了婺源当地三个常识、典故给他，他也回答出来了；最后与他扳手劲，还是输了。

碧玉在里边洞房内听几个姐姐次第赶来向她报告，二爷和伙计比试的最新消息，急得要死，唯恐心上人难堪。可自己又不能亲去现场，如坐针毡，只好在房里来来回回踱着。但一个个好结果传来，她一次次放下心来。最后听说二爷已全部过关，她便如释重负，笑靥如花了。

再看那药铺伙计，论身份、长相、气质、能力，哪一点可与那二爷相比?！不过二爷也不与他计较，毫无愠意，一直宽容大度，微笑应对，轻巧化解，“兵来将挡，水来土掩”，赢得了一阵阵喝彩和掌声。最后伙计彻底被二爷折服了，真心向他表示认输和歉意，为他祝福。后来他俩一直保持着不错的关系，在二爷事业最辉煌的时候，还聘他做了自己一个店铺的经理。

就这样，那二爷在婺源娶妻生子，成家立业，过上了正常人的生活。作为典型贤妻良母、中国传统女性的朱碧玉，是二爷的好内助，不但给他生了三个儿子、一个女儿，在家庭、生活上让他毫无后顾之忧，还成为他事业上的一大帮手。

在以后的日子里，尽管人世间风雨不断，他们的夫妻世界一直没有风波，婚姻生涯一直风平浪静。

婺源乡绅系列

NA ER YE DE ZHAN ZHENG

那二爷的战争

第五章　发迹之路

从北京落难至婺源，从少年成长为大人，从青春叛逆的“败家子”到私塾先生、生意老板，结婚，成家，生子，那二爷的思想观念、性格为人、生活方式都发生了很大改变。他彻底收敛过去的不良作风，认真治家理财，人也变得老练深沉、世故圆滑、左右逢源、八面玲珑起来。

1901年，那二爷十八岁，按现代人说法，这恰恰是迈入成年门槛的重要时段。他上年结婚，下年生子；春天播种，秋天收获——其实不然，人类的孕育周期要比作物长一些，所谓“十月怀胎”，他是早在年初就提前行动了，11月其长子那京顺利诞生。此后，二爷与碧玉夫妇俩以大约五年的匀速运动，次第生下次子那徽、三子那源、小女那紫。他们三子一女，算是大有福气了。

十三

那二爷的事业继续发展。除了婺源紫阳老街的茶叶店，他又在老街和不到一百公里的景德镇开了两家连锁的瓷器店。这两家店子由于受到上海二舅公司的照应，商品卖得非常好，生意越做越大，可谓风生水起、红红火火。他又买了一百亩水田、一片茶山，又开了一个茶厂，种茶、制茶、销茶……完全一条龙自己做下来。农工商业都有了，手下几十号人。

1905 年，是那家离开北京的第五个年头，那二爷一个人回了趟北京的老家。这次当然比五年前一家人从北京逃离时，路上好走多了。他手里有钱，并且还听从二舅邢登科的安排，带了个有功夫的随从。他们从上海乘轮船到天津，再从天津乘火车到北京，快得很，真有“衣锦还乡”之感。

阔别数载，二爷觉得京城还真有些物是人非了——不，连物也非了。经过庚子事变的重创，清王朝已面临大幕将落、垂死挣扎的末日景况。虽然慈禧、光绪早已回京，但大清的根基已垮、气数已尽，不可救药、无法挽回了。曾经繁华热闹、号称世界最大皇宫的北京，变得楼墙破败、人流稀落、死气沉沉、阴森恐怖，像一片废墟——不，像一座巨大的坟墓更恰当。

那家不用说也是如此了。当二爷走进自己家的大宅院，他根本不敢相信自己的眼睛：这就是昔日那个在东四和朝阳门一带闻名遐迩的大户人家那太保府第，这就是自己曾经出生的地方，这就是自己曾经生活了十七年的地方，这就是自己五年来魂牵梦萦、时时想念的家园？残垣断壁，箱翻柜倒，枯草遍地，蚂蚁成群，野兔造窝，蜘蛛搭网，老鼠横行，尘灰飞扬，完全是一场浩劫大灾之后，且久无人居住与看管的情形。那府管家、二爷大舅邢登第已衰老且卧病多年，下人则都被打发回自家了。

那二爷自然是难过而感慨，对人世沧桑又多了几分认识。他看望了大舅，找了一些街坊邻居把家里简单打扫、整理、修葺了一下。托小赫哥通过一些关系，以比较便宜的价格卖给了他人——一个致仕的外地京官，用于其养老之所。

二爷将所卖得的钱，在朝阳门内大街上租了一个门面，作为他的茶店在北京的经销处，让小赫哥给他负责。但小赫哥听他说起南方如何如何好、婺源如何如何好，就心动起来，跟他去了南方，而北京的茶店则另由小赫哥的兄弟负责。

那二爷此次回京，最大的收获是与小赫哥重逢。此人尽管有很多缺点，但还是挺有见识和才干的。至于他过去领着不懂事的小云乡放纵堕落、挥霍钱财，二爷也就不计较了，两人还是好朋友。他们在一起开心相聚，喝酒聊天，并商谈以后如何合作干大事。

对于那二爷这些年的传奇经历和骄人成绩，小赫哥实在羡慕得不行，真后悔当初没跟他一起南逃。二爷"呵呵"笑着说："要是你跟着我们一起，也许情况又大为不同了。"

小赫哥前几年随家人为避庚子战乱，逃到了关外张家口。但赫家人丁太多，关外条件太艰苦，实在撑不下去，只待了半年又回了北京。其他大的问题倒没有，只是他的老父老母年纪大了，小赫哥在家里的众多兄弟姐妹中排行很靠后，父母皆有六七十岁高寿，路遇风寒，颠簸辛劳，兼及恐惧忧伤，才回家不久就双双溘然而逝。之后整个大家族更加零乱涣散，生活难以为继，日子捉襟见肘。姨太太们络绎另投侯府或青楼，姐妹们纷纷受聘外嫁，兄弟们则各寻生计门路。

受此家庭重大打击，小赫哥的思想更深刻，话语更少，更成熟了。虽然与以往一般玩世不恭、冷嘲热讽，却是改变了曾经的油腔滑调、轻佻浮躁，变得现实、踏实很多了。他跟诸多兄弟们一样，无奈走出了赫家大门，寻找谋生的事务，也曾长时间做过苦力，这点倒与那二爷刚到婺源时相似。不过他在北京这么些年里，始终没找到很好的活儿干，老是为吃饭发愁，口袋里天天缺钱，一直陷在窘境里。更不用说，二十好几的人了，还没有娶亲，没有哪家的闺女肯嫁给他。

那二爷把小赫哥带回了婺源，在他弟弟那云武长大成人之前，小赫哥一直是他事业上很大的帮手。跑上海、景德镇、徽州、南昌等大地方，基本上是小赫哥在负责。不过二爷也没亏待他，除了好吃好住，还给了他不少钱，几年积攒下来，也够娶媳妇了。二爷让他在婺源当地寻个好人家、好女子，或者回北京去结婚，可他迟迟没有答应。

直到五年之后，即 1910 年，那二爷再次经上海回北京时，带着那云武、小赫哥一起。这时武爷已有二十来岁，完全可以协助他了。二爷就让小赫哥回北京去，帮他接管那边的业务。除了原来已开设的茶叶店，此次又增开了一个瓷器店。几年来茶叶店经营得不是太好，故二爷想让小赫哥去负责，把他的社会关系都利用起来，将生意做大、最强。

二爷要把小赫哥送回北京，其实还有别的更重要的原因。这位爷生性风流倜傥，虽然不愿结婚成家，过正常人的生活，而肚子里的花花肠子却多，渔猎女色的事情从未间断。到婺源后，他与二爷的三姨子、朱碧玉的三姐朱碧卉竟暗暗相好上了，眉来眼去，勾搭成奸，背后云雨之事也是做过数回的。他俩甚至还有踢掉朱碧卉的木匠丈夫，做长久夫妻的打算。

木匠姐夫老实巴交，被戴了“绿帽子”却一直蒙在鼓里。那二爷和朱子安夫妇却心如明镜，明察秋毫，及时发现了端倪。朱先生和朱汪氏虽然深知小赫哥是比木匠女婿强多了，但并不想改变平静、安定的现状，更不愿意家里出现有伤风化、遭邻里耻笑的丑闻，二爷也不希望小赫哥做自己的连襟。

于是，长痛不如短痛，三人私下商量，最妥当的做法，是不把事情说破，只要将小赫哥赶走。那二爷就打发他去负责北京的生意，不显山不露水地斩断了这对“野男女”的苟合与企图。

这边那二爷并不对小赫哥道明，只是轻描淡写地说为了事业的需要；那边朱夫人做女儿碧卉的工作，尽量打消其念头。时间一久，这桩差点酿成轩然大波的桃色事件，便悄无声息地遁灭了。

只是三姐朱碧卉的工作不容易做通。在跟着小赫哥风流快活了那么几回之后，她的身体情感就都到了小赫哥那里，难以挣脱出来了。自从小赫哥离开了婺源，她先是茶饭不思，不愿意同木匠姐夫行房，甚至还出现过与他闹离婚的激烈场面。有一次还打算出走，去北京找小赫哥，半途中被朱家人追到，硬是拉扯了回来；之后又寻死觅活，发疯发狂，玩过上吊、投江的剧目，但都被家人盯得很紧，没有成功。就这样断断续续闹了一年多，把她自己、一家人都搞得筋疲力尽、身心俱乏。

直到木匠姐夫接受了那二爷的意见，有几次夜里霸王硬上弓，强行与朱碧卉行房交合，让她怀上孕，生下第二个女儿之后，做了母亲的碧卉才慢慢母性和妻性恢复，不再贪恋虚无缥缈的、浪漫通奸滋味，不再思念风流花心的小赫哥，过起常规的家庭日子来。

但那几天夜里，他们房里的打闹声音和争斗情形，因为实在是动静太大，事后回忆起来还是挺惊心动魄的。至少在紫阳老街的街坊邻里中甚有影响，多年里都有饶舌的老婆子、妇女们在背后聊天时作为其谈资和笑料。

这就叫，岁月如轻流，世间听瑶歌；家家有故事，谁人无插曲？在这个过程当中，大自然四季轮回，万物循环，阴晴冷暖；而人类社会也是改朝换代，白云苍狗，沧海桑田。至于那二爷的生意却是越做越大，发展之快，连他自己都感到惊讶。

在二舅的建议下，那二爷于 1910 年成立了自己的公司，叫“婺源京昌隆贸易有限公司”，下面有一家制茶厂，在紫阳、上海、北京开有三家茶叶店；五家合作瓷窑，在紫阳、景德镇、上海、北京分别开了四家瓷器店；两家文房四宝商店；两家米店；一个典当铺；几百亩水田；几百亩茶山。他用区区十年左右的时间，即已崛起成为婺源首富、乡绅领袖，在徽州六邑里都排得上号，大名鼎鼎。

那二爷还购下了紫阳城里最大的一处私宅。它原本是李家三兄弟共同拥有的祖产，三兄弟有经商的、有做官的、有当地主的，经多年经营积累方有此家业。近年李家经济有所衰退，且准备举家外迁，到福建沿海去发展，就把宅院卖给了二爷。

宅子倒是很大，有一亩以上，那就是好几百平方米了。可是仍然摆脱不了徽派建筑的毛病，即过于封闭压抑，房子既狭小又阴暗。二爷征求了岳父朱先生的意见，除了保留高大的马头型外墙外，里面的建筑和结构大做了改动，把一些太过狭小的房子都拆了，能打通和连接的就打通连接，并新修了主厅高堂，使得宅院明亮、宽敞多了；又挖了湖塘，植上莲荷，养些金鱼，建了小亭，以及走廊、假山、花坛、水井、演武坪等，模仿苏州园林的格式，院里的风景也美丽多了。

不过，在宅院的最深处，仍有一幢连在一起的三进两层四合院，雄伟、高大、坚固、美观，以供那、朱两家十余口人居住和生活。在那二爷夫妇自己住处主厢房的地下还建了地窖，用于收藏金银钱财，以及躲避战乱灾难，应急之用。

那时二爷已辞掉私塾先生的职务，一心当他的贸易公司总经理、乡绅和富豪。私塾先生由谁来当呢？婺源的县令吴澧早已退休回桐城老家，数年后仙逝；二爷则请他的儿子，即朱碧玉大姐夫、二爷连襟吴翱接替自己。该私塾在辛亥革命后正式改名为紫阳学校。

可是，自小赫哥走后，这“风流桃花运”又转到了那二爷自己的头上。吴翱与朱碧云夫妻在搬回紫阳居住，接管紫阳学校之后，碧云在同二爷接触多了，很快对他产生了特别的情愫。

那二爷与朱碧云丈夫吴翱，是两种不同的男人。吴翱很像他的父亲吴澧，也很像他的岳父朱子安，是那种纯粹的旧学书生，饱读诗书，谦谦君子，温文尔雅；可那二爷不同，他是个儒商，虽然也有学问，但更多的是个大生意人，财大气粗的主儿，且又有京城公子、王府贵胄的气魄，具有不同的男性魅力，更加活跃、精明、风流，在朱碧云眼里二爷似乎比丈夫、父亲、公公更能令她倾迷。

朱碧云是朱家四姐妹中相对而言长得最漂亮的，继承了父母俩的全部优点：身材苗条高挑、一双大大的丹凤眼、一对丰满的胸乳、一头乌黑的长发；特别是她现在三十来岁年纪，因为保养较好，有着成熟少妇的风韵。当她向二爷暗送秋波、抛媚眼时，二爷还真是有些招架不住，心猿意马起来。

但那二爷终究是那二爷，他想起小赫哥与朱碧卉那一场闹得不可开交、不成体统、不好收拾的风月往事，教训实在是太严重了，二爷只好以过人的理性斩断情丝，放弃幻想，打消杂念，不再理会朱碧云，尽量躲避她。他把大量时间放在生意上，打点他的几个店铺、厂子，去外地接洽生意；以及在自己房里与朱碧玉嬉戏欢愉，画眉举案；或者就去与朱先生、吴翎三人聊文史，观书画，下棋，茗茶，喝酒。

若干日子以后，当朱碧云知道了他的心思，就恨恨地瞅过他几回，暗暗叹息了一声，将情欲冷却，不再纠缠他了。那二爷如释重负，同时又隐隐觉得有些怅惘。

直到许多年过去了，抗战期间，一个偶然的机会和场合里，全家在地窖中躲避日军飞机轰炸，当时周围一片漆黑，秩序混乱，这两个已是年逾半百的中年人碰在一起，激情勃发，疯狂了一把。但一辈子不过就是那唯一的一次疯狂，之后二爷一直有着强烈的负疚感，在大姐夫吴翎面前都感到抬不起头来，很难为情。那已经是后话了。

就在那二爷的事业开创、发迹、致富，以及他建豪宅，生子女，交结朋友，游览山水，以及一些男女感情纠葛的过程当中，近代中国的政治格局已经发生了天翻地覆、风云激荡的变化，各地社会上也是事故频发、灾祸不断。

先是 1905 年，清朝廷废除了在中国已有一千三百多年漫长悠久历史的科举考试。同年广东人孙中山在日本东京肇事，联合一些留学生、革命党人，组建同盟会，开始发起更大规模的、一系列的反清武装斗争。翌年夏天长江中下游地区霪雨连绵，婺源洪水横流，紫阳全城都泡在水里；不过好在那家早有准备，将人员迁到高处，无一伤害，财物亦及时转移，损失不大。1908 年 11 月 14 日与 15 日，光绪帝和慈禧太后先后暴病驾崩，民间盛传光绪乃慈禧害死的；年仅三岁的爱新觉罗·溥仪登基，即中国历史上最后一位皇帝宣统，由其父醇亲王载沣摄政，太后是光绪皇后隆裕。1911 年 10 月辛亥革命武昌起义爆发，各省纷纷发生暴动，宣告独立，革命党人在南京成立中华民国临时中央政府，共举孙中山为临时大总统；次年 2 月，隆裕太后与宣统皇帝在袁世凯威逼利诱、软硬兼施的手段下，宣布下诏退位，清廷覆亡，结束了中国两千余年的封建君主专制统治；3 月孙中山辞去总统一职，由袁世凯接任，中国进入北洋政府军阀混战的时期；5 月同盟会改组为中国国民党。1913 年 7 月江西都督李烈钧在南昌首举讨袁大旗，二次革命爆发；8 月革命失败，李被迫逃往湖南。1914 年 7 月第一次世界大战爆发，中国政府最初是宣称中立（直到 1917 年段祺瑞上台后，在英、法的支持下参加协约国，对同盟国宣战）；8 月日本对德宣战，旋即派军在山东龙口登陆，后占领胶济路全线，再攻占青岛，德国在山东的势力范围全部为日本所控制……

这就叫：天下大乱沸扬扬，群魔乱舞如苍狼；城头变幻大王旗，你方唱罢我登场。

而婺源首富、乡绅领袖那云乡那二爷，在这风起云涌、千变万化、动荡多事的乱世当中，却能历经数十年大风大雨而稳坐钓鱼台，自有其本领。他慷慨大方，对本地豪强、外来枭雄、过路才俊皆友好拉拢，黑道、白道、红道通吃，与官府、土匪勾结，同革命党人、江湖人士交谊，故而从清末到民初、辛亥革命、北洋军阀、国民党统治、中共根据地……他皆八面玲珑，左右逢源。

至于他的经商之道，无非就是把婺源及其附近的各种特产，如茶、砚、瓷、米、木等销到上海、北京甚至国外，而把上海、北京、国外的特产，如钟表、照相机、香烟、火柴、刮胡刀、手电、钢笔、西装、皮具、女人化妆品、首饰、儿童玩具等日用百货销到婺源来，货殖有无，买卖往来；甚至还搞过囤积居奇、买空卖空、倒买倒卖、空手套白狼等勾当；同时开铺经商，办厂造货，买田置地，购宅修屋，家业遂越做越大。他合法经营，取之有道；但是也唯利是图，冷酷自私，利己不损人。

除了有上海二舅邢登科的大力支持、货路销路良好；除了婺源丰厚的自然条件、富饶的各种资源，除了自己常规的聪明、勤奋外，那二爷在经营管理上也很有一手。

十四

1914 年即民国三年深秋，那二爷刚到上海，二舅邢登科就笑着对他说："有个特大好消息，你来看看，你一定感兴趣的。"

二爷见二舅手里拿着几张花花绿绿的纸片，接过来打开一看，是一份北洋政府农商部的邀请函，美国政府为庆祝巴拿马运河开凿通航，在该国西海岸的旧金山市举办"1915 年巴拿马—太平洋国际博览会"，即后来俗称的"首届巴拿马万国博览会"。博览会从此年 2 月 20 日开展，到 12 月 4 日闭幕，活动规模空前、影响巨大，欢迎各国踊跃报名参加。

早在 1912 年，美国政府就决定举办此次博览会。该国政府于 1913 年 5 月 2 日即承认北京袁世凯政府，是西方列强中的第一个。美方当局比较重视中美关系，于 1914 年 3 月即派劝导员来到中国，游说中国派代表团参展。北洋政府对此事非常重视，将其作为中国走向国际舞台的一件盛举，立即成立农商部全权办理此事，并专门成立筹备巴拿马赛会事务局，各省相应成立筹备巴拿马赛会出口协会，制定章程，征集物品。物品大致分为教育、工矿、农业、食品、工艺美术、园艺等，征集范围从工矿企业、学校、机关直到普通农民。

为提高各地征集人员的积极性，事务局还颁发了《办理各处赴美赛会人员奖励章程》，做出规定："凡各处办理出品人员征集出品赴美能得到大奖章三种以上，由本局呈报农商部转呈大总统分别核奖各等勋章；能得金牌十种以上或银牌二十种以上、铜牌四十种以上、奖状五十种以上者，由本局呈请农商部分别给各项褒奖以示奖励。”“凡办理出品人员赴美赛如能改良国际商品、倡导海外贸易确有成绩著述者，由本局查实呈请农商部转呈大总统核奖各等勋章。”

二爷迟疑地问二舅：“你是想让我也去参加吗？”

二舅笑眯眯地说：“是啊，你那里有那么多好产品，绿茶啊，歙砚啊，瓷器啊，贡米啊，怎么不去展览展览？到时获个大奖回来，岂不是名气更大了，你的商品价钱更高，卖得也更多了吗？”

二爷颇有些动心，但仍有不少困惑：“可是，人家会议是在那么遥远的美国举办，中间隔着浩瀚无边、风浪险恶的太平洋，而且咱又不懂那些七弯八拐的洋文，怎么去得了呢？”

“这个好办，有政府出面组织，再说我们上海也请得到翻译啊！我这些年都去过好几个国家了，不是想走想走、想回就回？我搞国际贸易多年，出国这条路已经走得很顺了，到时我们一起去。你还没出过国，得出去走走，见识见识。”

那二舅这些年一方面帮助那二爷发家致富了；另一方面也借助二爷的这些优质农副产品，生意做得更加庞大，在整个上海滩都响当当了。

二爷顿时想起一个人来，心想：“如果能把他找到，有他帮助我，那就再好不过了。”他想到的是多年前南逃途中，在山东邂逅的那个美国神甫白德礼，他既是洋人又是“中国通”，若有他给自己当翻译和交际人，那么去美国参展就更有利了。

二爷便把白德礼的情况以及他与白德礼相识的过程，简单对二舅介绍了一下。二舅高兴地说：“那当然好啦，我正发愁没有这样一个能里通内外的人才呢！到时要是咱们出些钱，请他帮咱们在评委那里说点好话，那咱们获个金奖什么的不是十拿九稳吗？”

于是，舅甥俩决定分头行动：那二爷去山东找白德礼，找到后就邀他来上海，然后一起去美国；二舅给他准备产品样品、介绍材料，以及向农商部巴拿马赛会事务局办理申报手续。经过商量，他们确定就以婺源绿茶为参赛品。至于瓷器方面，景德镇、钧窑等地会申报的，砚台方面，歙县、端州等地会申报的，干脆放弃，全力投入绿茶一项。

那二爷当即动身，先由二舅的汽车把他送到南京，再坐轮船过长江，在浦口改乘火车，到济南后租了辆马车，赶到高唐县城，很快就在城外一座天主教堂找到了白德礼神甫。

此时“教案”之乱早已基本平息，教堂恢复正常状态，白德礼成了主事。白德礼已由当年的壮实中年人，经十余载岁月沧桑、波折变故，筚路蓝缕、辛苦经营，成了一个满头白发、目光深窈的老者；二爷也由曾经十几岁的毛头小伙子，“炼”成了一个成熟、自信、阔绰、幸福的壮年富商。两人多年不见，差点都认不出对方了，但一彼此说明，马上就格外激动起来。

白德礼自然先是向那二爷再次表示了由衷的谢意，说："那先生当年救了我一命，您是我的大恩人。虽然过去十多年了，但那惊心动魄的一幕，我至今仍是刻骨铭心。"

那二爷却摇了摇头，两手一摆，说："哪里哪里！区区小事，举手之劳，何足挂齿？"接着简要介绍了自己的情况，以及这次来找他的原因。

白德礼不断地点着头，说："没想到，那先生现在的事业做得这么大，真是可喜可贺！您这件事，说不定我还真帮得上忙。因为我的家就在美国的加利福尼亚州，离圣弗兰西斯科没多远，这次美国政府举办'巴拿马—太平洋国际博览会'，我也有所了解，没准举办部门和评委里还有我认识的人。要是您有什么吩咐，请尽管开口。只要我做得到的，我一定全力以赴，赴汤蹈火，在所不辞。我早就说过的，我愿意报答您的救命之恩。"

那二爷拊掌而笑，大声地说："那就太好了。"

于是两人商定，白德礼陪那二爷与二舅明年初去趟美国，往来前后需一年时间。他们先是从青岛乘船到上海，白德礼留在二舅那，二爷则赶回婺源为远行做各种准备，把公司转交岳父朱子安、妻子朱碧玉、助理胡啸天三人总负责。因二爷长子那京还只有十来岁，年纪尚幼，二爷便决定只带弟弟云武去美国，加上二舅和他的秘书情妇白小姐、一个随从加保镖、白德礼等，诸人在 1915 年元旦从上海启程，乘坐大油轮，漂洋过海，前往"新大陆"。

这时的那云武那武爷，已经由当年的顽皮英俊少年，变成一个正当人生韶华岁月的翩翩美男子，相貌堂堂，五官端正，一表人才，风流多情，"巧笑倩兮，美目盼兮"；且家境优裕、富足，为人又极高尚、正直、善良、友好，还有不错的身手、功夫、文化、才艺，真可谓十全十美的佳偶，在古城紫阳，在整个婺源，不知道有多少女孩子在暗暗为他害着相思病，也不知道有多少家有千金的父母希望他能成为自己的乘龙快婿。

可奇怪的是，他已经二十六岁了，早到了结婚成家的年龄，但就是迟迟没确定终身大事。好像这里的女孩子他谁都看不上，或者是心里早已有了人儿却难开口。

武爷比哥哥二爷小五岁，因父亲去世过早，跟着母亲、兄长相依为命，大哥如父，武爷对二爷一直非常尊敬和依从。由于大哥曾经救过他的命，他很想报答。加之乱世动荡，危机重重，武爷从小就立下了习武强身、保家护亲的大志。这也恰好吻合了他名字中有个"武"字的特征。所以武爷在成长的过程中，素来对诗词文赋、琴棋书画的兴趣不是很大，而喜欢舞刀弄枪、使拳动腿，并盼望着能拜一武林奇侠为师，学得高强本领。

事情凑巧，那武爷一家到婺源的第三个年头，在一个奇特的场合，让他邂逅了一位世外奇侠，真的学会了一身武功，此后牢牢保护着整个那、朱、邢三家。那二爷能驰骋江湖几十年而不出事，他是起了大作用的。而且在拜师学武的过程中，武爷又遭逢了一段凄美离奇、欲罢不能、纠缠多年的情爱传奇。此是后话。

1915年元旦，那二爷、那武爷兄弟和二舅邢登科、秘书白小姐、神甫白德礼等人一行，历经一月有余的越洋航行，到了美国的旧金山市。旧金山的英文名叫圣弗兰西斯科，“旧金山”是当年华人前往新大陆西海岸淘金给它取的名字，充满了许多曲折坎坷、悲惨苦难的命运抗争故事，见证了一代又一代华人在彼岸美洲创业奋战的经过。但其实，这也是一座很美丽、神奇、温煦的城市。

那二爷见二舅年事渐高、两鬓斑白、满脸皱纹，却仍体力充沛、手脚麻利、反应敏捷、声音洪亮、精明强干，无论如何也是不得不佩服他。他与美丽、性感、热情的白小姐亲密缱绻、形影不离，两人几乎夜夜同寝交欢，亦令二爷羡慕得不行。

想想自己与碧玉夫妻正是如狼似虎的年纪，难舍难分，玉儿也是天天晚上都需要他，这次远赴海外，阔别将近一载，忆起分手时刻她那肝肠寸断、眼圈潮红的情形，二爷真是感到难过和不忍。可为何自己不把她带来呢？这漫长的独身的日子可不好过啊！下次再出远门时，一定记得要与玉儿携行。

他们到了没多久，2月20日，万国博览会就正式开幕了。这真是盛况空前，那氏兄弟等人乃人生第一次亲眼目睹和见识了什么叫真正的全球性大盛会，人山人海、万头攒动，且大都是陌生的西洋人面孔，一个个金发碧眼、高鼻梁、红脸蛋，戴文明帽，西装领带，嘴里叽里咕噜、呜哩哇啦说着他们不懂的各国语言，他们很是新奇，大开眼界。

好在有白德礼当翻译和向导，他们基本上可以了解整个会议的情况，及尽可能地与外国朋友对话、交流。他们也认识了很多跟他们一样来自中国的同胞、同行，大家很荣幸地相聚在一起，介绍自己，洽谈业务，希望将来有机会合作。

当天正午十二时，旧金山市市长诺弗在开幕仪式上发表了热情洋溢的演讲；美国总统伍德罗·威尔逊到会致贺词，宣布开幕。美国副总统托马斯·马歇尔及前总统西奥多·罗斯福等国家政要亲临会场助兴。据说博览会在长达九个半月的展期里，参展国三十一个，展品共有二十多万件，总参观人次超过一千九百余万，开创了世界历史上博览会历时最长、参加人数最多的先河。

博览会开幕的第一天，参观者如潮水涌动，络绎不绝地进入展馆，人数超过二十万之多。出于对东方古老中国的神秘、好奇感的驱使，当天到中国馆参观的人数高达八万人，包括美国总统威尔逊、副总统马歇尔和前总统罗斯福等人，以及各部门的高级官员。

中国作为国际博览会的初次参展者，第一次在世界舞台上规模空前地公开露面，并取得了举世瞩目的成绩。经过近一个月的紧张忙碌，中国馆比其他馆提前开放。由于中国政府准备充足，措施得力，参赛产品、参加人数皆多，共有十九个省征集参赛品十多万件，重一千五百余吨。除主办国美国外，在三十个参赛国当中，以中国和日本的展品最多，因此都得到了五万平方英尺的场地；因数量庞大、类型繁复，展品被分为九个陈列馆展出。

另外，中国还仿照传统宫廷建筑风格搭建了中华政府馆，分为正馆、东西偏馆、亭、塔、牌楼六部分，雕梁画栋，飞檐拱壁，既雄伟又漂亮，还极富中国特色，在众多的西方建筑群落里格外引人注目，博得了各国朋友的赞誉。每天中国展馆前总是熙来攘往，热闹非凡。

由于中国参赛品种类丰富、品质优良，赛会组织者特地将 9 月 23 日定为“中国日”，并请当时在旧金山出席万国水利会议的中国驻美公使夏偕复到会种树刻碑留念。

当各国展览会场布置就绪开展后，主办国美国从各参赛国的科学、艺术、工商界中，聘请了五百名审查员，组成这次大赛的高级评审委员会。由美国派人出任会长和副会长，秘书长分别由美国、澳大利亚、阿根廷、荷兰、日本、古巴、乌拉圭、中国代表出任。中国由于展品最多，获得了十六个席位。

审查分为三步，第一步为分类审查，将参赛品分细类，如丝、茶、油、麻等各为一类；第二步为分部审查，将参赛品分大部，如工艺部、教育部、食品部等；最后为高等审查，由分类、分部审查长会同各参赛国赛会委员会代表组成专门审查组，对某参赛品提出申请的得奖说明，进行评定，再由最高审查长派专员复勘，确定是否给予各等奖章。

最后，中国展品获得各种大奖七十四项，金牌、银牌、铜牌、名誉奖章、奖状等共一千二百余枚，在整个三十一个参展国中独占鳌头。中国向以茶叶、瓷器、丝绸、白酒等著称于世，在筹备参赛的日子里，对这几类特产倾注了特别的精力，所以获奖的也主要是这些项目，算是为国争了光。

获最高奖章的白酒，有直隶高粱酒（今衡水老白干）、河南高粱酒（今宝丰酒）、山西高粱酒（今汾酒）、广东果酒等。而后来驰名全国的国酒——贵州茅台酒，由于多种原因，当时只获得了银奖。祁门红茶、太平猴魁、婺源绿茶、裕生华绿茶、九华毛峰、信阳毛尖、都匀毛尖等名茶，则获得了茶类的金奖，获奖数量远远超过印度。还有东北的大豆，山东的丝、茧、油，北京的地毯、绢花、毛线、果脯，四川的保宁醋、白蜡、桐油，江苏的苏绣、棉纱，浙江的绍酒，福建的海产品、樟脑，广东的乌木家具等，都让参观者大为赞叹，收罗了多个大奖。

山清水秀、土地肥沃、物产富饶的皖南徽州地区，在多个项目上得到了若干个奖励。由安徽省婺源县京昌隆贸易有限公司那云乡推送的婺源绿茶，毫无疑义地获得了金奖。那二爷本来想花些钱，托白德礼神甫打点一下评委。可评委们都说婺源绿茶确实是好茶，当之无愧的金奖产品，根本不收他们的礼金，最后二爷只请他们吃了一顿西餐了事。

中国最大的不足，是缺乏制造业和电气、化工类等产品。而且，中国商人对办赛会的了解和经验，远不及欧美与日本等国。当中国还在固守着商品的质量时，国际市场却以崭新的花样和廉价的产品吸引着更多的顾客。尤其是日本，创造力弱，可模仿力强。中国参展团的人总结称："凡欧美之物，一经出世，日本即模仿之，始则似是而非，继则收有成效，因其速也，故易于畅销。"

比如中国参赛的茶叶，经审定其质量优于其他国家。然而在赛会上，印度的红茶和日本的绿茶，因其由机器制造，色香兼美，规格整齐，几乎夺去中国茶叶的市场。中国又称"瓷国"，可在赛会上，日、德、法、奥等国推陈出新。尤其是日本的瓷器，以其颜色鲜明夺目，引起美国人的兴趣。华丝是传统的产品，赛会上的意大利丝和日本丝系机器制造，光泽、洁白度、弹力远远超过中国产品，几乎夺去华丝的席位。当时在欧美市场上，印度、锡兰（今斯里兰卡）茶叶已有将中国茶叶取而代之之势，中国的丝绸出口也呈江河日下之象。

从总体上看，此次巴拿马太平洋万国博览会，世界各国展品以新发明为主，而中国则以仿古为多，更新者少。日本采取变通的办法，既模仿西洋，又依照东方，两者结合，满足了世人的胃口，故其展品给人以耳目一新的感觉。

但不管怎么说，20世纪初，中国民族工业正面临着一个良好的发展契机，迎来了一个美好的春天，让人看到了新世纪的曙光，可中国的混乱政局阻碍了民族工业的发展。而此次巴拿马万国博览会，就给了中国一个很好的机会。有诗为证："赛会巴拿马，中国实业家。山川兴地宝，云汉绚天葩。霹雳开河面，平和祝海牙。锦标夺归得，宏我大中华。"本次博览会后，中国商品出口大幅度增加。

此次参展，中国特产种类的丰富、品质的优良、工艺的精湛、价格的低廉都引起轰动，以至于外国人评价中国为"东方最富之国"，更有人称为"东方大梦初醒、前途无量之国"。当时正值第一次世界大战期间，欧洲战火蔓延，生产遭受严重打击，外货需求大增。美国作为欧洲传统贸易伙伴，瞄准了这一大好时机。巴拿马运河的开通，又大大缩短了太平洋到大西洋的航程，使得美国从中国进口物资转运欧洲方便快捷。因此，中国商品的成功，在一定程度上促进了中美贸易交流。

万国博览会当年，纽约、旧金山等地银行、贸易行、大公司、丝厂等纷纷派代表来华考察，组织货源，准备销往欧洲。同时对于一些紧俏的产品，如生丝等，美国还提出了改进意见。况且，当时由于第一次世界大战的影响，欧洲商品匮乏，中国商品正好填补了一些国家的需求，如日本、俄国及一些亚洲小国，均增加了从中国的进口。

可以说，中国作为一个原料输出国，巴拿马万国博览会提供了一个绝好的对外贸易机会。中国产品在这里得到宣传和肯定，一些原来不为人知的特产开始得到世界上重要国家的认识，这在中国外贸史上有着重大的意义。此次参展，除了获得国际声誉和贸易机会外，也使中国学到了一些先进的商贸知识，参赛人员回来以后，即建议政府应学习外国的先进经验。

那二爷与他舅舅的婺源和上海两家较大贸易公司——京昌隆、大顺发，以此次万国博览会为平台与契机，认识了国内外很多同道和朋友，茶、酒、瓷、砚、丝、米等招牌主打产品都提高了名气，增加了客户，扩大了销量；还学习、借鉴了国际上的先进技术和经验，提高了产品质量和包装水平。公司业务更加红红火火，经济效益达到了鼎盛时期。

展览会结束以后，翌年春，那云乡、邢登科一行人回到了祖国。白德礼神甫赶回山东，把那边的教堂事务交给其他人主管之后，自己则接受那二爷的邀请，前来婺源修建教堂、受徒传经，当然在人力、财力、物力上也少不了得到二爷的支助。

当时还有一个插曲，是关于那二爷在万国博览会上获得的那枚金质奖牌的事。婺源地方志上是这样写的："早年所获巴拿马万国博览会金奖，可惜之后奖牌丢失，又被一好心人拾回。"

这到底是咋回事呢？

原来，在他们回国的大油轮上，一天清晨，那云乡先生与白德礼神甫等人正在甲板上聊天，突然一个大浪打来，轮船晃荡了一下，二爷没站稳，一个踉跄，手里拿的奖牌突然掉落下去，结果就找不到了。他们原以为奖牌一定是掉进了大海里，汹涌波涛之间、无底汪洋之中，再也寻不着了。虽然是一大遗憾，却亦无可奈何。

待回到婺源之后，尽管官方文件上、各大报纸上，都白纸黑字写着婺源绿茶获得了万国博览会金奖，可时任婺源县商会会长、那二爷长年生意上的老对头萧江宗宪就是不承认，不让他这么宣传自己的产品。因为萧会长确实没有亲眼见到金牌嘛！二爷只好笑了笑，并无不可。

直到 1917 年夏，竟有人找上门来，给他送金牌来了。原来，当时那二爷的金牌并未掉进湛蓝大海，而是掉进了甲板的缝隙里，一般肉眼还不大看得清楚。直到好几个月以后，船上一个中国江苏籍船员发现了这块金牌，他辗转多日，到处打听，得知失主身份和地址后，亲自送过来了。二爷感激万分，出手慷慨，当即馈赠该船员一千块"袁大头"作为酬谢。

金牌失而复得，那二爷荣誉更炽，生意更旺，并于次年接替萧江宗宪，出任婺源县商会会长。

十五

1902年，那年武爷还只有十四岁，一个英俊儿郎，不但长得眉目如画、俊俏可人，而且性格活泼好动，成天呼朋引伴，紫阳老街满街跑，所以大家都认识他，也都喜欢他。

当时，紫阳老街在徽州乃至皖、赣、浙、闽数省交界一带也算是比较繁华，古城历史悠久、规模巨大，各种店铺市场、饭馆旅舍甚多，深巷重檐下还可躲避严冬风寒、烈日暴雨，且风景优美、四季分明，加之当地百姓热情好客，故而成了周围一带城乡的奇人风云际会、三教九流麇集之地，街头庙里、城内城外到处是乞丐、孤儿、土匪、逃犯、流浪者、卖艺的、卖春的、卖小玩意的、测字算命的、走江湖的，等等。

小云武爱看热闹，好新奇，尤其是对人家卖艺的、表演武术的、打打杀杀的感兴趣。他很想找到一个武林高手，学练出一门过人的功夫来。

他虽然年纪还小，却也看得出来，这些走江湖卖艺的，别看嘴巴子说得挺顺溜，牛皮吹得很大，也能玩一些口里吞剑吐火、头顶砸砖石、肚子上挨刀砍、两根手指把身子撑起来、脚板走火盆刀刃、穿紧身小衣……种种硬、软本领，刚开始他也非常吃惊、佩服，看得颇带劲，可看久了就发现，他们大都是杂耍魔术，三脚猫，搞了些假名堂，唬人的，不是什么真功夫。

又有一天，小云武在看一场类似的“街头秀”时，见围观的人与往常一样依然不少，不断鼓掌、喝彩、叫好。他怀疑这些人是不是都是卖艺者找来的“托”，因为其表演和功夫都很平常嘛。他却早已审美疲劳，不以为然，遂开始走神，心不在焉，东张西望起来。看着看着，他发现有个人独自闲坐在不远处的茶馆外头，一边扇风乘凉一边朝这边瞧瞧，脸上颇不屑的样子，还不时略微摇摇头，心里一动：“莫非这位才是真正的世外高手?”

小云武再仔细打量了那人，面孔有些陌生，从没见过，估计是新到紫阳的外乡人。毕竟紫阳古城只是这么个弹丸之地，大多数人他都认识。这是个中年男子，肤色黧黑，眉毛粗长，一部络腮胡子，脸颊布满皱纹，还有一道不是很明显的刀疤，一双不大不小的眼睛却奇异地精亮。

他戴着一顶旧草帽，把眼睛和刀疤稍稍掩遮了一点，也就让锋芒和神功收敛了许多。他身上最醒目之处，是腰带上挂着一只大酒葫芦。不过他不像一般走江湖的侠客，身上并未佩戴刀剑之类的武器。

好在他戴着帽子，遮掩了他的不屑和锋芒，而且他的摇头也不是很明显，所以卖艺的才没有注意到。只是小云武与他离得较近，加之仔细观察，方才发现了而已。但他好像突然有一次，用奇怪的目光盯了小云武一刻，令小云武大感蹊跷，暗忖也许是自己眼花了。

小云武注意上了这个人，待卖艺的结束之后，他悄悄尾随着此人，了解到对方就住在他们一家当初来紫阳时住的那个俞记旅馆里。至于他是一个人来的还是与朋友、家人来的，以及他叫什么名字，他是哪里人，他是什么身份，他来这里干啥，他究竟有多高的功夫，因小云武没有进旅馆，并不清楚。但既然知道他的下榻之处，那就好办了。

翌日清早，小云武在家里吃了早餐出门以后，本来是想去旅馆向掌柜的打听那人的身份。那家一家已经与俞掌柜成了好朋友，俞掌柜也挺喜欢他，还曾开玩笑说要把自己的独生女许配给他做老婆，肯定会告诉他的。可又担心一旦被那人闯过来，追问下来，自己就有些被动，不好意思了。所以才走到半路，他又改变主意了，折身回来，横穿一条小巷，从码头下到星江边，来到一片人迹较少、比较僻静而且还算比较宽阔的草坪里，自己运动、练习起来。

小云武曾经是得过哥哥那二爷、哥哥的朋友小赫哥等人教了一些最简单、最基本的武术招式的，比如站桩、马步、推手、腹部撑、扫堂腿、一字劈、仰卧起坐、鹞子翻身、鲤鱼打挺、白鹤亮翅、扑爬翻打之类。他练得正起劲，动作越来越快，力度越来越大，身上汗水直流，满脸通红，气喘吁吁的，却没想到有一人啥时已悄悄地站在自己旁边了。

待他停下来休息，回头看到那人，正是他想去了解和认识的外乡客。他心里很是兴奋，还没开口，那人就主动说话了："还算不错。"

小云武按照江湖人士的规矩，恭敬地俯首抱拳道："请师傅多多指点。"

"我知道，你注意到我了，还在悄悄地跟踪我。其实我这些天也一直在关注你。我来紫阳好几天了，不过基本上是夜晚出来，一般人看不到我。你真的很想习武？"

"是。"

"可是习武之人要做到的那几点，你能做到吗？"

"不知师傅您说的是哪几点？"

"也就是最起码的那些，不能滥杀无辜，不能寻衅滋事，不能恃强凌弱，不能背叛师门，不能亵渎尊长，不能奸淫妇女，不能卖国害民，不能招摇撞骗，不能为富不仁……"

“这些我都能做到，请师傅放心。”

“那就好，我来到此地，也是想收一两个资质不错、骨骼甚佳的少年人为徒弟。我刚才看你练的这些，还算有点基础；观你的骨架体格，也是块练武的料。我还了解过你的家庭，总体来说不错。我昨天在卖艺场所那样做，就是想引起你的注意，没想到你终于明白了。嘿嘿，孺子可教。”

小云武暗暗吐了吐舌头。自己还想跟踪人家，没想到人家早就发现自己了。这就叫“螳螂捕蝉，黄雀在后”，若从比武的立场来看，自己已然输了第一步。

师傅告诉他，自己姓李，名叫李天恩，是河南伏牛帮的第八代大师兄，从小便跟着师傅即帮主习武，长达三十余载，也曾先后多次到过少林、武当、峨眉、五台等地，或求师请教，或观摩交流，或切磋武艺。只因在山西的一场恶斗中失手将敌人打死，为避仇家，多年在外云游隐匿，偶尔才回家探亲一次。至于其他情况，他没有说得更详细。

李师傅还告诉他：“你跟我拜师学武这没问题，但你不要对你家人说起我。并无别的原因，只是因为你家是大富人家，我可不想让人家觉得我是追逐名利、趋炎附势之人，也不求从你这里得到一丁点儿回报。所以这些天其实我也曾犹豫过，到底收不收你。可你实在是不错的练武料子，且对练武的兴趣很高，品行也挺端正，让我舍不得放弃。咱们是纯粹的师徒授艺关系，你只要把武术学好，不要为非作歹，不给咱们的伏牛帮丢脸就是。”

小云武知道自己这次确实“心诚则灵”，有幸遇到了真正的高人、好师傅，心里自是十分高兴。对他所说的一切，只管点头表示同意。

李师傅又再次试了试小云武的身手，两人过了几招。李师傅说：“我们伏牛派的功夫，讲究以拳腿既硬重又灵巧取胜。你看了！”边演示边拆招。小云武见李师傅动作既力大如山，根本打不过去；又快捷似风，始终碰不到他身上。他喜欢得简直要抓耳挠腮了，于是心悦诚服，“推金山，倒玉柱”，跪拜下去，正式认了师傅。而他也就成了河南伏牛派的第九代弟子。

其实李师傅不但擅长其伏牛派的硬功夫，因为他跑遍了全国许多武林大派，且多有借鉴和吸收，所以拳脚、棍棒、刀剑、轻功、暗器……几乎无所不知、无所不精。他还自创了一门独家绝技——“黑虎掏阴功”。这一招非常阴狠，只可用于保命而不能攻击他人。李师傅告诫说，不到万不得已的时候切切不要使。但多年后在那云武、那俞与日本鬼子决斗时起了大作用。

在婺源的十数年当中，李师傅把这些都毫无保留，倾囊教给了小云武。当那武爷二十来岁的时候，就已经是位青年武术才俊了。

更可贵的是，除了习武，李师傅别的什么嗜好都没有，对女色、美酒、佳肴、香茗、古董、珍玩、字画、景物、赌博、大烟、唱曲、杂耍等啥都不感兴趣，所以阔少那云武想孝敬他都无从入手。但他在老街俞记旅馆的房钱，后来都是武爷给他支付了，他也没说啥。

他们俩在一起，除了切磋武艺就是切磋武艺，除了教学就是教学，除了比试还是比试，倒也甚是单纯，转眼几年就过来了。期间李师傅曾回过河南老家若干次，但多则一两月、少个十来天，他就全身无损、好像啥事也没有地回来了。

如此这般地过了几年，大约是在 1908 年前后，李、那两人的师徒关系发生了一些微妙的变化，因为他们之间出现了“第三者”，情形便变得非常复杂和奇异起来。

那年李天恩师傅从河南回到婺源时，还带着一个小姑娘，说是在半道上捡的。小姑娘大概就十来岁吧，嗓音倒是挺清甜的，但方言很难听得懂，咿咿呀呀老半天才大致听明白，他们家接连洪水、大旱，地里颗粒无收，父母带着他们兄弟姐妹一路逃荒，她却不幸单独走失，差点被几条野狼吃掉，幸好遇上了李师傅，把野狼打死，救了她。至于她具体是哪里人、姓什么，却什么也记不起了。

这小姑娘来时衣衫褴褛，满脸麻污，头发乱蓬蓬的，身上还有一股呛鼻子的臭气，只一双眼睛挺大，晶莹清亮，透着灵气。给她洗了个澡，换了套衣裳，梳理了头发，就马上变了个人似的，那妖娆的身段、白皙的肌肤、黑亮的头发，红唇生香，秀目含情，千娇百媚，绝对是个美人胚子，可好看了，大概整个紫阳街上也没有第二个可比的，连俞记旅馆老板的独生女芊芊姑娘都要逊色了。

小姑娘因为没有名姓，李师傅就收了她为养女。并因其脸颊娇嫩红艳如三春桃花，而为她取名为李桃花。此后的几年里，李师傅在回豫西老家时，还屡屡带着她去曾经她与父母走失的地方一带寻找打听，可仍然毫无所获，她既未找到父母，也不认得家乡了。

日月如梭，光阴似箭，小桃花在紫阳老街渐渐长大了，姿容越来越出色，美名远远传播开去。她一出门，围着她看、跟着她走、想跟她搭讪的轻浮男子总有那么几个。但碍于李师傅的高强功夫、那武爷家的财大势众，这些登徒子倒也不敢轻举妄动。

而与此同时，李天恩与那云武师徒、李天恩与李桃花父女，三人越是长久相处，越是令武爷痛苦莫名，欲罢不能。这却是为啥？

因为在此过程中，那武爷发现自己已深深爱上了美丽的桃花姑娘，不做第二人之想。

师傅李天恩也觉得云武与桃花俊男美女，天生一对，很想撮合他俩，亦曾多次对他俩暗示过。

而李桃花却觉得自己欠养父李天恩一份救命恩情，一心想报答他，以身相许，对武爷只能“落花有意，流水无情”。

时间长了，李天恩也经不住桃花美色的诱惑，但又考虑武爷的存在，迟迟没有答应桃花，同样徘徊、挣扎在理智与情欲的十字路口边缘……

面对这种复杂的三角关系，那武爷既不能得到心目中女神的芳心，又无法违逆师门的尊严，能不感到痛苦、纠结吗?

第六章　一代名妓

1907年，亦即大清德宗光绪三十三年，那二爷带着小赫哥又回了一次北京。坐在当年两人常来的来顺茶馆，回忆当年两人的自由放纵的种种生活，不免都有些难堪。

小赫哥突然问道："二爷，您知道当年八国联军打进北京，为何又很快退军吗?"那二爷摇摇头，他自然不知道。

小赫哥又问："那您还记得八大胡同的头号姐儿、大姐大那个赛金花吗?"

赛金花，这谁会不记得呢？她可是绝代风华、传奇人物！当年窑姐们每夜的陪侍费多半是三五两白银，再好的也就是十两左右。而这个赛金花，竟然要白银一百两。纵是如此，王公将相、达官贵人、富商名流仍然乐此不疲，有的排队都得十天半月以上。就连还不懂事的少年郎那云乡，也仗着财大气粗，初生牛犊，去亲近了一次"芳尊"。

那时那家还有钱，区区百两银子倒不在话下。可是，在比自己大十好几岁、闯荡江湖多年、阅人无数的一代名妓面前，少年郎那云乡觉得自己很被动，甚至还有些尴尬、羞涩、窘迫。说实话，当天晚上两人躺在床上，不管是赛金花如何挑逗、引诱，他都兴奋不起来，男女之事便未成功。再说，此女虽然大有名气，也有气质和魅力，但要说长相却实属中等。所以二爷就只去了一次，再也不登其门了。

不过话说回来，毕竟人家的名头大，百两银子也是实打实的，且是那二爷逛妓院的、历史上极少数房事不举的一次，所以多年来一直刻骨铭心，至今仍记忆犹新。因此，当看到提到赛金花便露出淫邪眼色差点口水流出来的小赫哥，尽管是自己多年的好哥们，那二爷仍有些讨厌，便很不耐烦地问道："你提她作甚？她跟八国联军有啥关联?"

"呵呵，关联可大啦！"小赫哥卖了个关子，说，"要不是她，紫禁城大概都会被洋鬼子们烧了，像当年英法联军火烧圆明园一样；要不是她，八国联军在北京城里的烧杀奸淫抢劫毁损，还会搞得更严重、更长久呢；要不是她，连西太后的头能不能保住还难说呢，洋鬼子是老嚷嚷着要慈禧为他们死去的教士、官兵偿命呢；要不是她，联军会不会这么快答应退兵，与咱们大清政府议和，也还是个未知数呢!”

“哟?”那二爷可吃惊了，“那她可是庚子事变的第一大功臣啊!”

“可不是，京城里的老百姓私底下都在议论，老佛爷第一个应该感谢的，就是这个赛金花呢！大家都称赞她是空前伟大的巾帼豪杰、民族英雄，保护了北京，也保护了清朝。呵呵，巍巍大清王朝，最后却要一个烟花女子来拯救自己。”

“那……赛金花一个弱女子，她哪有这么大的本事?”

“你哪里知道，这赛金花早年跟着当外交官的前夫洪钧在俄国时，就与后来八国联军的统帅瓦德西认识了，两人是老相好呢！这次瓦德西来京，她就去找他，两人重温旧梦，在金銮殿上行云雨之事，在龙床上颠龙倒凤。这赛金花大概也是古往今来唯一一个能够坐金銮殿、睡龙床的妓女了，将来的历史书是得为她大书特书一笔才是。哈哈!”

那二爷又不喜欢小赫哥这番描述的猥亵口气了，不再听得进去，只是一心在想：原来如此，这真是想不到啊！此女还真是更有传奇色彩了。于是问道：“那她……这个赛金花，她后来去了哪里？她现在的境况如何？咱们老佛爷得大大地报答她了吧?”

“哎，咱们堂堂的大清政府，咱们的太后老佛爷，是太不人道、太不仁义了。当《辛丑条约》签订、八国联军退兵、国事恢复正常后，太后不但不感谢和报答赛金花，还把她驱逐出北京，赶回了南方原籍。也许是她觉得自己解决不了的军国大事，倒让一个婊子来帮忙解决，太丢她的脸吧。如今赛金花不是在苏州就是在上海，离二爷你很近啊，你也再去找找你的老相好啊，哈哈……”

那二爷虽然厌恶小赫哥这口气，但他毕竟见多识广，对赛金花的情况比自己了解得多，很想问得更详细一些，却又不好意思多问；再说自己将来回南方了，也许真的可以再去找找她。后来二爷在婺源发财了，做了大生意，趁着到华东、海外经商的机会，还真的去苏州、上海找她了，也还真的找到她了，不过那时赛金花已是人老珠黄、色衰貌丑、精神委顿，晚景凄惨。

十六

在晚清的北京城里，有两个赫赫有名的女人：一个是当朝太后慈禧，一个就是名妓赛金花。

著名学者、北京大学教授刘半农写道："中国有两个'宝贝'，慈禧与赛金花——一个在朝，一个在野；一个卖国，一个卖身；一个可恨，一个可怜。"

这两个女人，一个朝纲独揽，唯我独尊；一个操着被人视为最低贱的职业——娼妓。把慈禧与赛金花相提并论，似乎有些不伦不类。但确实，慈禧太后的许多座前昏庸大臣，刚好就是赛金花裙下的一批好色之徒。当时京畿一带的百姓们都这么说："那些昏庸好色的清廷重臣，都是北京城里两个女人的奴才。每天东方才泛白，他们浩浩荡荡地进入端午门，匍匐在老佛爷慈禧的花盆鞋底边，唯命是从；夕阳西沉时，他们熙熙攘攘地前往松树胡同，拜倒在赛金花的石榴裙下，甘效犬马。这两个女人，一个是高高在上，人人称臣；一个是孽海漂浮，人尽可夫。"

确实，这两个女人有许多相似之处：两人都聪明狡诈、娇艳警敏，把男人玩于股掌之中。慈禧三度垂帘听政，三度还政；赛金花三度为娼，三度嫁人。别看赛金花卑微、下贱，可也以她那独特的方式左右过中国的政局。这一个娆妖、冶荡的烟花女，也曾在皇宫大内的龙床上睡过觉。特别是十九世纪末轰轰烈烈的义和团运动、八国联军的侵华，使这两个女人的命运交汇在了一起。

可是，赛金花一生出入豪门，沦落风尘，命中克夫，三次嫁夫，三次孀居。她虽为朝廷立下大功，结果却没得到任何表彰，甚至连开妓院也不得，最后冷冷清清而终。

赛金花原籍徽州，原姓赵，小名三宝，又叫灵飞。她的父亲在太平天国运动时流寓到苏州，娶了当地的女子为妻，先生一女，后生一男。因此，赛金花也算是地道的姑苏姑娘了，从小聪明伶俐，长着白净的瓜子脸，弯弯的两道眉，一双会说话的凤眼，秀雅、婉柔的模样，非常讨人喜爱。从小，赛金花便爱搽脂抹粉，穿好衣裳，戴首饰，客人来了装烟倒茶，陪着说话，平日就喜欢在门口闲立，使得过往的行人都对她凝目注视，天生就是一副倚门卖笑的个性。

1886年（光绪十二年），赵家家道中落，十四岁的赛金花经常往义父曹承玺家里跑。经曹家一位远亲女眷的牵引，她竟然在秦淮河上的花船上穿梭往来，成了陪客，调笑而不陪宿的青倌人。那时，赛金花化名曹梦兰，正是含苞待放的豆蔻年华，梳着乌油滴水的大松辫，身穿荷花色镂空衬白的香云纱大衫，下穿宝蓝色锁边控云的明绡裙子，脚踏一双绣着鸳鸯戏水的青缎子平底鞋，像是花蝴蝶一样地周旋在富丽华彩的画卷中，风靡了不少醉翁之意不在酒的富商大贾和达官贵人。

山明水秀的苏州仓桥滨到山塘一带，在虎邱与阊门之间的花船上，就是有钱有势又有闲的大爷们的销金窟，征歌逐色，诗酒风流。在花船上，一般都有姑娘陪酒、弹唱，称为"坐舱姑娘"。有些花船上没有陪酒姑娘，只供酒菜，客人自携女伴上船，或者要"出条子"。"出条子"就是没有固定船只的陪唱、陪酒姑娘。赛金花开始就做"出条子"。为了顾全家人的面子，她化名为"富彩云"，又叫"傅彩云"。没有多久，她就凭着出色的容颜、媚态和手段，红遍了苏州。

一年之后，便有财多势大的客人对她软硬兼施，成了她的恩客。傅彩云被人梳拢，点起了红蜡烛。下海接客的傅彩云，更加艳光四射，转动照人。便有一群在苏州的好事嫖客起哄，热热闹闹地举办选拔花魁的盛事，把傅彩云选为"花国状元"，一时传为美谈。

恰好这时，出身于苏州城内张家巷，在同治七年（1868年）戊辰中了一甲一名进士的真状元公洪钧，由江西提学的任上，因母亲去世，回到老家姑苏古城守孝。他一见赛金花，惊为天人，顿时倾心，日也想，暮也想，三天两头把赛金花接到家中陪酒。并终于在友人的怂恿下，取得一妻一妾的谅解，正式把赛金花娶了过来，成了他的第三房姨太太。洪钧把她改名叫赵梦鸾，从此赛金花真正成为"状元夫人"，开启了她生命中另一段崭新的里程。

当时赛金花还不满十六岁，洪钧整整比她大了三十三岁。一个是双颊绯红，稚气未脱；一个是两鬓飞霜，已现老态。好在郎才女貌，两情相悦，一树梨花压海棠，两个"状元"成一双，令人为之羡煞。赛金花自幼爱吃苋菜羹拌猪油合成的饭，油腻腻、红彤彤的，叫做"状元饭"。别人曾取笑她："小时爱吃状元饭，长大嫁个状元郎。"如今果然如愿以偿。

1888年（光绪十四年），洪钧带着赛金花一同入京。入京不久，洪钧就被任命为出使俄、德、奥、荷四国的钦使，兼领四国的特命全权大使。洪钧便只带着赛金花一人漂洋过海。那时中国尚以天朝自居，在出使番帮时，处处要表现出泱泱大国的威仪。洪钧带领一大群随员和男女仆人，由京城南下，经上海搭乘法国的"撒克逊"邮轮，在海上走了一个月后，于意大利港口热那亚登陆，再改乘火车，首先到达德国柏林。

洪钧是一个几近冬烘的老学究，加上身体瘦弱、多病，经常埋首案牍，很少参加社交活动。而年轻貌美、见过世面、长于辞令的赛金花，却仿佛是一个天生就有社交能力的人物。在觐见德皇及皇后的时候，表现得恰到好处。她那绰约的身姿、娇嫩雪白的肌肤、水灵灵的一双妙目传达出的无限情意、细瓷般的气韵，震住了在场的所有人，让他们真正见识了东方美女的风采。在晋谒俄国沙皇及皇后时，头上挽着蟠曼陀发髻，戴一顶堆花雪羽帽，颈脖子上围着一条天鹅绒的围巾，身穿紫貂外套，下系淡青软缎压金的绣花裙子，脚蹬一对雕漆油光的黑皮鞋，胸花朵朵，钻石晶晶，衬托出桃腮秀靥，更显得雍容华贵。在英国与维多利亚女王合影时，显得是那么恰如其分，那么自然。

在国外，赛金花算是出足了风头，享尽了荣华富贵，锦衣玉食，高车骊马。单只是上下楼梯，就有四个洋丫环提着四只明角灯给她带路。赛金花凭着自己的聪明伶俐，居然还掌握了一定程度的德语、俄语。这是她一生中最为亮丽的岁月。

饱暖思淫欲，二八年华的赛金花，在社交场合的轻颦浅笑，赢得了多少欣羡与渴慕的眼光。然而，每天晚上，她却要守着一个古板而毫无情趣的老头儿，不免黯然神伤。所谓“望断夕阳无歇处，且把驴儿当马骑”，聪明俊秀、年轻懂事的男仆，便常常被赛金花勾引到闺房之中，行那云雨之举。洪钧看在眼里，无奈自己力不从心，又怕玷辱官声，只要不做得太令他难堪，也就装聋作哑。

赛金花在国外三年，风流韵事实在是多。而最令她刻骨铭心的，还是在俄国圣彼得堡与德国驻俄陆军中尉、英武俊美的瓦德西的男贪女爱、似水柔情。当时，圣彼得堡城的叶尔丹公园就成了赛金花在异国的西厢。

赛金花记得，她与瓦德西的第一次相见，是在一次舞会上。那次，圣彼得堡的精英们全出席了舞会，舞会上一片珠光宝气。她穿了一件黑丝绒的敞胸连衫裙，露出象牙般丰满的肩膀和胸脯。她那黑色的头发上，插了一支紫罗兰；像象牙雕成般的健美的脖子上，挂着一串珍珠。但她自己知道，她的魅力，主要不是在服装、饰物上，而在她的单纯、自然、雅致、快乐和充满生气，以及她那独特的东方女性美。

那天，她发现有个中年男子老是在关注地、充满爱意地望着她，她也回过头来望向他，友好而关注地盯着他的脸，现出一种亲切、温柔的神态。接着，她仿佛找寻什么似的转向人少的地方走去，那男子就跟着她走来。

她来到屋外，一弯新月在黑色的天空中移动着。那男子向前走了一步，撩起衣服的前襟，把散发着热气的她搂在怀中……从此，每次在叶尔丹公园的相会，总给她一种销魂的快乐。

她知道了那男子的名字和身份：瓦德西，后来的德国陆军元帅。她和瓦德西的关系，引起社交界越来越多的议论和腹诽。

十七

1892年，洪钧三年任满回国，一年后死于痧病，赛金花成了年仅二十二岁的小寡妇。她扶枢南归时，在青阳港便携带细软，径自返回娘家，得到旧日相好孙作舟的殷勤照顾，移居到十里洋场的上海。她在彦丰里高张艳帜，挂起“赵梦鸾”“赵梦兰”的牌子，重操神女生涯。

在云屏绣箔间，她还悬挂一帧洪钧的照片，使得走马王孙在与她相依相偎之际，一睹状元的丰仪，为能一亲状元夫人的芳泽而生出些别样的情调来，因此车马盈门，生意极其红火。

当年，上海的妓院分为若干等级，最上等的叫“书寓”，其次叫“长三”，再次叫“么二”，再往下的便是“烟花馆”及“野鸡”。赛金花的名牌是黑底金字，顶端扎着朱红缎子，下系彩球，高挂在“书寓”门口。

赛金花在上海的派头十足，光是梳头，就得两个娘姨忙个大半天。她头上的簪珥，少说也值白银千两；颈上的项链，还有耳环、手镯、挂表等，更是价值连城。她夏日绫罗，冬天狐裘，每次出局坐上红围子绿呢大轿，后面跟着打灯的、吹笛的、击板的、弹弦的，还有跟局的大姐，总有十几号人马。这样的排场，开销自然不小。

在上海，赛金花曾经为权臣李鸿章浅斟低唱。李鸿章的理财能手盛宣怀，风流倜傥，颇对赛金花的胃口。于是，除了浅斟低唱之处，赛金花更为他卷起绣帘，把他引入香闺。

那时，有头有脸的人嫖妓，差不多全是记账，按三节偿付。也有些地痞、无赖加以仿效，但时时就赖账，这时就要看那妓女后台撑腰人的道行。赛金花初到上海，为她撑腰的就是孙作舟，此人是津沽一带的名票，扮的是武生角色，虎背熊腰，孔武有力，人称“孙三爷”。但他毕竟是唱戏的出身，没有社会地位，无权无势，对地痞流氓赖账的现象无可奈何。赛金花望着孙作舟也无可奈何，便加紧勾搭上一些有头有脸的大人物，唬住那一批不要脸的、既要嫖妓又不肯付钱的人。

在盛宣怀身边，有个名叫钱润身的侍从兼男妾，生得唇红齿白，眉目如画，煞是惹人喜欢。赛金花看上了他，便经常对他频送秋波，而且塞钱给他。那钱润身只要逢到不当差的日子，便偷偷地溜到赛金花在彦丰里的香窠，窝那么两宵。不料，那天深更半夜他竟然脱阳，死在了赛金花身上。这可是人命关天，为了躲避官司，赛金花只得北上天津。

赛金花来到天津，是在1898年（光绪二十四年）的夏天。花样年华的状元夫人竟然挂牌作妓，一下子轰动了津沽一带。赛金花又别出心裁，以自己的经验，招募一批比较漂亮的女子，正式在江岔胡同组成了南方韵味的“金花班”。“赛金花”的名号，也就是从此开始，成为人人艳羡的名号。

在天津，赛金花结识的显贵人物，一个是户部尚书立山，初次见面，立山就撂下了千两纹银；另一个是德晓峰，迭任封疆大吏，出手更加阔绰。

趁着入京为老太太拜寿的机会，立山居然把赛金花带到京城。并好说歹说，把赛金花留在了李铁拐斜街的鸿升店内，天津的金花班底也就很快转移到了北京城里。从此，天子脚下有了南国佳人卖笑的芳踪。这些吴侬软语的莺莺燕燕，使出媚人的嗲功，顿使北地胭脂为之黯然失色。

赛金花夜夜铺排出温柔陷阱，使得王公大臣、名士富绅，一个个成为她的俘虏。她白天也马不停蹄地奔走在权贵家中，真是夜以继日，也不知她是怎样过来的。如庄王府、庆王府，除了赛金花之外，别的青楼名妓是根本不准入内的。

京城的风月场所，原本都是集中在南城的韩家潭、陕西巷、猪毛胡同、百顺胡同、石头胡同，即有名的“八大胡同”一带。可赛金花偏偏要在内城高碑胡同大张旗鼓，便引来维持北京城治安的步兵统领戴澜的不满。戴澜一脑子的三从四德，对赛金花先是警告，后是驱逐，辣手摧花，把风月无边的温柔场所弄得落英缤纷。赛金花意兴索然，一气之下又回到了天津。

可京华春梦并未就此戛然而止。1900年，义和团、红灯照纷纷在天津街头出现，“扶清灭洋”的口号响彻云霄，刀光火海使得赛金花其心惶惶。赛金花决定迁地为良，带着她那“金花班”，先到通州的长发客栈住了几个月，然后再入京城。其时局势发展十分迅速，京城里一片惶恐，人人自危，戴澜也顾不得管赛金花了。

当时，英、法、俄、德、奥、日、美、意八国联军，击溃了义和团和清兵，由天津一路向京城挺进。所以，赛金花进入北京的时间，也正是慈禧太后急急忙忙逃出北京城的时间。八国联军是在1900年八月十四日进入北京内城的，劫掠、烧杀、奸淫、无所不为，使京畿之地变成黑暗的人间地狱。赛金花目睹了这场前所未有的浩劫，在惊悸，伤痛之余，也激起了她悲天悯人的情怀。

不晓得是从哪里来的一股力量，驱使着赛金花要为北京城里的百姓们做些什么。当她听说联军的司令竟是瓦德西时，她怀着忐忑的心情，鼓足了勇气，向一位德国军官说明了缘由。赛金花因为通德语，她告诉他们：我是你们德国皇帝威廉二世和皇后维多利亚的好朋友，并拿出她当年同德国皇帝和皇后的合影。德国士兵认出了他们的皇帝和皇后，立即举手行礼，终于在紫禁城内的仪銮殿上见到了昔日的情人。

十一年的阔别，瓦德西已由当年的陆军中尉，变成了威风八面的将军。瓦德西春风满面，意气风发地走上前来，认真审视着赛金花。二十九岁的女人，活像是一只熟透了的水蜜桃。两人紧紧地拥抱在一起热吻，当年俄国叶尔丹公园的一切又浮现在眼前。

鸳梦重温，旧情复燃，分外欢愉。皇宫大内的仪銮殿，成了瓦德西的温柔乡；慈禧太后的龙床，成了赛金花迎战联军统帅的又一个脂粉战场。再次见面，瓦德西送给赛金花的礼物，是两套青缎子绣花的夹衣裳。另外还有一个小箱子，里面装着一千块现大洋。从此，两人缱绻日深。

八国联军进占北京之初，疯狂烧杀、掳掠。清廷的留守诸大臣，只能瞠目结舌，徒唤奈何。赛金花斥之于瓦德西，促其整肃军纪，下令安民，制止士兵的放纵、淫乱、抢掠行为，少侵扰百姓。凡有关联军想使中国人难堪的事，她一定会在瓦德西面前力争，使北京城的治安获得了相当程度的恢复。北京城的百姓生命、财产，也因此保全了不少。

当时，瓦德西要赛金花为联军收购军粮，在琉璃厂罗家大院内设立采购粮秣办事处，所有事情便都由赛金花作保。赛金花时常骑着骏马，与瓦德西并辔而行，或徜徉在各风景名胜，如改换男装到皇家园林西苑游玩；或在市井通衢里巡视。多少华洋纠纷，在赛金花樱唇初动时，即消解于无形。

“九城芳誉腾人口，万民争传赛金花。”此时的赛金花，几乎成了人们心目中救苦救难的观世音菩萨，或叫她“议和大臣赛二爷”，或称她“九天护国娘娘”。名公巨卿、王孙公子，纷纷与她攀交情、叙旧谊，对赛金花礼敬有加。而赛金花对当时和议的达成、八国联军退出北京城一事，确实出力尤多。朝局的转变、民生的利钝，竟不在衮衮诸公之手，倒系在一个妓女的手中，这恐怕是早已不知逃到什么地方的慈禧太后做梦也想不到的。

时人曾预言：“这样的侠骨奇情，不但比古来的苏小小、薛涛，只以歌舞诗词传为佳话者不可同日而语；就是比那些纡青拖紫的贵人、弄月嘲风的名士，碌碌终身、汶汶没世，也就有上下床之别，将来自必为一代传人。”

当八国联军攻占北京城以后，清廷是一心想尽快结束这场战争的。慈禧太后裹胁着傀儡光绪帝，狼狈逃到了西安。她唯恐八国联军一个劲儿地向西进攻，于是一面颁布罪己诏以平民愤，一面更积极地设法和联军议和，派出以李鸿章为主的豪华议和代表团阵容，内中包括庆亲王奕劻、两江总督刘坤一、湖广总督张之洞等人。

可是，在议和的过程中，却出现了一件棘手的事情。德国驻华公使克林德被义和团所杀，他的夫人伤心至极，扬言要把慈禧太后这个老女人剁成一块一块的，晒成肉干带回国去。因而，议和的先决条件在联军这边就是："光绪赔罪，慈禧抵命。"

这苛刻的条件，使得李鸿章一筹莫展。在旁人的指点下，他不耻下问，找到了当时仪銮殿的红人——当日在上海的旧识赛金花，恳切相托。于是，赛金花使出浑身解数，先是说服了瓦德西，接着对克林德夫人苦苦相劝，终于以在克林德遇害的东单牌楼附近竖一座纪念碑为条件，消除了和议中的阻碍，丧权辱国的《辛丑条约》终于在1901年(光绪二十七年)农历七月二十五日签订。

赛金花与瓦德西在北京城里的事情，还有两件值得一记。

一件是仪銮殿突然失火，住在瓦德西邻室的德军参谋长等人，均被浓烟呛死。瓦德西与赛金花正在慈禧的龙床上颠鸾倒凤，来不及穿好衣服，瓦德西抱起赛金花，赤裸裸地跑出殿外，成为北京市民茶余饭后的笑谈。

另一件是赛金花夜里从宫中骑马返家，马惊狂奔，在韩家谭那个地方把赛金花掉了下来。赛金花调养了好一段时间，终于落下个腰痛的毛病。

在《驴背集》中有这样一首小诗，对赛金花与瓦德西在北京城的生活进行了描述："月明秋梧叶叶霜，禁廷双宿野鸳鸯。韦娘半老风情在，十斛明珠负石郎。"

慈禧太后与光绪皇帝由西安回銮后，赛金花原想大家可能还会为她表一表功的。可那班王公、大臣都只顾争相为自己表功献媚，根本就忘记了她的存在。即使有一两个人记得，又怎么肯把议和这天大的功劳分享给一个青楼女子？

赛金花知道，自己已难容于"清议"，于是改名为傅玉莲，在陕西巷内重起炉灶，干那妓女的营生。便又有那当权的大臣，如洪钧的同窗好友孙家鼐、洪钧的儿女亲家陆润祥等，容不得她在京城里出丑，丢人现眼。1903年，为了替死去的洪钧老状元遮丑，他们借着赛金花的"金花班"旗下一个叫凤玲的姑娘服食鸦片自杀，解散了"金花班"，把赛金花赶出北京城，勒令她返回原籍苏州。

人老色衰的赛金花，已被当作肮脏无用的东西抛弃掉。她在离开京城的时候，想起过去那些求她的人，现在谁也不看她、谁也不想她，她的眼泪就在眼圈里闪烁。接着，两颗豆大的泪珠夺眶而出，慢慢地顺着面颊滚下来。泪珠源源不断地涌出，而且越流越快。

赛金花坐在离京的车子上，在车轮单调的吱呀声中，眼睛直勾勾的。她但愿别人都不要看她。她想到人们看她时那鄙夷的神情，就把腰板挺了挺，坐得更直了一些。在清朝皇宫的一片庆功声中，坐着马车萧瑟离开的赛金花，终于在背人处哭出了声来。

回到苏州，赛金花带着一颗被创伤的心，忆及旧日的繁华，恍如一场春梦。她原是一个不甘寂寞的女子，三十初度，风韵犹佳，哪里就肯这样终老苏州？于是再度来到上海寻求发展，却已难比昔日的风光。挂起“京师赛寓”的牌子，已是自贬身价，由当日的“书寓”降到了“长三”的等级。就这样不死不活地拖了两年后，她终于进入了第二度婚姻。

这次结婚的对象名叫曹瑞忠，是沪宁铁路的总稽查，为人忠厚实在。这次赛金花是下定了决心由绚烂走向平静，做一个安安稳稳的家庭主妇。她送给与她患难相处了十几年的旧日相好孙作舟孙三爷的临别礼物就是证明。这件礼物是一把精致的象牙骨摺扇，上面画着一株垂柳，题着一首诗。诗是这样写的：“昔日章台舞细腰，任君攀折嫩枝条。从今写入丹青里，不许东风再动摇。”

可是，第二次婚姻并没有给赛金花带来平静和幸福。其间，数度的亲人亡故，使她陷入悲痛之中。1911 年辛亥革命成功，清朝廷被推翻，她的丈夫曹瑞忠也因急性肠炎离开了人世。她再度过着漂泊不定的生活。

此时的赛金花，已年近四十，就像一杯陈年老酒，虽然饱经沧桑，却散发出醉人的醇香。一位早先认识的恩客、当时正担任民国政府参议员的魏斯灵，适时对她伸出援手，把她带到北京，同居在前门外的樱桃斜街。到 1917 年（民国六年）的夏天，赛金花改用赵灵飞的闺名，随着魏斯灵回到上海举行了隆重的新式婚礼，算是开始了几年平静、幸福的夫妻生活。

1922 年，赛金花春天丧母，夏天丧夫。魏斯灵死后，魏家认为她是红颜祸水，常常对她无情地奚落。忍无可忍的赛金花，迫不得已搬出了魏家，在居仁里一处平房内闭门寡居，一主一仆靠着典当和借债度日。这时赛金花已经是五十多岁的老太婆了，病容憔悴，两鬓斑白，已没有多少人知道她就是曾红透半边天的一代名花。

1936 年（民国二十五年）的冬天，赛金花终于油尽灯灭，享年六十五岁。多亏她故乡的一些名士发起募捐，总算为她办妥了后事，葬在城南陶然亭附近，与香塚、鹦鹉塚为邻。

当时报上登了一副挽联，对她的生前与生后都进行了评价概括，其联如下：“救生灵于涂炭，救国家于沉沦，不得已色相牺牲，其功可歌，其德可颂；乏负廓之田园，乏立锥之庐舍，到如此穷愁病死，无儿来哭，无女来啼。”

由赛金花亲笔题写的“国家是人人的国家，救国是人人的本分”，至今犹存于博物馆中。她那拳拳爱国之心，比起同时期的卖国贼、汉奸来，犹胜千万倍。“自古风尘出侠女”便是对赛金花一生的真实写照。

第七章　那江争霸

那武爷对李桃花的一番心思，既不能跟师傅、桃花表白，更没法对哥哥、母亲倾诉，他日渐消瘦、憔悴、沉默、阴郁。这可急坏了那邢氏，也让朱子安夫妇操起心来。他们不明就里，以为小伙子年纪大了，想讨媳妇了，遂赶紧给他物色对象，尽早办喜事。

婺源首富家的二公子、紫阳老街的第一帅哥要娶亲了，很快，那些家里有适龄闺女的父母，或者专门给人做媒的老婆子们，得知喜讯，便络绎上门提亲而来，差点踩破了那家门槛。

那、朱两家的大人，最遂意的还是紫阳老街的俞记旅馆掌柜。大家已是多年的老朋友，知根知底，同甘共苦，肝胆相照。非但他的独生女芊芊长得花容月貌，贤惠温淑，且小时候还与武爷年纪相仿，常在一起玩儿，两小无猜，更重要的是一旦他们合卺，这俞记旅馆的产业岂不又成为他们那家的了？

可是，那武爷却好像怎么也打不起精神来，这些莺莺燕燕们都不入他的法眼，就连芊芊亦难以令他钟情。他的心思并不在她身上，否则他俩早该在一起了。

而且，接下来一连串的重创变故，一个又一个，迅猛而至，仿佛晴天霹雳、雷电交加，更是把他打蔫了，猝不及防，陷入极度悲伤、失望之中。

先是师傅李天恩与李桃花妹子，一位中年剽悍侠客，一位妙龄艳丽少女，在一场子夜酗酒、相互倾诉之后，实在抵挡不住情欲的冲动，滚作一团，热吻厮打，做成了男女之事，一曲惊天动地的床笫欢歌。当铁甲洞穿了城门，当洪水冲垮了大堤，在一阵低声呻吟、高声尖叱几乎同时发生之后，桃花用下身丹红如桃花的一小滩鲜血，庄严昭示了自己的贞洁。

事后李师傅却觉得非常懊悔和自责，尽管桃花只是他的养女，两人之间并无血缘关系，他仍觉得自己有乱伦、越轨的深深罪恶之感，既对不起桃花，更对不起云武，于是修书一封，不辞而别，一个人回老家去了，从此后再也不见了他，好像在人间蒸发了一样。后来那云武曾多次派人去河南伏牛帮总舵寻访过他，都是无果而终，其同门、家人皆说没见他回来。

桃花姑娘遭此巨大打击，心里又怨又愧，既怨恨养父不能承担起男人的责任，一个人偷偷离去，把难题丢给她；又羞愧自己在那武爷面前根本抬不起头来，与其赧颜相对，无地自容，弗如闭门不见，面墙抽泣。她也没想过把养父彻底忘记，与武爷重新开始二人世界。她觉得自己现在身子脏了，不配给武爷了。她干脆投奔妓馆“翠月楼”，挂牌接客，红灯高照，成了烟花女子。

“紫阳一枝花”公开卖身，倒是门庭若市、生意兴隆，嫖客色友们奔走相告，纷至沓来。甚至有人慕其艳名，不远千里，从杭州、南昌、景德镇、上饶、衢州、宣州、安庆、歙县、黟县等地赶来“翠月楼”一睹芳容，散尽千金以近玉体。

那云武遭此变故，真是无语凝噎，生不如死。他曾想过亲自上门去见桃花姑娘，把她臭骂一顿以解心头之气。可转而又想，自己有这个资格吗？你是她的什么人呢？他也曾想过把他们仨的那段复杂往事、奇特三角关系完全忘掉，并且不计较她现在的堕落和不洁，带她远远地离开婺源，找一个谁也不认识他俩的地方，好好地过以后的日子。可是，她究竟会不会同意？他没有把握。再说，自己哥哥、母亲又该怎么办？

武爷思来想去，实在无计可施，难以选择。在悲伤、挣扎、思虑了不知多少个日日夜夜之后，他默默承认了事实，恢复了正常状态，继续自己的人生，以及履行他在那家的权责，特别是他自己的承诺。不过，他的感情世界已经紧闭大门，也不再有婚姻的打算。他想，自己算是辜负俞家妹子等众多姑娘的深情了。而他哥哥那二爷、母亲那邢氏亦并不逼他。

在这一场又一场命运悲喜剧当中，岁月的轮回，一天又一天、一年又一年地过去了……

十八

婺源县商会前任会长、婺源前首富萧江宗宪，是婺源本土人氏，他的家在紫阳老街东北三十公里的著名的江湾古镇，毗邻安徽省，黄山脚下，是距古徽州府最近的一座名邑。

萧家是婺源的数百年望族，典型的徽州乡绅，靠耕读传家，家里先后出了不少进士、举人、官宦。到萧江宗宪祖父这一代，凭借不断积累的财富，买了大量良田、沃地、果园、茶林，家里粮食满仓、水果成堆、屋院广深、人丁兴旺，为婺源最大的地主。

到萧江宗宪自己，更是家业膨胀。他通过建茶厂，卖茶叶，植树造林，贩卖木材，以及酿造和销售米酒、果酒，生意越做越大，成为真正的徽商。而他的业务也主要是向北发展，与休宁、绩溪、宣州一带的徽商呼应，共同合作，联手对外，蔚成大器。

徽商即徽州商人，但不等同于安徽商人，古徽州府是今安徽省黄山市、宣城市绩溪县及江西省婺源县的商人或商人集团的总称。因徽州古代又称新安郡，属新安江流域，故徽商又称新安商人，俗称徽帮。它萌生于东晋，成长于唐宋，全盛于明清。徽商是中国十大商帮之一，鼎盛时期曾经占有全国总资产的七分之四。他们亦儒亦商、辛勤力耕，赢得了“徽骆驼”的美称。

徽商的活动范围遍及中华城乡，东抵淮南，西达滇、黔、关、陇，北至幽燕、辽东，南到闽、粤。其足迹还远至日本、暹罗、东南亚各国及葡萄牙、西班牙、意大利等地。清朝后期，徽商逐渐衰亡：代表人物有“红顶商人”胡雪岩、程十万等；代表品牌有张小泉剪刀、胡庆余堂药店、王致和臭豆腐、张一元茶庄等。

与那二爷农工商立体化全方位发展的综合贸易公司不同的是，萧江宗宪的主要产业还是在农耕、林产及农副产品的加工销售上。比如说，他不做歙砚、瓷器的制作、加工和贸易，也不开金银首饰店、文房四宝店、典当铺之类；更不像二爷有个在大上海开国内外贸易公司、进出口都擅长的舅舅，没法做上海甚至西方的服装、机械、百货、日用化工等新兴业务。他做不过二爷，落后了，将“首富”的名号拱手相让。

特别是二爷在及时得知美国举行巴拿马万国博览会的讯息之后，赶去列席并获得了一个绿茶类金奖，不但为婺源乃至徽州争了光，名气更盛、业务更大，彻底把萧江宗宪征服了，且夺取了他的“婺源县商会会长”的头衔，令其颜面扫地，暗地十分生气和懊恼。

至此，那江两家争霸，那二爷取得全胜。

而早在此之前的十几年里，特别是那家刚到婺源的那些岁月里，萧江宗宪还是对那二爷很友好、照顾的。萧江宗宪比那二爷大十来岁，两人以兄弟相称，经常聚会，喝酒，品茶，游玩。二爷刚创业时，萧江宗宪还多少支持过他。只可惜，同行是冤家，商海无亲朋。在后来激烈而无情的市场竞争当中，两人的关系和交往越来越隔阂、疏远，怨恚越积越深。

那么，萧江宗宪为啥取了这么个怪名字，怎么既姓萧又姓江呢？当初他俩又是怎么认识、怎么交往的呢？这得从那二爷一家刚到婺源的第二个年头说起。当时，二爷已当上紫阳私塾的先生，与朱碧玉确定了感情关系，去上海寻着了邢二舅，开办了第一家茶叶店，正准备操办婚事。因为业务上的需要，即开店的一些程序和规则，二爷拜会了时任婺源县商会会长的萧江宗宪。

对萧江宗宪为什么既姓萧又姓江，这么个怪名字，二爷虽然感到好奇，但因为是初次与他见面，不好打听得太多。他三十出头，正当盛年，个子中等，锦袍马褂礼帽，风度翩翩。看其外貌、气质、穿着，是与二舅邢登科完全不同的一种商贾。

邢登科是典型的海派商人，八面玲珑，精明圆滑，能说会道，工于算计，一切只考虑个人经济利益，但也懂得按经济规律办事，买卖公平，账目清楚；而萧江宗宪却一点儿也不像个商人，倒像是个教书先生，跟二爷的岳父朱子安很接近，文质彬彬，温文尔雅，谨慎谦和，言语不多但恰到好处。这就是徽商的主要特征之一——他们大都是儒商，既读书做学问，又经商做生意，注重孔孟之道和文化修养。

与朱子安先生不一样的是，朱先生是个纯粹的读书人，只懂得做学问；而萧江会长既是读书人又是商人，既有学问又会经商，拿起算盘能理财记账，放下算盘能谈四书五经。这么说起来，他倒是兼有朱先生与那二爷翁婿两人之长了。不过，二爷在郁闷之余，又想开了：“他虽然既有学问又会经商，可学问上比不过朱先生，经商又比不过我，哈哈！”

萧江宗宪是早就听说过那云乡了。他是紫阳私塾的教书先生，又是朱子安的东床贤婿，跟县令吴澧之子吴翱是连襟，所以对他的态度亦非常热情，知无不言，言无不尽，解答了二爷提出的有关问题。两人交谈甚欢，还一起走到外面的小酒馆里喝了几盅。

此后就是水到渠成，一回生二回熟，两人往来频繁，萧江宗宪还邀请那二爷加入婺源县商会并出任副会长，又把其他一些婺源的乡绅、富商介绍给了他。

二爷结婚大喜那天，以萧江宗宪为首的婺源县商会及商业界朋友一大群，前来捧场祝贺，使得婚礼现场越发热闹，也增色不少。这些人可都是婺源县乃至徽州南部数县有钱有势、有头有脸的重要人物呢！二爷亦将二舅介绍给他们，后双方来还做成了好几单生意。

当时婺源已经修起了简易的毛坯公路，东北到休宁、徽州，西至景德镇、浮梁等地。萧江宗宪购买了婺源的第一辆小轿车，常带二爷等人去各地游玩。有一次，他们去了萧江宗宪的老家江湾。

跟徽州其他古村落处在偏远山林、谷地狭窄、小路崎岖的情况不同，江湾位于一个比较平坦、广阔的地区，巍巍后龙山麓，潺潺梨园河滨，参差数千人家，高楼巨宅遍布，商埠店面林立，大道笔直宽敞，完全可以与县城紫阳媲美，难怪被称为“婺源第一镇”。而去年那家南逃，走的是西边虹关、浙源、清华一线，没有经过江湾，否则可能又是完全不同的一番情形了。

那二爷在萧江宗宪的引领、讲解下，经过号称“龙池”的荷花池，其美景有诗为证“遥望龙池碧连天，枝枝争向日中然；临风旖旎浑无语，时有清香透锦笺”；然后是高高屹立的西安门，其楹联“水贴荷钱，买得湖光千万顷；山垂木笔，描成春色二三分”系清朝著名经学家、音韵学家江永所作，乃中国古代名联；再是精美壮丽的刻写“江湾”的大牌坊，高十二米三寓意步步登高，宽九米九寓意江湾人在外奋斗所取得的辉煌业绩，归根结底还是家乡人杰地灵之故，即“九九归元”。

萧江宗宪介绍说：“江湾始建于隋末唐初，最初有滕、叶、鲍、戴等姓人家在此河湾处聚居，时称‘云湾’。北宋神宗元丰二年（1079 年），萧江第八世祖江敌始迁于此，后改称‘江湾’。千百年来，江湾凭借位于赣、皖、浙三省交通要道的区位优势，青峰绿川、气候适宜、水土肥沃、物产富饶的良好自然条件，徽州人民聪明能干、勤俭朴实、忠义仁厚、耕读传家的优点，以咱们萧江姓后裔的奋发拼搏、敢于闯荡、吃苦耐劳、自强不息，而发展成为一个经贸繁荣、群贤辈出、钟灵毓秀的著名古镇。

“据《婺源县志》统计和记载，江湾通过科举等途径步入仕宦、出任七品以上文武官员者多达二十四人；潜心著书立说、光耀词林者计十九人，著作达九十二部，且都是历代名人，包括明朝户部侍郎江一麟、工部主事江宏晚、太医江一道，清朝著名学者江永、户部主事江桂高、教育家兼佛学家江谦等。”

然后，两人来到一座格外雄伟高大、绚丽壮美的建筑前面，这是那二爷此生除了北京紫禁城皇宫外，见过的最雄伟高大的建筑了，比紫阳的县衙修建得还要高大得多。萧江宗宪说：“这就是我们萧江一姓的宗祠，又名‘永思堂’，始建于明朝万历六年（1578 年），曾被誉为江南七十余座著名宗祠中‘最好的一座’，为婺源古代四大建筑之首。只可惜咸丰、同治年间太平天国起义时被毁于战火，这是前几年重修的。据说原来的宗祠比现在这个还要高大、漂亮呢！”

听萧江宗宪说到这里，那二爷插了一句，问道："不好意思，会长大人，我对此非常感兴趣，您怎么又是姓萧又是姓江呢？我看您的名字很特别，所以一直想问问您。"

"呵呵，初次认识我的人都觉得很好奇，都想问我这究竟是为什么。这也是我下面要给你讲的了。因为我们江湾的江氏，先祖原本姓萧，故曰'萧江氏'。我本人为了表示不忘记祖先、不忘记历史，就保留了以'萧江'为姓。"

"哦，有意思，其中一定大有故事了。"

"不错。咱们萧姓在中国历史上曾显赫辉煌，三千多年来，先后出过帝王、名臣、骁将、高僧、才子、佳人无数。据《兰陵萧氏二书》记载，咱们江湾的萧江氏，乃西汉初期丞相萧何的后裔，也就是'萧何月下追韩信''成也萧何败也萧何''萧规曹随'等历史典故里的那个楚国兰陵沛丰人萧何了。萧何之后传至南北朝时，萧道成创建了南朝的第二个王朝——齐朝，萧道成即齐高帝。此后萧衍取而代之，创建了南朝的第三个王朝——梁朝，萧衍即梁武帝。咱们江湾的萧江氏，乃梁武帝的长子，即著名文学家萧统的后嗣。"

对梁武帝萧衍，历史上评价不高，甚至说他是我国古代最凶残、暴戾的皇帝之一。可兰陵萧氏后裔，以及婺源江湾萧江人氏，仍对这位先祖给予了高度评价："少有天志，韬略堪夸；政教修明，遂成帝业；素性仁慈，尤能自守；崇心向佛，德及儿孙……"嘿嘿，千秋功罪，任由后人评说吧。

"到唐朝时，这一派中的萧瑀、萧嵩、萧华、萧复、萧俛、萧仿、萧寘、萧遘八人相继出任宰相，即同中书平章事、中书令或尚书令，史称唐朝萧氏'八叶宰相'。到'八叶宰相'的最末一位萧遘时，曾经昌盛强大的李唐王朝已面临即将灭亡的边缘，阶级矛盾尖锐，起义暴动频发，野心家伺机而动，社会上兵荒马乱、鸡犬不宁，黎民苍生处在水深火热之中。萧遘之仲子萧祯，在任江南节度使、柱国上将军时，因父蒙难，遂隐居徽州歙县篁墩。为避战祸，'念先世从北渡江而来，遂易萧姓以为江氏。凡江氏宗于萧者，此其鼻祖也。'（《萧江全谱》）

"这里我不妨讲得再详细一点。据说当时萧祯曾起兵勤王，耻事二主，与觊觎大唐江山、屡屡易帜另投的阴险奸诈小人朱温决斗，并指浩浩长江起誓：'若勤王不果，则愧姓萧，改姓江。'后战事未成，萧祯失利，逃至徽州，遂从此改姓为江。

"自萧祯易姓江后，江祯即为萧江一世祖。二世祖江董是江祯的长子，因其由歙县篁墩迁至水路皋径，乃成为婺源萧江始祖。北宋元丰二年（1079年），曾任江西进贤县尉的八世祖江敌，率家正式迁至江湾。此后子孙日繁，遂成望族，现占全镇人口的百分之七十。

"其实这种情况在咱们徽州并不止萧江一姓，比如大名鼎鼎的胡姓，就是从李姓而来，是大唐皇帝、一代圣君唐太宗李世民的后人。那同样是发生在李唐末年，曾追随黄巢起义的安徽砀山人朱温叛变以后，改名朱全忠，投降朝廷，当上了宣武节度使，成了手握重兵的一方军阀。

“他于是露出了豺狼的真面目，先是杀光了宦官，又杀掉了宰相；继而变本加厉、得寸进尺，于天祐元年（904年）向唐昭宗李晔蛮横地提出，要把京城从长安迁到洛阳，并下令把长安的宫殿、王府、民房彻底拆毁，使得锦绣繁华的、堂堂世界第一大都市长安城，顷刻间变成了一片废墟。唐昭宗不敢违抗，只好听任他的摆布，带着皇后、嫔妃、皇子、公主、侍从和朝中的官员，迤逦向‘东都’洛阳进发。

“也是大唐宗亲李姓命不该绝，就在他们一行东迁的途中，有身孕的何皇后生下了一个小皇子。唐昭宗知道此去凶多吉少，当此大难临头之际，他叫来贴身侍卫、婺源考川人胡三，临危托孤，请其将刚刚出生的皇子偷偷抱回老家去抚养，而给李唐保留一点血脉。

“唐昭宗和何皇后给小皇子裹以御衣，藏上珠宝，刺破手指写下血书，交给胡三。胡三不顾个人安危，历尽千辛万苦，长途跋涉赶回家乡，终将皇子养大成人，改姓为胡，取名昌翼。

“果然不出唐昭宗所料，他们一行刚走到半路，朱温就悍然下令将其身边的二百多人全部杀掉，以后又在洛阳宫中将昭宗残忍害死。胡昌翼就成了李唐王朝唯一留下来的一个宗亲皇子，其子孙后代俊杰辈出，灿若群星，重臣、名儒、文豪、巨商、国家领导人……遍布天涯海角。

“此外，婺源这里的金家本姓铁，始祖金日磾是西汉时期的名臣，明朝末年从中原迁来定居。金日磾原本是匈奴王的太子，姓铁木真，武帝时降汉。汉武帝刘彻以‘铁会烂而金不烂’为由，赐其金姓。因他在朝为官忠诚，汉武帝死前遗诏让他与霍光等四人为汉昭帝辅政，后再立新功，被封为侯。蒙元时号称‘一代天骄’的成吉思汗——铁木真，亦是他们一族。

“这里的余姓、王姓，则是出自秦姓。传说当年设计陷害岳飞爷爷的南宋奸臣秦桧，他的后代为他感到羞愧，便潜逃至此，藏匿于深山老林之中，并将‘秦’去掉头上的三横，改为姓余，从此落户婺源，繁衍生息，成了当地的大姓。还有个说法是，他们将‘秦’字拆为‘余’和‘王’二字，从而成了余、王二姓。据说婺源的余姓、王姓人，大都是来自秦姓，是秦桧的后裔。另外又有人说，秦桧本来就是婺源人氏，他的族人羞于姓秦，就改姓了余和王。”

那二爷聆听萧江宗宪会长介绍，他如此博学强记之人，旁征博引，海阔天空，娓娓道来，就像自己岳父朱子安先生一样，完全是一个充满人文浪漫情怀和理想主义色彩的饱学文士，哪里会想到把他与一个钱来钱往、讨价还价、斤斤计较、重利轻义的商贾之人联系起来？可是，他也好，朱先生也好，由此足见他们对徽州，对婺源，对自己先祖，对这一方水土、点点滴滴，这一草一木、一人一物，这历史沿革、来龙去脉的熟稔和热爱。

不过两人选择谈论的话题还是大有一些迥异的，朱子安主要喜欢讲述诗词文赋、琴棋书画、才子佳人等文化艺术方面的内容；萧江宗宪主要喜欢讲述奇人异事、江湖八卦、帝王将相等逸闻传说。这自然跟他们两人的性格、爱好、职业的不同有关了。

比如某年的有一次，萧江宗宪开车带那二爷去浙源的虹关村，说是让他看一个奇人，真正见识见识一下什么叫“大千世界，无奇不有”。二爷便问会长是哪样的奇人，他笑而不答，只说“你到那里就懂了”。二爷不知道他葫芦里卖的是什么药，只好跟着他走。

虹关村里的人多数姓詹，世代以造墨为生，其中一支早些年迁到岭南百粤沿海去了。他们来到一栋建于明朝的古建筑前，上面还保留了非常精美的鲤鱼跳龙门、春夏秋冬花鸟等图案的砖雕；门廊足有三米多，可谓奇高。

那二爷觉得很惊讶，说道：“为什么门廊要搞这么高呢?”

萧江会长仍只是笑了笑，没有回答，并说：“这个私宅名曰‘玉映堂’，这条巷子则叫‘长人巷’。”

“长人巷?”二爷又是心中一惊。

走进院子，一个巨人突然迎上前来，出现在他们的眼睑当中。此人五十余岁，长得黑瘦，可身材实在是高得出奇，作为北方人，还算比较高的那二爷，也只到他的胸乳位置；至于稍矮一点的萧江会长，更是仅及他的腰部附近了。二爷粗粗估摸了一下，他至少也得超过七尺，约二米三到二米四。

啊！那二爷实在是惊讶得不得了：天底下哪有这么高的人？真是见所未见，闻所未闻，大开眼界，叹为观止。他终于明白为什么这户人家的门廊造这么高，为什么这条巷子叫“长人巷”了。他向萧江会长投去会意的一眼。

萧江会长显然认识对方，给那二爷与对方介绍说：“这是号称‘天下最高’‘长人之家’的传人詹泽光詹先生；这是我们婺源的青年才俊、紫阳私塾的先生、婺源县商会的副会长那云乡那二爷。”

两位一边握手，一边说着“哪里哪里”——这是自谦；“久仰久仰”——这是对对方。那二爷感觉对方手掌之奇大、奇厚，就像抓着深山大熊的爪子一样；当然更震撼的还是他的身体奇高，就像一棵大树一样高高耸立，而自己则像对方旁边的一棵小苗一样渺小。他这是人生第一次感到心理上巨大的压抑甚至几乎窒息。此后，他都不敢靠近这位奇人了，尽量与对方保持着距离。

由于詹泽光为人憨厚，不善言辞，便由萧江宗宪代他向那二爷介绍他们神奇的一家：

“詹泽光的祖父叫詹真重，父亲叫詹世钟，四叔叫詹世钗，他们的身高都在八尺以上，是咱们中国乃至全世界最高的人之一；尤其是他的四叔詹世钗，被称为人类历史上有据可查最高的人，外号‘中国巨人’‘清朝第一巨人’‘全球第一巨人’。

“詹世钗生于道光年间，卒于光绪年间，字玉轩，乳名五九，还有个英文名字 Chang Woo Gow 或 Zhan Shi Chai，因为他后来出国了。他的身高达到三米一九，约九尺五七，比当时高达两米三一的‘美国第一巨人’桑迪·艾伦还高将近三尺，是史料记载迄今世界第一身高的长人。他还游历全球，通晓十国语言，晚年定居英国，娶英女为妻，育有两子一女，卒于大不列颠。清朝安徽天长人宣鼎的《夜雨秋灯录》卷四‘长人篇’、《拍案惊奇》《今古奇观》等书，对詹世钗均有若干记载。

“此外《婺源县志》也有记载，大清道光年间婺源虹关有‘长人之家’。詹世钗的父亲詹真重，字衡钧，身高达到八尺；他的同胞哥哥、詹泽光的父亲詹世钟的身躯亦有八尺，臂力甚大，在游经河南时，军门特招之效用，并保举六品衔。

“詹真重先后娶了两门妻室，长人詹世钗是其与第二个老婆所生。他的第二个老婆给他生了四个儿子，其中老二詹世钟和老四詹世钗与他一样都是身长近丈，最高的是老四詹世钗竟将近三米二。”

詹泽光介绍说：“四叔（即詹世钗）出生未满月时，体重便已达三十余斤，俨然如三岁童。他在一两岁时，正月元宵节，祖母（即詹世钗的母亲）带他去沱川看庙会。后来他饿了，想吃奶，就站在祖母身前吃，嘴巴已到祖母的乳头附近。旁边好多看戏的村民觉得奇怪，就指责他说：‘你都快有你母亲高了，还好意思吃奶，不怕羞!’祖母听到之后对村民说：‘孩子还没有满两岁，不要吓着他。’那时他应该就有一米好几了。

“等到四叔长大了，身高已经达到两三米。我们徽州的房子建得很高，一般都有五米多，但他站起来就到房子的一大半高了。他睡觉时，家人就将他的床头板锯掉了，还用一个大箱子让他搁脚。咸丰十年（1860 年），大清军队吃了太平天国军的败仗，撤退从此经过，四处抢劫，吓得当地百姓纷纷关门避难。一些清兵冲进我们詹家要抢劫，原本坐在床上的四叔忽然站起来，如同一位巨人，顿时让原本就心理几近崩溃的清兵吓得胆战心惊，纷纷逃窜。”

詹泽光还拿出詹世钗所拍的照片给他们看，只见他身着清代官服，身材高大魁梧。其实詹世钗并没在朝做官，他的哥哥、詹泽光之父詹世钟倒是得过一个六品的军衔。

萧江宗宪说：“据《夜雨秋灯录》上记载，一天，洋人偶然看到了詹世钗，觉得非常吃惊，便以重金把他请去，给他穿上清代官服，到处展览卖票，供人观看赚钱。其实清朝对官服是有严格讲究的，一般百姓绝不能穿官服，更不用说穿着官服照相了。当时詹世钗在上海的徽州‘玉映堂墨厂’里做工，英国人看到他奇高，遂花钱把他买下。

“此外据《鸿溪詹氏宗谱》上记载，詹世钗与三哥詹世钿其时在上海做工，后被英国人重金聘请，周游世界表演，加入英吉利籍，娶大英女子为妻，生子詹泽纯等，晚年客死英伦三岛，没有回国。（詹泽光插嘴说，四叔与洋妻子曾回过家乡一次，他的洋妻子还教过村里小孩学英语。）但光靠身高在海外卖艺很不容易，詹世钗的日子过得还是比较清苦的。”

詹泽光补充说：“四叔长子、我的堂弟詹泽纯并没遗传到他父亲的身高，比我还矮，约略六尺。他在英国驻上海领事馆工作，四叔曾告诉过他老家在徽州婺源。泽纯堂弟多年前也曾回来寻过亲，但后来就再也没回来过了。”

这本来都是亲眼所见，亲耳所闻，且书刊上白纸黑字客观记载了的真人真事，可听詹泽光与萧江宗宪如此平心静气、轻描淡写地讲述下来，那二爷仍觉得如听天方夜谭一样不可思议，只是嘴里不断梦幻般喃喃说：“神奇啊，精彩啊，啧啧！”

因为詹氏家族目前仍以造墨营生，而萧江宗宪是他们的销售总代理，双方有大量生意往来，所以当天中午詹泽光便留萧江会长和那二爷在他们家吃饭。两人酒足菜饱，方驱车乘兴而归。二爷在路上还想：“像这样天下罕见的奇人，必定有其不可想象的作用，将来看怎么样利用一下才好。”

到抗战中后期，詹泽光还真的“出山”了，跟随那二爷三子那源率领的国民党军队与日本兵作战，他的威猛也曾吓退过几个敌人。但最终他还是被鬼子的长枪打中，壮烈牺牲。

十九

按说这萧江宗宪是一个很不错的人，他与那云乡曾经长时间的个人交情也挺好的，可为什么后来两人竟闹得反目成仇、不共戴天？要说仅仅是因为“同行是冤家”“一山不容二虎”，两人在你死我活的残酷的商业斗争中，萧江宗宪输给了那二爷，于是积怨愈深，分道扬镳，这理由很难让人信服。那么还有别的什么原因呢？

这不得不提到那二爷的养子、随从兼保镖那俞。那俞其实并不是婺源人，也不是姓俞。他是一代名妓赛金花的养子小三儿，苏州人！只不过当时二爷出于多方面的考虑，这才隐瞒了那俞的真实身份，对外宣称他是婺源当地俞姓子弟。

事情还得从1920年前后的一天，那二爷在上海再次面晤赛金花说起。当时距上次在苏州见到赛金花已有十几年了，这些年里，这位中国近代的奇女子，又经历了多次爱情、婚姻的挫折和打击，并数度北上南下，经受旅途的劳顿和风霜：

她先是从苏州去到上海，因生计困窘，接了两年客，后嫁给一名铁路官员，过了几年清贫而安静的日子；民国之初丈夫病逝，她跟着曾经的一位相好、时任民国政府参议员再到北京同居，住所竟离她昔日艳名冠盖京华的八大胡同仅一箭之地；数年后两人返回上海举行婚礼，但不多久丈夫、母亲先后辞世，赛金花被夫家视为“克夫”“祸水”“灾星”，将其赶走。她在霞飞路居仁里的一所平房内闭门寡居，与一老奴仆仅靠着典当和借债度日。此时的赛金花已五十多岁，彻底是个老太婆了，丑陋苍老，想再靠接客糊口是不大可能了。

那二爷那次也是在上海经办业务时，从自京来沪商谈事情的其商贸公司驻北京分公司总经理、“包打听”小赫哥那里再次知道了赛金花的下落，听说她的临时住处离他与二舅合伙经营的总公司驻上海办事处并不远，就与小赫哥一起赶去看望了她。

出乎二爷的意料并令他惊奇的是，这次赛金花已病情大好，脑子不糊涂了。在他简单作了一番自我介绍之后，竟把他给认出来了，说：“你当初就是一小屁孩嘛，也仗着家里有几个臭钱，来排着队见识过你金花姐的魅力哟，嘀嘀。”

二爷也激动了，两人回顾往事，京华烟云，点点滴滴，交谈倒颇投机，感叹不已。赛金花像一个普通老妇女，喜欢追忆和讲述过去，唠唠叨叨，言语琐碎，翻来覆去。他俩虽然一个是落魄丑陋老妪，一个是成功中年男子，不可能再有肌肤之亲、床笫之欢，却像一对熟人老友，絮叨密聊，两人差点就要结为异姓姐弟了。一旁的小赫哥再次表示出掩饰不住的惊羡来。

赛金花身边，除了有个多年来一直跟着她的忠实女性老奴以外，还有一个几年前她刚回上海时在租界大街上捡到的乞丐小男孩。因为赛金花自己没有孩子，便对这个不知名姓、父母、籍贯、由来的小男孩非常溺爱，当作亲生儿子一样看待，并正式收他为养子，还给他取了个绰号“小三儿”。

那二爷看这小三儿，已有近十岁的光景，脸色雪白，五官倒有些东瀛人的模样，长得虽不高，一对小眼睛却挺黑亮，溜来溜去，显得颇为机灵、敏锐；身子瘦弱，却大是有劲、倔犟。不知为啥，二爷见他第一眼就对他有种奇异的感觉，甚是欢喜，却又觉得他颇难捉摸。

待那云乡临走时，赛金花竟说：“二爷，我看你是个重情重义的真汉子。这个孩子我现在养不了了，我看你跟他挺投缘，你要是喜欢他就把他带走吧！只要你给他一口饭吃，他长大了一定会对你忠心耿耿，死心塌地报答你的。”

二爷刚开始感到很有些为难，毕竟事情太突兀了。但见赛金花是认真的，而这个叫小三儿的男孩用滴溜溜的眼珠定定地看着他，也并不认生和拒绝，就接受了。

二爷把小三儿带回了婺源紫阳，因为不想让母亲、妻子等人知道他的来历，以及别的一些顾虑，就让小赫哥先帮自己瞒着，只说他是婺源当地乡下人，本姓俞，父母已病逝，怜其孤苦，故而收留；并认他为养子，改姓那，名俞。

自后，这个曾经叫小三儿、如今叫那俞的男孩，就在那家渐渐长大了。倒是整个那家的人，上上下下、男男女女、老老少少，都挺喜欢他的机灵劲儿。尚未结婚成家、亦无一儿半女的那武爷，尤其偏爱那俞，甚至想让大哥把那俞转送给他。可二爷还是希望武爷能尽快结婚，有自己的子嗣。不过，那俞也就长期跟着武爷，把他的一身好功夫学到了手，且成了二爷的随从兼保镖。

再说此后的多年里，那二爷每次去上海，都会带着那俞，一方面是保护、照顾自己，另一方面也是想让他去看看曾经的养母赛金花，给她送些钱和好吃的去。十多年后赛金花病逝时，二爷还带着那俞去给她送终，处理后事。

可时间长了，那二爷悄悄发现，那俞在一些言行上有了奇怪的变化。但究竟是怎么个奇怪法，二爷又说不上来。至少是在婺源两大商业巨子——那云乡与萧江宗宪之间。他不断挑拨离间两人的关系，使得他俩原本白热化的竞争，变得更加紧张和敌对。不过，由于他做得很高明、隐秘，二爷和萧江二人长期是并不明白的。

1916 年，那二爷在美国的巴拿马万国博览会上获得了绿茶类的金奖，由于回来时在船上把金牌丢失了，刚开始身为婺源商会会长的萧江宗宪还不肯承认他的荣誉，直到翌年夏有人拾到二爷的奖牌并给他送回来，萧江会长才只好认输。于是二爷的生意做得更大了，超过萧江宗宪更远了，并于 1917 年接替萧江宗宪出任商会会长。

但是，两人的私人关系却一直维持着正常，仍常一起喝酒，品茶，聊天，出游。直到 1922 年秋的一天，萧江宗宪率人约那二爷去山里玩，二爷这边同行的有公司副总经理胡啸天、养子兼随从那俞等人。一路上，那俞歪着脖子，斜着眼睛，偷偷对二爷说：“契爷，我看萧江宗宪这人是黄鼠狼给鸡拜年——没安好心。他一直在嫉妒您，想把您除掉，恢复他婺源首富、商会会长的地位。这段时间我仔细观察过了，他在很多事情上都与您作对，一些生意也跟你掣肘。今天他约您出来，不知道他葫芦里卖什么药，您要小心点儿。”

那二爷立刻打断他的话：“吔，不许你这么说他！萧江兄是个好人，对我一直不错，咱们不能‘以小人之心度君子之腹’，胡乱猜疑人家。”

“可是，俗话说‘害人之心不可有，防人之心不可无’，您注意点儿就行了。”

二爷阻止那俞继续说下去。

其实，那俞的眼角流露出了一丝诡秘、阴险的冷笑。但一闪而过，难以察觉，二爷没有注意到。即使注意到，他也不会有什么怀疑，而且肯定猜不出那俞的用意。

这次萧江宗宪约那二爷去玩的，是婺源第一峰——大鄣山。这时候二爷自己也早有车了，而且还有了多辆高级德国车。公路已经修到清华老镇。他们清早从紫阳出发，到清华时天还没大亮。然后把车停在这里，找一家商店租了两把竹轿子，抬着他俩再往前走。一路上风景倒甚是可观，天光云影，山水如画。然后来到山脚一个叫车田的小村子，几个人换骑了马，便开始登山。

好一座崔嵬的大山！重峦叠嶂，高耸入云，悬崖峡谷，连绵不断，古木参天，阴翳蔽日，苍翠葱郁，云雾缭绕，野花烂漫，深潭高瀑，溪流汩汩。几个人长途奔波，虽觉得有些炎热，但一看这景致，顿时心境开阔了许多，情绪也迅速欢快起来。

大鄣山又名鄣公山，其主峰擂鼓尖又名六股尖，海拔一千六百二十九米，在整个徽州地区、皖赣浙交界地区都居于最高峰之位。它是新安江和乐安江的分水岭，有“蟠踞徽饶三百里，平分吴楚两源头”之谓。《婺源县志》上记载，登峰鸟瞰，能够“西瞩彭蠡（湖口石钟山），北眺白岳（徽州齐云山），东望黄山，南瞻信州（上饶）”，方圆几百里尽收眼底。

树在石上生，石在水中长；瀑在岩上飞，泉在山间唱。石缝里长出的是杜鹃、兰草；头帽上碰到的是青藤、古木；山道上铺满的是缤纷落花；面孔上飞来的是细细水雾；笋尖就那么放肆地从路中央冒了出来；野莓就那样挑逗地在灌木顶绯红耀眼；大只大只的蜂箱摆在树洞里、石壁旁、花丛边，那是在招蜂引蝶，让野蜂给它送来蜂蜜；一滴一滴的清泉从树根下、悬崖上、石罅里绽出来，像是这大山的肚子里装有无数颗珍珠……

几匹骏马时而艰难翻越陡峭的岩壁，时而惊险纵身湍急的水峡，在这座莽莽苍苍、高与天齐的大山里尽兴跋涉与饱览风光。

走在那二爷旁边的胡啸天，情不自禁感慨地说：“像这样一个一夫当关万夫莫开、天造地设易守难攻的所在，委实是好。来这里当个‘山大王’，占山为王，自成一统，不受人管制，倒也是很快活的事情啊！谁也打不进来，这整个都是我的，山上各种野兽、果子、菌类、草药、泉水……什么都有，待个三年五载的都不会饿死。”

二爷别有深意地瞧了瞧自己的这位副手——他是紫阳老街土著，为他这种新奇的想法感到惊异。

“是啊！”萧江宗宪说，“你说的没错，这座大鄣山，历来就是土匪、强盗、起义军、江湖团伙、流窜犯盘踞的地方。有意思的是，刚才咱们去的那个车田村，据说就是广东花县等地洪氏的祖籍，也就是洪秀全的祖籍。而洪秀全半个多世纪以前发动太平天国运动，轰轰烈烈十四年，席卷大半个中华，差点推翻大清江山，他不就是个最大的贼寇吗？你们听说过一个叫‘汪公大帝’的古人吗？”

那二爷摇摇头。

胡啸天说：“在我们婺源的汪口，就建有一座‘汪公大帝庙’。在徽州的很多地方，都建有‘汪公大帝庙’。萧江会长您说的，就是这个‘汪公大帝’吗？”

萧江宗宪笑了笑说：“我早就不是会长啦，现在的会长，是你的那二爷那老板。——不过你说的对，这个‘汪公大帝’，就是‘汪公大帝庙’里祭祀的那位，他本是隋末唐初的徽州人汪华。传说汪家是个很大的财主，在整个徽州都颇有名。汪华小的时候，乡里不少人都以为他是个大傻瓜，长到十五岁还是痴痴呆呆的，一句话也说不明白。

“按照徽州人的习惯，十六岁需出外历练历练。汪华父亲给他一万两银子，叫他随一个精明的伙计去平江（今苏州）开设当铺。这本来是个赚大钱的买卖，却不想汪华与别人不同：人家当十两银子的，他给人二十两；人家拿饭锅来当钱的，他听说后，追上前去，还锅送钱。不多久，他就把父亲给他的一万两银子悉数散尽了。

“汪华打道回府，其父听说后怒发冲冠，揪住他就要揍他。不想汪华反笑其父：‘人怎么就不能把钱散出去呢？老朝奉在家里，半间茅草屋，几件粗布衣，数石糙米，一罐猪油，就够他用一辈子的了。’其父气得连半句话也说不出来。

“到了隋朝末年，天下大乱。以义服人的汪华，高举义旗，宣布起义，发动兵变，占据歙州。过去得过他好处的穷人便纷纷响应，都来投奔他这个仗义疏财的豪杰。不多时，汪华就拥兵十万，自号‘吴王’，接连攻下婺州、杭州、饶州、宣州、睦州等地，并把王府迁往徽州休宁万安的‘万岁山’，也就是今休宁、婺源交界的地区，包括大鄣山一带。你们没想到吧，当年这莽莽苍苍的大鄣山里，还隐藏着雄兵十万呢！在汪华统领六州的十几年里，境内安定太平。

“直到唐高祖李渊称帝以后，唐王李世民挥师南下。汪华明察秋毫，审时度势，对部下们说：‘现在太阳、月亮都出来了，我这把火炬不是可以熄灭了嘛！’于是，就在唐武德四年（621 年），汪华率部归附李唐王朝，被封为‘越国公’。唐贞观二年（633 年），汪华被‘调离’家乡，到京城长安唐太宗的身边任职。二十年后死于长安，享年六十四岁。

“因汪华‘保境安民’有功，在他死以后，唐太宗即封其‘生为忠臣，死为明神’。从而汪华在徽州民间就成了‘汪公大帝’，世代徽州人将‘汪公大帝’与‘关公大帝’一样崇祀。急公好义、以义处世待人的汪华，成了徽州人的‘精神火炬’，世世代代影响着包括婺源人在内的千百万徽州人民……”

萧江宗宪的故事还没讲完，就在这时，突然不知从哪里传来几声尖利的枪响，枪声划过树林的上空，在他们耳朵边轰鸣。几人面面相觑：在这样一个人迹罕至的大山里，哪里来的枪声？莫非真的有土匪，狭路相逢了？否则就是……就是有人蓄意谋害啊！

“有刺客！”胡啸天和那俞几乎异口同声。

“跑！”不知是谁喊了一声，大家赶紧从马上跳下来，暂以马身为掩护，四散躲开。

“嗖！嗖！——”有几枪从萧江宗宪的头顶擦过，差点就击中他。渐渐地，萧江宗宪恍然明白：这枪是冲着自己来的，刺客的目的就是要送他的命。

萧江宗宪的几个随从紧紧保护着他。马扔掉不要了，他们低着头，弓着身，借着大树、岩石和灌木丛的掩护，迅速向山下逃离。其中一个随从带着鸟铳，不时地向枪声传来的大致位置放几枪。但毕竟鸟铳不如枪那么好使，填充子弹和还击要一段时间。再说，他们根本一直就没见到刺客在哪儿、有几人、是些什么人，糊里糊涂地挨着“黑枪”。对方在暗处，而他们在明处。

他们一行夺路而逃。此际也不知道那二爷和胡啸天、那俞等人去哪里了，萧江宗宪也顾不得那么多了。大家总觉得刺客像是天兵下凡一般，神出鬼没，令他们魂飞魄散，非常被动。因为他们根本不知道对方在哪里，何时何地又会突然出现。所以在逃跑途中，敌人又有几枪射向他们。好在萧江宗宪没被击中，可他的一个手下被击中了后背，虽然没死，却还是受了重伤，鲜血直流，整个衣服都染红了。萧江宗宪只好安排另外两人架着他走。

有一个想法，暗暗地在萧江宗宪心中生起，可他不敢想，更不敢说。而他的一个随从代他把话说了出来：“老板，我想我们是中了那云乡他们那一伙人的暗算了。肯定是他们暗地请了刺客，准备今天在山上打死我们，除掉您这个他们在生意上多年的老对头，除掉您这个眼中钉。”

“不错！”另一个随从也说，“我想这事肯定是他们干的。要不刚才枪声一响起，胡啸天和那俞怎么都马上喊了起来‘有刺客’？他们一定是做贼心虚。”

“你们没有证据别乱下结论，我想那二爷不是这样的人。再说，要真是他们干的，自己哪儿会这样咋呼咋呼地先讲出来？”

“老板，您的心肠太好了，所以才容易受人欺负，遭人暗算。其实我们早就看出来了，那云乡多年来就一直在想除掉您呢！我们这些人都明白，就是您自己蒙在鼓里，还是对他那么好。哼！那云乡这人真是白眼狼，您对他这么好，他却一心要害你，忘恩负义！”

他们好不容易逃脱了刺客的追杀，跌跌撞撞下到山底，又猛跑了一段小路，到了车田村，让一个随从先去找他们的车，赶紧把车开过来。因为他们的车是与那二爷的车停在一起，那个随从找到车时，在把自己的车开走之前，还气愤地冲到二爷的车旁边，用匕首将其轮胎扎破了，并狠狠地踢了它几脚，用粗口骂了几句。

他们上了车，正准备走时，那二爷等人也逃下山来了，几个人同样是一副狼狈的样子。二爷远远地看到了他们，大喊道："萧江兄，等等我，等等我！你怎么就先走了呢?"

萧江宗宪起初还有点不忍心，本想让当驾驶的随从把车停下来，等等那二爷。但看他们一个个满脸怒火，不断摇头，以及受伤的那个手下全身是血的痛苦之状，自己心里也迅速升起愤怒和仇恨，反倒对驾驶挥了挥手，意思是让他开快点。驾驶果然加大油门，只顾朝前冲去，再也不理那二爷他们了。

这边那二爷愣在当地，不知道为什么萧江宗宪就这样不辞而别了。

胡啸天也同样不知道这是为啥，满脸困惑，口里嘀咕着："今天到底是怎么了?"

"今天是怎么了？你这还不明白?"那俞冷冷地哼着，"他们花大价钱找了杀手，本想把咱们都解决掉，却没想到咱们命大，没死，他们慌了，原形毕露，怕咱们追查，当然就只好逃跑了。我早在刚上山时就提醒过契爷，这萧江宗宪不是个好东西，今天凶多吉少。他们要不是起了歹心，有此阴谋诡计，好端端的请咱们来爬这荒山野岭做甚？看看是不是？我的话还没落音呢，这就应验了。"

那二爷什么也没说，既未制止那俞大发牢骚，也没马上同意他的说法。他的心里百思不得其解，今天这件事疑点实在太多。刚才在山上，他们仨确实也多次遭到了刺客的射击。莫非真是萧江宗宪干的？可他和他的手下也在刺客枪杀的范围之内啊！这场枪杀案不像是他们炮制的。那么就是山上真的有土匪？可他们为什么要这样置自己于死地呢？自己与他们素不相识、无冤无仇。

但不管怎么说，那二爷很清楚，这次他与萧江宗宪的梁子是结下了。萧江宗宪一定认为这事儿是他干的，他是跳到黄河也洗不清了，两人从此将彻底反目成仇，势成水火。而这个结果是他不希望看到的。他不想与任何人结仇，他只是想经营自己的公司和业务，与萧江宗宪各做各的生意。

他们当然不知道，那俞心里在悄悄地狂喜呢！不用说，这整个的事件，导演正是他。他一直想挑拨那二爷和萧江宗宪，让他俩成为仇敌，你死我活地争斗起来，甚至弄个两败俱伤。这次他就预先找了几个人，各带新式手枪，提前上山分头藏了起来。

他告诉他们："对萧江宗宪一伙要真打，对他手下，打死打伤都可以；对他本人，则绝对不要打死，只打伤即可，给他一个警告和威胁。对那二爷等人则是假打，做做样子，千万别打中了。"

那么，那俞为什么要这样做呢？他又是从哪里找来这么多人和枪的呢？看来，这个二十岁不到的昔日上海滩乞丐"小三儿"，来头可不简单。

第八章　那家子女

婺源的两大农工商业巨头，那云乡与萧江宗宪，自从那次大鄣山遇刺事件之后，便再也不相往来，形同陌路。县商会的所有活动，萧江宗宪都拒绝参加；二爷屡屡派人给他送去请柬，甚至委托自己岳父、萧江宗宪老友朱子安先生去请他，向他解释事情原委，他都不接受。直到1925年，江湾的“萧江大宗祠”新楼落成，他俩才好不容易又见面了。

那年，原籍婺源的一代大儒江谦归乡，听说了他俩曾有过节，就很想做个中人，把桑梓的这两位重要人物拉到一块，让他俩重归于好，这无论从哪方面说都是好事。再说过了这三年，二爷与萧江自己也发现，可能错怪对方了，因为对方并未对自己起歹意，大鄣山之事也许只是一个意外，或者是第三者在从中作梗，想离间他俩而已。他俩也想再续前缘，却苦于无人来撮合，如今终于有了一个好机会。况且这江谦可是婺源真正的大名人啊，也得给他一个面子。

说到这个江谦，前文略有提及，论年纪他比萧江宗宪还小两岁，生于婺源江湾，是萧江宗宪的同宗堂弟，两家只隔着一条巷道，两人从小一起长大。

江谦字易园，号阳复，自幼聪明颖悟，早年曾就读于歙县紫阳书院，两年后改往南京文正书院受业。院长是清末状元、南通籍著名爱国实业家张謇，对他非常赏识和器重。1905年清廷废除科举，张謇在南通创办全国第一所民办院校——通州师范学堂，邀江谦共事，出任堂长。1914年，南京两江师范学堂更名为南京高等师范学校，江苏巡按史韩国钧委任江南硕儒江谦为校长。江谦倾力而为，对该校的建设和办学大有贡献。后安徽学界公推江谦为安徽省教育会会长，江苏复指命他为江苏省教育司司长。

由于操劳过度，江谦患了神经衰弱症，仅仅在当了三年堂长，就不得不离职休养，开始潜心佛学、经学，而由他发现和荐举的另一位近代杰出教育家郭秉文接掌高师。但他对高师所做的贡献，仍然受到了全社会充分的肯定。为表彰他的办学之功，当年任清朝两江总督的端方曾保举过他为员外郎，后来民国江苏省政府又特别颁发给他三等嘉禾奖章一枚。

此时江谦的恩师张謇正在大办实业，开了一系列的近代化公司和厂子。而张謇的眼力和气魄确实非同一般，他不仅把江谦请来给以重用，而且经江谦推荐，还聘请江谦的族人江石溪担任大达内河轮局的协理，聘请江之源总理通海垦牧公司。江谦、江石溪、江之源人称“婺源三江”，业绩卓著、智慧超人，在张謇麾下都表现得十分出色。

1924 年，张謇为表达感激之情，慨然将通海垦牧公司的一批盐垦地酬谢给他们仨。江谦等人当即将这片地卖掉，将家乡的“萧江大宗祠”重新扩建、修葺，使之更加巍峨高大、富丽堂皇。新祠堂落成时，张謇还饱含深情写了一副长楹联，盛赞萧江氏家族的辉煌历史和俊杰辈出：“江氏自节度易姓以来叠分于婺于歙于衢代挺闻人桀乎溯兰陵八萧至昭明太子；云湾因有清重儒而著其他若胡若程若戴并称世哲翕然推弄丸一老继晦庵先生。”

江谦回到婺源后，听说了那云乡的事迹与作为，甚是欣赏，也从萧江宗宪口中了解了他俩的那段往事，就想借“萧江大宗祠”新楼落成典礼，邀请二爷出面，为他与萧江宗宪解开这个梁子。

最初那二爷还是很想去的，既可结识江谦这位天下名流，又能瞻仰新落成的“萧江大宗祠”，并与萧江兄当面把误会消除清楚。

可是，就在他准备接受邀请，动身前往江湾时，那俞又来劝阻他了：“契爷，这个萧江宗宪，太爱摆谱了，他以为他是什么了不起的大人物啊?！咱们请了他很多次他都不来，现在他只来请您一次您就去了？这样您是不是显得太没有面子了？再说即使上次大鄣山的事情只是一场意外，跟他没关系，可谁知道他这次又想搞什么名堂？最起码，他把个江谦抬出来，给他撑腰，打压您，看来还是不服输，想挽回自己的地位呢！难道您真的就这样毫无防备，一点儿也不担心，接受他的邀请，前往江湾出席典礼?”

此次那二爷并没有说那俞什么，只是深深地看了他一眼，心里却还是有些疑惑，犹豫了。他考虑了半晌，最后还是决定前往，但这回他不准备让那俞陪自己去，而是让那武爷陪自己去。

可是，已三十余岁仍未成家、孑然一身的那云武，一直没有从哀伤中脱身出来，显得很颓唐、低落、阴郁，每天只知道去李桃花的青楼酗酒，听曲，嬉闹，半夜才喝得醉醺醺地回来。二爷派人从青楼把武爷找了回来，也不多说他，只让他好好洗漱一下，换套新衣裳，跟自己去趟江湾。武爷一切照做。二爷叫司机开着专车，兄弟俩就出发了。

蓝天白云，阳光明媚。典礼现场自然是非常热闹喜庆，对那二爷这位婺源首富、商会会长的欢迎仪式也非常隆重热烈。看那新修建的“萧江大宗祠”，确实是更加高大、壮丽了，宛如一座巍巍丰碑屹立在后龙山下，令人叹为观止。

而二爷眼中的一代大儒江谦，虽然明知他满肚子学问，名闻天下，但并不是那种道貌岸然、衣冠楚楚、高深莫测的做派，而是谦和、友善、质朴，挺平常的样子，倒令二爷马上对他有了亲近和好感。其实江谦也只比二爷大八九岁，他却觉得江先生就像自己的长辈、师尊一样。

至于那二爷与萧江宗宪这对“老冤家”，第一眼对视时彼此还有点不自然，也有点不好意思，但马上就恢复正常了。想想他们曾经欢聚在一起，大口喝酒、大块吃肉，无话不说，无事不谈，然后乘兴外出漫步老街、游览山水的那美好的一幕幕，心里顿时生起一股情谊，接着一阵握手、一个拥抱，似乎转眼就“一笑泯恩仇”，依然是好朋友了，根本不再用江谦来给他们说合。

其实不然，表面看他们仿佛恢复了关系，典礼也进行得很顺利，两江一那三个人以及民国婺源县县长、徽商总会会长、江湾萧江宗族族长等嘉宾都做了热情洋溢的讲话，此后大家举杯把盏，对酌尽欢，整个过程中也没有出现前次大鄣山上那种不期而遇的、大煞风景的遇险虚惊。但二爷与萧江两人心里都清楚，双方的隔阂一时是很难冰释了。特别是二爷临走之际那俞对他说的那一席话，令他感觉如“骨鲠在喉”，很是不爽。

平日里酗酒纵歌、放浪不羁的那武爷，当天倒是自始至终表现不错，没有失态。他原本一双好看的眼睛，却虎视眈眈地盯着在场的每一个人，对任何可疑的角落都不放过，紧紧地保护着大哥。

二十

那云乡与朱碧玉夫妻俩，生有三个儿子和一个小女：长子那京生于1901年，名字源自父亲的原籍北京；次子那徽生于1906年，名字源自他们的现籍徽州；三子那源生于1911年，名字源自其县名婺源；小女那紫生于1916年，名字源自其镇名紫阳。时光荏苒，到20世纪30年代初期，四兄妹最大的已有三十多岁，早该成家立业、独当一面了；最小的也是二九芳龄，大闺女了。

那二爷的四个孩子，小时候一个个长得既冰雪聪慧、乖巧可爱，又眉清目秀、粉妆玉砌的，惹得祖母那邢氏和姥爷、姥姥朱子安夫妇三个老人甚是喜爱，整日整夜要逗他们玩耍，带他们睡觉，尽享天伦之乐。后来逐渐长大了，姥爷朱子安教他们传统文化，叔叔那云武教他们习武健身，父母又常常开车领着他们游览徽州的苍山丽水，还攀登了黄山、庐山、九华山、齐云山、三清山、龙虎山，在鄱阳湖、太湖、长江上坐船，并去了上海、北京、南京、南昌、杭州等大城市，“读万卷书，行万里路”。一个个茁壮成长起来，都是仪表堂堂，从内在到外表皆百里挑一、众人称赞的好苗子。

可是，当他们长大成人以后，却令那二爷十分烦恼，觉得他们都是“败家子”，很不满意。因为兄妹四个一个也不愿意继承他的事业，辅佐和帮助他打点生意。这在他看来全都是“不务正业”，只知道走自己的路、做自己的事。而且四个人还是走的完全不同的人生道路，甚至是四方水火不容、你死我活的敌对势力。这么多的孩子、这么大的家业，却没有一个做自己的副手，没有一个继承人，二爷能不感到愤懑和失望吗?

别人家的孩子，是小时候调皮捣蛋肇事不听话，让父母大人很伤脑筋；可长大了就规规矩矩成家立业好好做人了，让父母大人很是满意——比如他那二爷本人，就是这样的一位典范嘛。而自己的这几个孩子则刚好相反，小时候聪明、乖巧、懂事、听话，让父母大人非常省心；长大了却误入歧途，不务正业，各行其道，让父母大人很不省心。

先说老大那京吧，他是众兄妹当中文化最高的了，一个真正的知识分子。他自小喜欢博览群书，兴趣在文史方面，口齿清晰，能说会写，幼时在紫阳学校受业，恩师有三位，朱子安、那云乡、吴翱。说起来，那家的四个孩子都是如此，有着扎实的国学功底。

后那京到江谦掌校的南京高等师范学堂学习西方现代文科；1923年留学日本东京早稻田大学，学习法律。早稻田大学是国际著名学府，不过因为是私立大学，学费昂贵，好在他的父亲那二爷出得起。1927年，二十六岁的那京，顺利获得早稻田大学的法学博士学位。

记得几年前那京即将启程去日本时，那二爷曾对他说过很长的一段话：“日本帝国通过明治维新，很早就走上了西方现代资本主义道路，政治、经济、科技、军事、工业、法制、教育、医学、外交都很先进，远远超过我们中国。我这人还是比较开明的，同意你去学习他们这些先进的东西。

“不过，大和民族是一个很特别的民族，其优点、缺点都非常明显。当年秦始皇派徐福率五百童男童女，驾船出海外寻找仙山、灵丹，去到东瀛四岛后，所开辟成了一个新国度，因此日本人也算是咱们华裔的支脉。然后到了唐朝，日本与中国往来与交流甚为密切，学到了中国的许多先进技术和文化，迅速发展起来，也跟中国大陆本土比较相似。

“可是这个国家面积小、土地少，资源有限，人口稠密，且是海上的一个群岛国家，本土没有什么发展空间，故而充满侵略性，屡屡觊觎我大中华的丰富资源。久而久之，他们养成了一种专执的、冷硬的、嚣张的、疯狂的性情，屡屡挑衅我们。

“1894年他们肆意发动甲午战争，侵略朝鲜、中国，最后霸占我台湾、辽东半岛；1899年与西方列强一道，掀起瓜分中国的狂潮，将山东划为其势力范围；1900年参与八国联军侵华战争，牟取大量钱财；1904年在东北挑起日俄战争，企图将整个东北据为己有；1914年第一次世界大战以后，趁机占领了我整个山东半岛；次年向袁世凯政府提出‘二十一条’，妄图使我们亡国……我想他们绝对不会就此罢休，他们的野心大大的，以后还会有更大的侵略和冲突在等着。

“我是个商人，我只管自己的生意和利益，我得同任何人交朋友，搞好关系，人人都是我的再生父母。对政治、民族、国家，我不感兴趣。可是，对这个是非圈，我也得要躲避、远离它。你一毕业就给我马上回来，帮我打理这一大摊子家业。不要久留在日本，免得被人家说成是‘汉奸’。你上海的二舅公年纪也大了，后继乏人，他多次流露了一个想法，就是打算在他百岁以后，咱们两家公司合成一大家，都由我来负责。也就是说，以后这个大业得由你们来继承。”

那二爷耳提面命，长篇大论，那京听得不断点头、心悦诚服。他没想到，父亲一个小地方的乡绅，虽然生意是做得挺大的，但毕竟只是个商贾之辈，待在他的“独立小王国”婺源里，会有多大的认识？却竟能有如此过人的见地和预见！那京对父亲实在是佩服极了，也决心一等拿到博士学位就回国。况且在日本的这几年里，父亲每次来信说的都是这个，临毕业时更是信函、电报频频，就像南宋高宗诏令岳飞从抗金前线退兵的十二道金牌一样。而他也次次都表态同意了。

可是，甫一毕业，东京最好的律师事务所诚邀他加盟。那京考虑了许久，最终欣然接受，留在了日本。一则，人家给的薪水甚高，让他大为心动；二则，日本的律师行业规范、成熟，他的专业在这里有用武之地，而回到当时落后的祖国的话则学无所用；三则，父亲尚且年轻，公司的事务还能亲历亲为多年，自己在东瀛再打拼几年再回去也不迟；四则，他爱上了日本姑娘相良合子，一个秀媚、温存、勤快、周到的护士，很快便正式娶了她为妻。

那京到律师事务所上班以后，给父亲写信解释了自己的决定，但没有说相良合子的事。可那二爷仍心里不高兴，没有原谅他。那京自此多年再也不回国，他也不敢把日本妻子相良合子带回家见父母。母亲朱碧玉在他们父子之间撮合，却也无可奈何。

直到 1930 年，相良合子为那京生下一个可爱的女儿，那京给她取名为那日华。一家三口在东京银座附近的相馆，照了一张合影寄回家去。不知不觉已晋升为祖父的那云乡，见日本媳妇长得还不赖，与儿子也般配，这个“中日合璧”的孙女亦挺可爱的，小家庭的日子过得亦挺像个样儿，心里总算有了一些欣慰。

1931 年沈阳“九一八事变”以后，日本右翼军国主义分子加紧了对中国的全面侵略。因为那京是中国人，对中国情况比较熟悉，被日本军部发现，强征其作为随军翻译，跟着日寇回了国。那二爷听说后，心里暗暗叫苦不迭，背后常常捶胸顿足，对老伴朱碧玉说：“完了，我最担心的事情竟然应验了，京儿这回‘汉奸’的罪名是彻底坐定了。哎!”

更具讽刺意味的是，1937 年“卢沟桥事变”爆发，抗日战争开始了，日寇长驱南下，势如破竹，北京（时名北平）、天津、上海、青岛、中华民国首都南京……相继沦陷。而在这个过程之中，那京一直是随军翻译官。此后，日军分南、北两路，北路沿长江两岸，经江苏、安徽、湖北诸省；南路沿浙赣铁路，经浙江、江西、湖南诸省，一路向西，追击国民党中央军队。

那京所在的日本部队，于 1938 年 5 月打到了婺源县城紫阳镇南边不远处的乐安江畔——这是抗日战争期间大军最接近婺源的地方，也是那京自己一生中最后一次接近并最终回到了家乡。

作为父亲的那二爷当然明白，自己儿子在内心和行动上，都不可能真正背叛祖国和亲人。他只是为形势所迫，身不由己。但他毕竟是在跟倭寇做事，其“汉奸”头衔是摘不掉的。而自己作为“汉奸”父亲、家属的罪名，也是无法推卸的。

好在他瞒得铁紧，知道底细的人还不多。奇怪的是，萧江宗宪本来是知道的，却并没有对外泄露这个消息，令他十分感激。否则，他的商会会长是当不下去了，生意也做不成了，甚至连命都难保住——锄奸团、国民军、地下党、游击队、进步青年、普通民众乃至土匪都不会放过他的。

那徽是四兄妹当中，父亲那云乡与母亲朱碧玉两人最牵挂、最生气和最担心的一个。本来二爷是最看好那徽的，从小他是最聪明伶俐、最有才能的，二爷也觉得他最有出息。自从他大哥那京去了日本再也不肯回来，二爷就把接班人锁定为他，希望他继承自己的衣钵，并加以培养，让他记账，管账，跑业务，与客户打交道，并把生意场上的朋友都介绍给他，及分管茶山、茶厂、茶店。而茶业正是二爷的支柱产业，占公司总资产和收入的一半以上。

头几年那徽倒也挺听话，表现也不错，是父亲很好的助手。那时候父亲那二爷只宏观掌控大局，母亲朱碧玉只料理家庭内务，叔叔那武爷仍未振作，胡啸天已离开公司，小赫叔远在北京，所以公司的日常运转基本上是那徽一人在全面主持。二爷乐得享清闲，放心让他去大干，自己做幕后老板。那徽自幼性格热情如火、激烈豪放，人品正直，疾恶如仇，在怀宁上高中时智勇独斗土豪劣绅的事儿曾在当地传为美谈。

当时，安庆附近怀宁有个姓张的大地主，很想弄个省议员当当。他让手下用钱去买选票，对此老百姓议论纷纷。那徽想，这个地主坏得很，头上长疮，脚底流脓，要是他当上了议员，不定要做出多少欺压民众的坏事。

为阻挡姓张的大地主，那徽一夜没有睡觉，写了一篇小字报《张地主十大罪状》，抄写了好几份，连夜贴在县城里最显眼的地方。等天亮后，人们都挤着去看小字报，拍手称快。张地主气得浑身发抖，派人把小字报撕掉，到处寻找那徽。

那徽的同学都劝他找个地方躲一躲，说张地主有钱有势，惹不起他。那徽笑着说："我不怕，莫非他能把我吃了?!"

张地主手下终于找到了那徽。几个狗腿子将他带到了张地主家。

张地主歪在太师椅上，咕噜咕噜在抽水烟，迷着两眼瞅着那徽说："你就是那……那徽?"

那徽昂着头不说话。心想，你既然知道，那还问什么。

张地主又说话了："你是学生，应该好好读圣贤之书，不要瞎折腾。我找你来，想让你写个声明，就说你是受了别人的唆使，是清白无辜的，怎么样?"

那徽摇了摇头。张地主马上翻了脸，把水烟袋往桌子上一扔，满脸凶相，说："我在怀宁城里说一不二，整死你不过像踩死只蚂蚁!"

一个打手冲上来就要动手。那徽不慌不忙，不紧不慢地说："我昨天早就给报馆和警察署写好了信，今晚我要是回不去，就有人将信寄出去。你残害学生的事情，很快全省的人都会知道。”

张地主一听，一个十几岁的毛孩子还留了这一手，真难对付。想来想去，如果把那徽打死了，就会惹恼全省的人，还是暂且咽下这口气吧。他只好一挥手，让那徽走了。

那徽其实并没有给同学留下什么信，只是让张地主逼急了，才急中生智说出那套话来。张地主最终没有当上议员，那徽却成了怀宁和安庆城里大有名气的学生。

后来，那徽因积极领导和参加学生运动，被学校开除，还在警察局的牢子里关押过几天，最后还是二爷花钱把他赎出来的。回家以后，表面看那徽是远离政治，一心一意帮助父亲管理公司，打点生意，暗暗地仍在参加革命活动，从事地下斗争，与闹暴动、搞农运的方志敏，以及安庆籍的北京大学著名教授、“五四运动总司令”陈独秀保持着密切联系，并于1928年加入了共产党，三年后任中共婺源县委副书记、婺源县苏维埃政府副主席。

1936年，那徽干脆离开了家，组建了游击队，任游击清华区总队长，驻守在婺源正北边的庐坑附近山里——这是古代吴楚分源之处，当年其父、其叔、其祖母南迁，也是从此地进入婺源的。清华区包括婺源全境、景德镇和浮梁东部、休宁和黄山南部、开化西部、德兴北部。在二爷眼中，这完全是“误入歧途”“自寻死路”。

老三那源与两个哥哥不同，从小内向文静，喜欢军事，而且也很勤奋，很早就读过《孙子兵法》《尉缭子》《三国演义》《水浒传》《杨家将》《岳家将》《曾国藩家书》、克劳塞维茨的《战争论》、马汉的《海权对历史的影响》，以及孙中山、蒋百里、毛泽东等人论作战的文章，不说满腹韬略，至少也是半个军事专家了。

后来那源去了南京的国立中央大学法学院学习，但不到半年，因为对军事的浓厚兴趣，即转而投考中央陆军军官学校（其前身即是著名的黄埔军校）并被录取。1932年毕业后到国民党军队服役，先后在上海、苏州与日军侵略者，在赣南、闽西与红军作战。

抗战爆发前后，那源已担任中尉连长，与部队回到赣、皖、浙三省交界地区，驻守在婺源东北边的西溪，离江湾不过几十公里，主要任务一是“剿匪”，二是阻拦西进的日军。

那二爷和朱碧玉的小女那紫，从小就是个美人胚子，长得如花似玉，继承了父母双方的优点，对父母和老人都很孝顺。二爷的副手、公司的副总经理、在紫阳老街土生土长的胡啸天，是看着她长大的，非常喜欢她。可是，胡啸天家里已有妻室，再说他又比那紫大十几岁，他怎么敢打老板家千金的主意？

胡啸天父亲是紫阳老街俞记旅馆的总账房，在记账管账、会计出纳、理财节约上是把好手。胡啸天从小跟着父亲学习这一套，长大了也很擅长于此，就帮着父亲打理俞记旅馆的财务。俞老板很器重、信任他，也曾考虑他做自己女婿，排在那云武之后，为第二人选。那二爷跟旅馆俞老板、胡啸天父亲都很熟，发现胡啸天这一特长后，就把他聘到自己公司里当财务助理，做老板娘朱碧玉的副手。

后来旅馆俞老板去世，而他的独生女俞芊芊痴情于那云武无果，在父亲临终前被许配给胡啸天。俞芊芊也只得对武爷灰了心，退而求其次，跟胡啸天结了婚，踏实过日子，俞记旅馆就成了胡家的产业。胡啸天夫妻又把旅馆并入那二爷的京昌隆公司，所以二爷就任命胡啸天为公司的副总经理，而俞记旅馆仍由他分管。

胡啸天与俞芊芊结婚之后，尽管表面看家庭还是颇平静的，俞芊芊为胡家生下了一子一女，但由于前面提到的种种原因，两人的感情一直不是非常好。胡啸天知道她对武爷一直没死心，牵挂和关心着他，所以心里也有点儿郁闷，便只把心思放在公司和旅馆的业务上。

就在这个过程当中，那家小公主那紫渐渐长大，胡啸天对她生起了一丝特殊的情愫。不过他自己也清楚，这是绝不可能的事情，只好尽量压制自己。

那紫小时候也确实跟胡啸天相处时间挺长的，与这位大哥哥关系甚是友好。不过在她不懂事之前，对这种男女之情一无所知，所以对胡啸天对自己的这种情感并不理解。可是，那二爷、朱碧玉夫妻发现了这种端倪，就尽量让他们少见面，并对胡啸天多有暗示。胡啸天也很有自知之明。

可话是这么说，感情上的事儿，藕断丝连，彻底剪除也不大容易。再说当那紫成长为少女后，尽管没那么快爱上胡啸天，但除了家人，还是跟他最亲了，令她偶尔仍有心猿意马之感。在他眼里，虽说妻子与那紫都是美女，却是两种不同的美，妻子是冷艳、孤傲，拒其于千里之外，他俩同床异梦，形同陌路；那紫却是天真烂漫、笑声盈盈、快言快语，充满着盎然的生机，与她相处非常愉快。

自从那次去了大鄣山回来以后，胡啸天对在山上当土匪、“山大王”的人充满了向往，这是那种在现实社会中过于压抑、郁闷的人对自由自在生活的憧憬。他后来还独自去了大鄣山几次，发现了几个土匪麇集的山寨，而且还找到了一处土匪帮，跟他们交成了朋友，拜上了把子。

那些土匪有几十条人马，也有简单的武器装备，他们以山高谷幽、林广树密、洞多溪深为掩护，易守难攻，神出鬼没，驰骋莽林。他们与胡啸天很是投合，也欢迎他这种有较好社会基础、文化素质较高、聪明能干的人加盟。老大慷慨许诺，他来后就让他做二当家的，众人均无异议。

胡啸天回到紫阳，考虑了几天以后，决定投奔他们。他简单安置了家里，把公司的业务做了番交接，分别给妻子俞芊芊、老板那云乡写了一封信，谎称说到某某寺庙出家，便不辞而别，上山做了草寇头儿，还带走了老街几个平日里非常要好的铁哥们儿。

在山上待了一年，胡啸天实在思念那紫，就在一天偷偷带队下山，潜伏到紫阳城里，趁那紫一人出门，无人跟随，即强行把她捉住，嘴里塞布，蒙了面，绑了双手，带上山来。

那紫起先自然非常气愤，抗拒了多日。但毕竟曾对胡啸天有好感，且见他对自己一腔深情，加之山上这种自由自在、无拘无束的生活她倒也喜欢，后来就渐渐从了胡啸天，做了他的“压寨夫人”，安安心心当起了女匪首。几年以后，他们的大当家在与休宁一个恶霸的搏斗中不幸遇难，胡啸天夫妻俩就成了土匪帮的总头领。

胡啸天在与俞芊芊婚后的日子里，曾经长期很不快乐。如今他与那紫在一起，总算找到了爱情、婚姻、家庭的幸福。尽管山上的自然条件很差，但两人非常恩爱、浪漫，在大山林里过得自由自在，翌年就有了爱情的结晶，瓜熟蒂落，他们的第一个孩子——胡山魁出世了。

那紫神秘失踪，就像突然从人间蒸发，那二爷夫妻俩和那家、朱家的三个老人自然很悲痛、担心。此事还在整个紫阳老街掀起了一阵轩然大波，甚至造成了恐慌气氛，大家都不敢独自出行了。尤其是那些待嫁的黄花闺女，父母都把她们日日夜夜关在房里，不准出去。

大家起先以为那紫是被人贩子拐跑了，或者是黑势力拿她做人质向那家索要一大笔钱，或者是二爷的死对头萧江宗宪把她抢去以对抗他，或者是她去了附近山里被野狼、黑熊、老虎之类吃了。二爷派了许多人，分头到各地寻找，几乎把整个婺源县的地都翻了一遍，但多日均无结果，活不见人，死不见尸，毫无音讯。于是各种传闻、谣言更加甚嚣尘上。

因为这事，其母朱碧玉成天哭得双眼通红，祖母那邢氏一夜之间头发变成银白色，父亲那云乡则气得咬牙切齿，非要把这个坏蛋抓住千刀万剐不可。

直到几个月之后，胡啸天派手下下山，给那家送去一张小纸条，是那紫亲笔写的，上面寥寥数语：“我现在很好，请父亲、母亲、祖母、外祖父、外祖母不用为我担心。”那、朱两家大人虽然是松了一口气，但她现在究竟在哪里，同谁在一起，什么情况，他们仍不知道，仍然牵肠挂肚地思念和担忧。

又过了一年多，胡啸天再次派手下下山，把他与那紫已有半岁的儿子胡山魁送回那家，交给几位大人养育。那二爷经过多方面的分析，还请教了一些高人师傅，并派人到处调查、打探，大致知道了那紫就是在胡啸天那，且是在附近的山里当土匪。

可婺源周围都是大山，莽莽苍苍，崔嵬险峻，人进了山，就像鱼儿入了海，到哪里去找呢？那二爷也确实先后派了几批人进山搜寻，包括大鄣山，有一次都已经进入胡啸天、那紫统领的土匪帮的势力范围内，闯入其山寨，却因他们躲得快，仍连个鬼花也没捞着。

那二爷的子女一个个“不务正业”，不愿意继承他的事业，干的都是动刀动枪、出生入死的活计，性命随时拴在裤腰带上，不但不能光大门楣，还让他时刻提心吊胆，不但不能扩大家业，还经常把家里的钱物拿出去，确实是“败家”。

二十一

方志敏，原名远镇，乳名正鹄，号慧生，1899 年出生于江西省弋阳县漆工镇湖塘村一个世代务农的家庭，距婺源不到两百公里；要出去得翻越巍巍怀玉山脉，还得渡过浩浩乐安江——这是徽州或者说婺源南部的两道天然屏障。

早在上高小时，少年方志敏就开始接受新文化运动的思想。1919 年五四运动时期，他在学校发动组织学生开展反帝爱国斗争；后考入江西省立甲种工业学校应用机械科，并成为学生自治会负责人。他喜欢写作，发表了一些小说等作品，深受邵力子器重，在社会颇有影响；因领导学生反对腐败教育、要求教育改革而被校方开除。

1922 年方志敏到达上海，找到了中共党组织和领导机关，并结识了陈独秀、瞿秋白、恽代英、向警予等著名领导人，受党组织委派，回到南昌，走上职业革命的道路。他继续从事文学创作，短篇白话小说《谋事》，与鲁迅、郁达夫、叶圣陶等著名作家的作品一起入选上海小说研究所编印的《年鉴》。他 1924 年三月加入中国共产党；翌年五卅运动之后，当选为国民党江西省党部执行委员兼农民部部长，建立农民协会，领导农民运动。

1928 年 1 月，方志敏参与领导了弋（阳）横（峰）暴动，创建赣东北苏区，领导组建中国工农红军第十军，先后任赣东北省、闽浙赣省苏维埃政府主席，红十军、红十一军政治委员，中共闽浙赣省委书记，红十军团军政委员会主席，创造了一整套建立红色政权的经验，被毛泽东称为“方志敏式”根据地。

也就是在此前后，那徽认识了方志敏，发现两人在经历、志趣、信仰上有许多相似之处，便称方志敏为大哥，将他作为自己人生的导师，跟着他一起闹革命，搞农运。方志敏把陈独秀、瞿秋白、毛泽东、周恩来、彭湃等共产党人的事讲给他听，后来又介绍他加入了中国共产党。

方志敏闹革命，搞农运，手下那么多人，需要吃穿住用，需要买武器弹药、医疗物资，开支巨大，而那徽就成了他的一个重要经济来源。当时那徽任婺源京昌隆贸易有限公司常务副总经理，便源源不断地从家里明拿明抢、暗偷暗骗，给根据地和革命军队送去大量钱物，很好地支援了方志敏他们。

那二爷知道后，自然非常心疼、愤怒，称那徽是“最大的败家子”。又想了想，他怎么跟自己当年在北京时挥霍家产有些相似？难道他就继承了自己的这部分遗传因子？也难怪二爷觉得他像自己。

再则，在二爷看来，“共匪”比山里的土匪还不如，天天被国民政府围剿，东躲西藏的；而且人马、武力、物资都很匮乏，跟丐帮差不多。

这还罢了，为响应方志敏搞革命根据地，打土豪劣绅、分田分地的号召，那徽也在婺源展开配合行动，竟把他的父亲那云乡作为打击对象，戴上“土豪劣绅”的高帽子，让人拉着他游街示众，开批斗会，最后还分掉了他五百亩好水田，并开仓放粮，赈济灾民。二爷丢了脸，丢了田，丢了粮，而且是自己亲生儿子在斗他，实在是气得七窍生烟、捶胸顿足，只差一口气就要气死了。

1931 年前后，是根据地闹红最厉害的时候。当时毛泽东在赣南古城瑞金主持召开中华苏维埃第一次全国代表大会，并当选为第一届临时中央政府主席，“毛主席”的名字即从此传播开去。方志敏率部转战贵溪、余江及闽北地区，连打十一仗，连战皆捷。他以其非凡的革命历程、出色的军事成绩，当选为中华苏维埃共和国临时中央政府执行委员、主席团委员。而在婺源，以那徽等人为领导，中共婺源县委、婺源县苏维埃政府同时成立，那徽当选为县委副书记、苏维埃政府副主席。

儿子当了“大官”，做父亲的本该高兴才是。可那二爷不但不高兴，反倒忧心忡忡。他深知，他们这就是过去的农民起义，跟太平天国差不多的，与蒋委员长争天下、“造反”，就像把命拴在裤腰带上，随时随地会吃不了兜着走。而二爷是个明哲保身的人，只想与谁都搞好关系，一心做他的生意。现在生意做不成了，还有生命危险，就成天把自己关在家里，大门不出、二门不迈。但他也管不了那徽，只能由他去闹。

1934 年 10 月，方志敏接到中央军委电令，要他和粟裕等人重组北上抗日先遣队，向皖南出击，吸引和调动部分敌人的兵力，以配合主力红军进行长征。他们在严冬酷寒、大雪漫舞之中转战疆场，在黄山东麓谭家桥镇乌泥关、白亭、石门岗一带遭到国民党王耀武部队追剿，寡不敌众，遭到失败。红十军团被国民党军队追击包围，大部分军团主要领导被俘、牺牲，一万多人仅有粟裕率领四百多人突出重围。

翌年 1 月 29 日，方志敏在离婺源几十里的怀玉山被俘，囚于省城南昌国民党驻赣绥靖公署军法处看守所。他严词拒绝了国民党的劝降，实践了自己“努力到死，奋斗到死”的誓言。在狱中，方志敏著有《清贫》《可爱的中国》《狱中纪实》《我从事革命斗争的略述》等约十三万字的文稿，后来都成了革命名篇。

此年六月，敌人又抓了方志敏的妻子缪敏，判其无期徒刑，关押在南昌女子监狱。在另一座监牢中，当敌人以夫妻与父子感情对受尽折磨的方志敏诱降时，方志敏严词回绝：“我失去了自由，妻子和儿女哪还能顾得到？我只有抛下他们。”敌人无奈，于1935年八月六日在南昌市下沙窝将方志敏秘密杀害，年仅三十六岁。

缪敏曾是南昌女子职业学校里好学上进、能歌善舞的高材生。1927年，与比她年长十岁的方志敏结为夫妻。两人情深意笃，但因为分头为革命奔波，一家人团聚之日颇少。方志敏英勇就义之后，同志们竟找不出一帧他与妻子或儿女的合影。方志敏在牺牲之前写下的“清贫、洁白朴素的生活，正是革命者能够战胜许多困难的地方”，便是他真实生活的写照；连同他的十几篇遗作一起，成为中国革命史上的绝唱，属于中华民族不朽的精神财富。

当时革命正处于低谷，全国各地工农武装和苏维埃地区遭到严重镇压。婺源是处在双方斗争的前沿阵地，处在刀光剑影的旋涡之中。由上级派来的婺源县委老书记已经牺牲，那徽只得带着人马在大山里躲藏，打游击，以避免被反动军队剿灭。他也曾偷偷率部渡过乐安江、挺进怀玉山，寻找方志敏大哥等人的下落，却一无所获。

直到方志敏牺牲几个月之后，那徽闻得噩耗，非常悲痛，决心替方大哥报仇。一个夤夜，趁月暗星稀、夜色迷蒙，他亲自率领特别行动队，悄悄下山，突袭玉山县城，打死数十个敌人，并成功逃脱。

1936年下半年，中央红军到达陕北延安，随后，国共实现第二次合作。上级领导命令那徽任中共地下婺源县委书记兼清华游击大队总队长，组建游击队入山，既打鬼子、保家卫国，又提防国民党军队的暗袭冷枪。上级还给那徽派来了一个女同志当党代表，她的名字叫萧江承英。

婺源乡绅系列

NA ER YE DE ZHAN ZHENG

那二爷的战争

第九章　归赣风波

萧江承英其实也是江湾萧江人氏，在安庆省立高中上学时，与那徽还是同班同学，两人早就认识了。毕竟他们都是婺源老乡，有桑梓之谊；又都是革命青年，志同道合。只是后来那徽被学校开除，回到紫阳管理父亲的贸易公司。而萧江承英去了上海读大学，毕业后留沪在一所中学里教书，两人遂失去了联系。

萧江承英在上海继续从事地下革命斗争，加入了中国共产党，成了一名巾帼女杰。因她是婺源人，就被党组织派回来配合那徽领导的地下党、根据地和游击队的工作。未见面前，因他们都是用的化名，并不知道对方的真实身份，两人阔别重逢，这才知道竟是老同学，那个高兴劲自是不用说的了。

此时他俩都已是快三十而立的人了，但因为投身革命工作，“匈奴未灭，何以家为?”无暇考虑个人的终身大事，仍未结婚成家。这次重逢以后，他们在工作上配合默契，把根据地和游击队的革命工作搞得有模有样，还同伪军打了几场胜仗，消灭了几个亲日分子和土豪劣绅。而且因为早有扎实的感情基础，于是迅速燃起爱情大火，上演了一出“红色恋爱剧”。

1937 年 7 月抗日战争全面爆发后不久，山上游击区的同志们便为那徽和萧江承英举行了既简便又热烈的婚礼。上级部门也来电表示支持和祝贺，认为这样更利于其开展工作。但是两人在戎马生涯之中，聚少离多，加之战火纷飞，条件不允，故一直没有生育。

这些情况，那二爷并不了解，但萧江宗宪一清二楚。直到有一天，已很长时间没有私下往来和生意关系的萧江宗宪，却突然给二爷来了一封信，其中的内容和文字却无头无尾，晦涩难懂。大致意思是祝贺他家老二新婚大喜，希望他们珍惜这种关系，既然已成事实，那就要对得起人家，云云；但也流露出了一些尴尬、无奈和担心。

那二爷既狐疑不解又大感兴趣，便让弟弟那云武不顾盛夏时节、天气炎热，代他前往清华老县城，上了一趟山里的游击队驻地，去见见那徽和萧江承英等人，一则置办些礼物带给他们，庆贺那徽结婚成家；二则也是想看看，这究竟是怎么回事。

那二爷的几个子女都很敬重云武叔叔，而那武爷又尤其喜欢和支持二侄那徽。再说武爷好武功，平常几个人根本奈何不了他，且行走的速度很快，这样安全系数就大得多了。那俞原本也想跟着师傅武爷去，二爷兄弟俩想了想，最后还是否定了，就让武爷一人单枪匹马前去。

那武爷清早出发，当天晚上就回来了，事情于是真相大白：原来，这个萧江承英竟是萧江宗宪的亲生女儿，而且还是他与家里的小女佣生下的私生女。不过，他一直是拿她与别的子女一视同仁的，并未有一丝亏待。

只是萧江承英并不这么想了，心底还是挺怪自己这个老父亲，怪他独裁专横、荒淫纵欲、不尊重妇女、不把下人当人看，怪这个"土豪劣绅"的"封建家庭"。这与她后来成为"叛逆者"，走上革命道路，想必不无关系了。

那二爷听说后，心里不免掠过一阵苦涩和自嘲。他与萧江承英本是多年的对手，如今倒竟成了儿女亲家，这不就是古人所说的"不是冤家不聚头"嘛！

二十二

1912年，孙中山等革命党人颠覆封建帝制、创建中华民国后，婺源虽被定为“小县”，颇有一点“二等公民”的味道，但仍平平安安地在徽州生存了二十多年。

而令国人完全没有想到的是，进入20世纪30年代，“小县”婺源的千年平静，就在此刻被完全打破了。

1930年2月，方志敏率独立团在赣东北、闽北一带开辟根据地，先后领导贵溪、万年等县的农民暴动，多次粉碎国民党军队的局部性“围剿”，将革命斗争的火焰燃烧到了婺源。在清华镇辖下的洙坑村首次举行农民革命暴动，此后又在这里成立了中共婺源县委和婺源县苏维埃工农政府，还创办报纸刊物，展开土地革命，实行废租废债，惩治土豪劣绅，没收地主田地，人均分地三亩，农民革命如火如荼。

特别是1934年（民国二十三年）4月，婺源县的工农游击队主动出击，袭击驻守在睦州（今浙江淳安）的国民党军队，双方激战十个昼夜，红军取得大捷，歼灭敌军一个连。

不用说，这其中都有那徽参加了。

于是，1934年9月4日，就在老蒋吃了败仗的四个月之后，国民政府正式做出决定，将婺源划属江西，隶于江西省第五行政区。

消息传来，社会舆论一片哗然。婺源各界有识之士纷纷以“习俗传统”“经济状况”“文化渊源”“历史关系”等为理由，予以强烈抗议。就连国民党管辖下的婺源县政府，也对交接工作很不积极。

为平息舆论，蒋公中正亲自给这个深山小县的县政府写了一篇文章。在这篇名为《中华民国国民政府军事委员会委员长令婺源县政府文》的问罪书之中，蒋介石说：查该县（婺源）划归江西省一案，已由本行营责令安徽、江西两省政府分别交接，树立界碑。行政院也已下令主管部门定案。此后，该县紫阳学校及婺源旅京、旅沪、旅锡、旅休等处的婺源同乡会先后来函，要求改变。我审核了他们所持的理由，既多狭隘见解，对于我改变管辖的意旨又没有深切体会。为此，“特分别指明于后”。他对徽州人的意见，逐条进行了驳斥，列举了三条。

甲：政治方面。他说，婺源虽唐代设县后属于歙州（今安徽徽州），但因诸水都流入江西，宋代就有提议改属赣省。察其地势，大部分都在江西境内，“格于现状，不能扩张政治力量”。

乙：军事方面。他说，现值剿匪工作特别紧张之际，肃清匪患才是当务之急。“一经改隶，责任既专，指挥尤便，扑灭残匪计日可期”。

丙：公路方面。他说，婺源的两条公路都关系到“剿匪军事及地方交通”，“值此匪患未靖之秋，断不容稍涉松懈，贻误时机”。

对这三条理由，蒋介石自己也知道，除了吓唬和呵责，是说服不了任何徽州人的。于是，他又对徽州人要求他收回成命的四条理由，强词夺理地“分别予以驳复”。

他说，你们称婺源风俗与江西不同就要放在安徽省，那我要问：安徽省有六十多个县，婺源习俗除与接壤的休宁、歙县相同外，绝不与其他各县相同，所以你们的理由不能成立。至于你们所说徽商经济组织问题，“查行政区划与各县人民团体组织，截然两事”，彼此绝无影响。

关于文化问题，蒋介石针对徽州人讲得最振振有词的“安徽文化精神”反驳道，你们说安徽人是以朱子（熹）为表率的，婺源为朱子故里，徽州人看婺源，“犹东鲁之于曲阜，南粤之于中山”。“查朱子为吾国理学名儒，教泽所被，广而且远”，无论隶属何省，均可景仰师承；你们说婺源放在安徽，你们可奉祀朱子，难道婺源划到江西，就禁止皖人奉祀朱子了？

最后一点，关于历史关系问题，蒋介石说，世界上哪里有不变之大法？也绝无墨守之常规！改变区划，这是我的需要！

蒋介石在文尾还严厉指示：要坚定不移，广事宣传，详加劝导，“使共知大义所在”。

但是，蒋介石的弹压并没有把徽州人吓倒。此后十余年，徽州人不断掀起大大小小、形形色色的“保婺运动”风潮，各种抗议、请愿活动此起彼伏。

最具讽刺意味的是，1945 年（民国三十四年）12 月，抗日战争胜利以后，国民党婺源县首次成立县参议会，共选出参议员三十六人，于次年 1 月 7 日正式开会。没想到这个参议会一开张，提出第一件要办的大事，就是与蒋介石对着干，推翻他给婺源县划归江西省的“三条理由”和“四项辩解”。他们以婺源一贯就隶属于安徽省为理由，上下串联，发起了一场声势浩大的“回皖运动”，迫使国民政府内务部派人到婺源考察。

值得说明的是，婺源县参议会的会长就是那云乡那二爷。他也正是“回皖运动”的主要发起人和领导者之一。其实在抗战前期，出于私心、只顾自保、处世圆滑的那二爷，并不怎么热心反对蒋委员长让婺源划归赣省的决定。

几个月之后，蒋介石不得不收回成命，于 1947 年（民国三十六年）8 月 16 日将婺源重新划归安徽省。倔强的婺源人，在战场之外扇了蒋介石一记清脆的大嘴巴。

但是不知道是什么原因，1949 年新中国成立后，婺源再次划入江西省。

二十三

世事变幻，阴错阳差。由于诸多问题需要商量解决，又把婺源的两大“财神爷”、社会名流——那云乡与萧江宗宪推到了一起。

那天，那二爷接到一份大红烫金的请柬，打开一看，原来是萧江宗宪派人送来的，说是大儒江谦再度回婺，特在紫阳城里最大的“星江大酒楼”头号包厢备下薄酒为其接风洗尘，并恭请那云乡总经理、那会长赏光入席作陪。此外受到邀请的，还有民国婺源县县长唐申秋、那二爷岳父朱子安、岳母长兄汪姓乡绅、紫阳学校校长吴翱等一干婺源各界有头有脸的人物。

所谓“无事不登三宝殿”，那二爷知道，萧江宗宪在这个时候设宴请他，似乎并无其他必要，再说又不是在他们江湾，而是来到了紫阳，那便绝不仅仅是为江谦接风，肯定还有别的更重要的事情找他。他一时还猜不出来究竟是啥事，但既然是打着为江先生接风的名义，又把朱先生、汪大舅、唐县长、吴大姐夫他们都请了，他也不得不去。

不过这“星江大酒楼”倒是萧江宗宪旗下的产业，是个连锁酒店，其创始地和总店是在江湾，当家招牌菜麻辣田鸡、酸萝卜炒腊肉、粉蒸肉、酒糟禾田鱼、野蘑菇、水豆腐、蒸茄子、香椿鸡蛋、自酿米酒等名气颇大，且经营服务均为不错，生意很好，就接连在紫阳、清华、休宁、景德镇等地开了分店。

那天狂风大作，空中灰蒙蒙的，昨日刚刚下了一场雪，地上积着又白又厚的冰雪，走路一不小心就很容易滑倒。但好在酒楼就在星江大桥畔，老街顶头便是，路不太远。于是，那二爷与岳父、汪大舅、吴大姐夫四人一起同行而去。

他们没有开车，几人穿着厚厚的大棉袄、戴着厚厚的貂毛帽，边走边谈，嘴里哈着白气，双手冻得很，便紧紧拢在怀里，时而还要搓一搓。

汪大舅欢喜嘀咕着："这个萧江宗宪，天气这么冷，他还邀咱们出来吃饭，他打的什么主意呢？八成是有求于咱们。"汪大舅七十挂零了，二十多年来，婺源县商会从萧江宗宪到那云乡当会长，他都一直是副会长。

汪大舅长着一个锥子状的小脑袋、三角眼、酒糟鼻、尖嘴猴腮、满脸麻子，很不好看，不过身材倒是不矮。要不因为他是自己岳母的亲哥哥，又是妻子朱碧玉二姐朱碧雪的亲家公，那二爷根本不屑同他打交道。他就不明白了，为什么岳母朱汪氏长得面如满月，大眼宽额，雍容华贵，稳重优雅，很有大家闺秀的气派，而她的亲兄弟咋如此一副对不起观众的模样？

后来有一次，二爷听妻子朱碧玉说起才知道，原来他俩是同父异母，岳母是庶出，其父的年轻漂亮小妾所生。汪大舅是嫡出，其父的大太太所生，包办婚姻，基于利益考虑，故形象不佳。

汪大舅是彻头彻尾的土豪劣绅，婺源最大的地主。他只是靠置买大量田地，交给佃农耕种，以收租和卖粮食获得很高的收入。不过好在汪家是靠一辈辈许多年积累的家产，而且省吃俭用、勤俭持家而成，买田、雇人、收租、卖粮的价格还是很公道的，有时还赈灾、行善，当地老百姓对他的评价也不算坏。

尽管如此，几年前那徽在家乡闹革命，搞农运，打土豪，分田地，曾想先拿他开刀，强行将他的田还给佃户，把他的粮仓打开分给群众。后来被那二爷死死拽住，从自己家多拿了一些田地和粮食出来，算在汪大舅的分上，才算交差。

但汪大舅最初毕竟是被农会抓出来游街示众过，丢了他的脸，未免耿耿于怀。他不好责怪二爷，但仍屡次在二爷面前嘀嘀咕咕批评那徽。

户外冰天雪地，可室内宴席上的气氛还是很融洽的，十几个人挤满了一间屋子，端的是热闹。婺源毕竟就是这么大，大家彼此都熟悉，也就不用过多客气了，互相打躬作揖、寒暄问候一下，便围着一大圆桌次第落座，上菜斟酒。珍味佳肴、醇酿飘香，大家觥筹交错、交谈甚欢。

整整十年不见，二爷眼里的江谦先生，已退出红尘多年，潜心佛学，更显得仙风道骨、超尘脱俗、淡泊名利，而且不吃肉、不喝酒，只以清茶相迎。萧江宗宪的表情倒是挺平常，仿佛多年的隔阂、猜忌、疏远和争斗并不存在一样，还与二爷两人互干了多杯酒。二爷亦装作没事似的，曲意逢迎。他想："毕竟是老江湖啊！不过俺也历练出来了，不逊你啊。"

酒席的前半段，是大家向江谦先生致敬、欢迎，他喝茶，他们喝酒，听他讲些外面世界的新闻和逸事。然后他们自己彼此之间也拉扯一些不着边际、不关痛痒的空话、闲话。

只见江谦此刻缓缓地站起来，用沉郁、压抑的声调，徐徐地说道："日本人三年前已通过'九一八事变'，占领咱们整个的东北三省，并把末代皇帝宣统挟持了过去，以其为傀儡，建立了一个所谓的伪'满洲国'。两年前他们又在上海发起挑衅，制造了'一·二八事变'，捞了不少油水。对于这些，在座的各位乡贤应该都早已知道。可是，东洋人的狼子野心并不餍足，正在冀东一带蠢蠢欲动，准备突破山海关和明长城要塞，侵入关内。

"据一些有识之士分析，东洋鬼子的铁蹄很快就要南下。他们所向披靡，国民政府的军队能否阻挡得住，那还是个问题。日本国的经济、科技、军事实力都远胜我们，早在1894年甲午战争时我们就已见识过其厉害了；何况蓄谋已久、准备充分，更加来势汹汹，锐不可当。

"各位乡贤，不是我江某杞人忧天、危言耸听，长他人志气、灭自己威风，我实在感到担心，做亡国奴就是一朝一夕的事情。当年的靖康之耻、崖山之悲、扬州十日、嘉定三屠，也许在不久的将来就会成为事实。我还是希望诸位警惕起来，心系中华社稷，多关注一下时事动态，时刻准备好，防范和迎接来敌。"

江谦的这一席话，弄得大家都伤感、忧患、深思、沉默起来。本来很轻松、愉快的气氛，大家有说有笑的，尽情吃喝、干杯，当一个饕餮徒、美食家，没想到这一下子就完全改变了基调，变得闷闷不乐、非常纠结。

江谦又赶紧自己打圆场："呵呵，真不好意思。临近年关，应该热烈、喜庆才是，我却说了这么多很煞风景的话，实在是对不起诸位了。在这里向大家赔个不是，给大家敬一杯茶，并给诸位拜个早年，恭祝诸位身体健康、春节愉快、阖家幸福、万事如意。我江某在外面办事、居住，信息多少比婺源老家灵通一些。有什么最新情况，我一定尽快告知各位乡贤。"

唐申秋县长连忙接话："江先生一腔爱国、爱乡的赤子之心，真令吾等甚是钦敬。我代表婺源十万父老乡亲向您表示感谢！若有朝一日鬼子真要来犯，咱一定严阵以待、誓死抵抗，不让其魔爪踏足我婺源三千平方公里的大好河山。我本人将一马当先、奋不顾身，与婺源共存亡。"

唐申秋是湖南人，留过洋的，年纪也轻，三十来岁，颇有血性，与旧学深厚、文质彬彬的吴澧县令是完全不同的风格，他这番话说得倒是义正词严、大义凛然。

那二爷对政治、军事并不是很感兴趣，不过日本人真要打过来，那自己的生意是没法再做了，连性命都难保了，所以他不得不有所考虑和担心。他想："刚才江先生也说了，他生活在外面的大城市里，信息要比咱们这种山区里的小地方灵通。那我就让云武、俞儿与他密切保持联系，尽快掌握社会最新动态，也好早做准备。"

酒过数巡，萧江宗宪站起来说："咱们蒋大委员长，国内的问题还没解决，国外的事情又来了，可真难为他了啊，哈哈！咱们先且别说日本人来犯了，即使果真鬼子打来了，那毕竟还有段日子。而这眼前的事，就是蒋委员长打着剿灭红军的名义，把咱们婺源从徽州划到了江西，隶属饶州。我就不明白了，婺源是属于安徽还是江西，跟他剿共匪有什么关系？难道婺源不从徽州划出去，这共匪就剿灭不了啦？

"再说他明明知道，我们婺源长期属于徽州，现在却要把它划走，我们大家怎么能够接受？事情还怎么做呢？这就像孩子离开了自己亲生的爹娘，却交给一个陌生的女人去做崽，他能不伤心难过吗？如今咱们婺源的老百姓都闹翻天了，民怨沸腾的，有哪个不是在背后偷偷骂中央政府呢？唐县长您是最清楚了，您说是不是？"

萧江宗宪越说越激动，铿锵高昂，语速很快，还手舞足蹈的。这跟他平时那种谦谦君子、斯斯文文的做派大为迥异。

显然，对政府将婺源从徽州划出去的决定，萧江宗宪反应十分激烈。一方面当然因为他是婺源本土人，也就是徽州人，对家乡有深厚的感情，也有深厚的历史传统和继承；另一方面也与他的生意利益有关，他长期与徽州其他地方从事业务合作，而他自己本身就是一个典型的徽商，那一旦婺源被划到江西，他的业务和收益势必会大大减少。

在座的基本上是婺源本土人，不少还是徽商系统的，都很同意萧江宗宪的意见。待他一说完，就像炸开了一个锅，大家顿时议论纷纷起来，气氛再度达到高潮。

朱子安先生也激动地说："这是无视历史、无视民主，刚愎自用、强奸民意。当局此次决定竟如此草率、武断，确实大不妥当。"

唐申秋也点点头，然后又摇摇头，叹息着说："是啊，我何尝不知道你们所说的都很有道理？可我也是没有办法啊！中央政府的决定，委员长拍板的，我怎能不执行？我这个县长，小小的芝麻官，不好当啊！要不，你们民间人士共同起草一份'呈文'，由我代为你们转交上级部门，如何？只要你们证据充分、合情合理、态度诚恳、行文有力，我想中央是会考虑你们的意见的。"

"是啊，我也是这么想的。我们不会难为您唐县长，我们会采取正当的方式来解决这个难题。"萧江宗宪说，"我们得请一位德高望重、深孚民心的社会名流来牵这个头，然后找一支如椽大笔、生花妙笔来行这篇文。"然后别有深意地朝那二爷这边看过来。

"嘿嘿，终于来了！难怪你今天请我来赴这个'鸿门宴'哟，原来就是想让我出面，来做这个'冤大头''替死鬼'啊，什么是非都让我背着啊。我可不干，我没那么傻。"

那二爷这才明白，萧江宗宪今天摆宴设席的主要目的，醉翁之意不在酒，那就是"请君入瓮"，让他做抗议中央政府将婺源划归江西的"呈文"的牵头人，他可不愿上这个当。让他跟南京国民中央政府作对，得罪堂堂的蒋委员长，那可不是开玩笑的；一旦上头翻脸，吃不了兜着走。

二爷只想一心做生意，不想惹政治上的麻烦。他谁都怕得罪，更何况是蒋委员长，当今中国最高领导人，也就是过去的皇帝。试问自己有几个脑袋？

再说那二爷很清楚，婺源离开徽州，划归江西以后，萧江宗宪的生意和利益将大受损失。相对而言，自己不属于徽商系统，不与同徽州那边打交道，单独从上海、南昌、北京等地出手，则生意不但不会受损，相反还会大为有利呢！

他就不明白了，为什么这么多人，他们都是一个声气，独自己的观点、意见不同呢？你说以萧江宗宪、江谦、汪大舅等人为首的婺源本土人、徽商系统的人有意见，表示抗议，那还可以理解；可像岳父朱子安、县长唐申秋、大姐夫吴翱等人，他们既不是婺源本土人，又不是徽商，为什么都支持萧江宗宪他们呢？这跟他们有什么关系？

一帮边远山区的庶民，竟不知天高地厚，妄图与中央政府斗，与蒋委员长斗，胳膊拧得过大腿吗？他暗地真为他们拭一把汗，很想把他们扭转过来，可怎么开这个口？

果然，萧江宗宪发话了："我觉得这位德高望重、深孚民心的牵头人，非那云乡先生那二爷莫属。您是堂堂八旗后裔、亲王贵胄、京城子弟，现在又是堂堂婺源县商会会长、婺源京昌隆贸易有限公司总经理、婺源乡绅、领袖，您来做这个牵头人，自是再好不过的了。至于'呈文'的执笔者，则以紫阳私塾前山长、婺源文坛'第一支笔'、一代宿儒朱子安先生最为合适的了。事关咱婺源十万黎民苍生生死存亡的重大任务，就交付你们贤翁婿了，希望两位就不要推辞了。"

那一帮婺源本土的徽商，都高兴得一致鼓掌起来。他们竟异口同声地说道："是啊，那会长与朱先生翁婿俩自然是最好的人选了，希望两位千万不要推辞。"就好像事先经过训练了似的。

那二爷知道这是怎么回事。这不都是萧江宗宪在导演的吗？他们早就对那云乡这个外地人这些年来迅速崛起，生意做得红红火火，钱赚得数都数不过来，把他们徽商系统的生意都抢了，很是不满。这次就想借这个机会，让他来做"刺头"，去跟中央叫板。失败了，是他倒霉；成功了，是他们有利。打得真是如意算盘！

那二爷实在没想到，萧江宗宪表面上笑吟吟、很真诚的样子，却没想到用心如此险恶。把他坑了还不甘心，还想连累他岳父也一起栽进去！再说，江谦、唐申秋、汪大舅、吴翱，包括朱先生本人都在点头，似乎毫无异议。他实在气得不得了："你们这些人怎么这么蠢，难道一点也没看出萧江宗宪的豺狼真相、险恶用心吗？"

他赶紧表示推辞，口头却同样显得很谦虚真诚："不行，不行！这怎么行呢？本来，让我出面，为婺源人民的利益牵头，是我义不容辞的职责，赴汤蹈火，在所不惜。可是，在这么多硕儒前辈前面，我够什么格呢？江谦老先生、萧江老会长，你们都比我更有资格啊！”

萧江宗宪等人还是一再要那二爷当牵头人，二爷坚决不同意，并说：“还是江谦老先生您来牵头吧，您作为一代大儒、全国名流，可谓德高望重、应者云集，您牵头一定比我有分量多了。”

就这么互相推让了几回之后，江谦说：“那好吧！便由老朽来第一个签这个字。为了咱桑梓的明天，为了十万家乡父老，我就拼着这把老骨头，再出一次山吧。另外，‘呈文’完稿后，请多誊抄几份，一份由唐县长层层上报中央政府，一份由我回南京后亲自交到蒋中正先生的手上。我见过他几回，他对我还挺客气的，我想他会给我一个薄面的。”

那二爷见萧江宗宪等人很是失望，刚才满眼的光彩都黯淡了不少。他正暗自高兴，却又听江谦对他岳父说：“朱子安老先生道德高尚、学问渊博、境界豪迈、文采非常，我曾读过您的很多篇文章，确实是行云流水、如泻珠玑、铿锵恣肆，非常痛快。这篇‘檄文’就必当由您亲自来撰写了，希望您能接受此大任。我是不行了，一则刚回乡，太忙，没时间；二则我现在这个心态，如槁木死灰，毫无生气，也不适合写这种文章了。”

二爷本以为岳父也会像自己一样推辞的，毕竟他是局外人，不必蹚这股浑水。再说有江谦在场，没有人比他更有资格。没想到朱子安先生却说：“哪里，哪里？在一代大儒宗师江谦面前，在下真是惭愧啊！江先生才是真正才学卓越、著作等身、成就辉煌、名满天下，令吾等高山仰止呢！这篇文章，本该江先生来写，可江先生既然如此虚怀若谷、谦让低调，那我就恭敬不如从命了。我刚才在酒席之间，听大家一番议论、交流，心里不断翻滚，已有此文腹稿，很快就可以缮写出来。”

在场的人都十分惊讶，为朱子安先生的才思敏捷表示由衷的佩服。毕竟他已是七十多岁的老者了，比江谦还大不少，双手都有些抖擞了，却竟然还有这样好的思维和智慧，堪称“七步成诗，百步成文”，实在是不简单。

那二爷见事已至此，也不好再多说什么了。好在执笔者总没有牵头者的危险系数大，那就由他写吧。再说他现在马上誊写了，江谦当即牵头签了名，也就成了既定事实，无法反悔了。总比等他离开了，夜长梦多好吧。二爷、吴翱也都在心里暗暗钦佩自己的老丈人。

这些人里，论书法也是以朱子安先生的第一，与江谦各有风格，大可媲美。于是，忝列酒席的“星江大酒楼”江姓老板，命下人赶快笔墨纸砚伺候。大家暂且停宴离席，旁观朱先生一人坐在写字台前，不到一个时辰，一篇近两千字的“吁请中华民国国民政府收回令婺源划属江西省之成命”呈文便完成了，不仅小楷工整、笔画清晰、卷面美观，而且文章内容亦好，观点明确、理由充足、口吻恰当、语句流畅、简洁明了、情文并茂。大家读后，交口称赞，一致通过。便由江谦牵头，大家一一在“呈文”最后空白处签名。那二爷一再谦让，列于数人之后。再交由人复写、誊抄多份。

这篇“呈文”由婺源县政府层层上报到南京中央政府，及由江谦托人亲自送到蒋介石手里以后，还是起了一定作用的，老蒋多少给予了重视。不过由于很快抗战爆发，国内战争让位于民族矛盾，此事就暂且搁置了下来。但抗战结束不久，老蒋便收回了成命，将婺源重新划归安徽省。除了其他因素以外，这篇“呈文”绝对功不可没。但那都是后话了。

婺源乡绅系列

NA ER YE DE ZHAN ZHENG

那二爷的战争

第十章　紫阳鼙鼓

到20世纪30年代后期，婺源县城紫阳老街也渐渐增添了许多新气象，涌入眼帘的是“××钱庄”“××国药店”“××当铺”“××大酒家”之类形形色色、花花绿绿的招牌。举目可见的是“虎标万金油”、“九一四”、留着小胡子的日本人为标记的“仁丹”……以及《马路天使》《十字街头》《火烧红莲寺》《游龙戏凤》之类的电影广告。穿梭来往的，照样是那些富有南国特色的小食摊子：冒着热气的田螺担、盖着玻璃罩的龙虱、桂花蝉……沿街兜售叫卖；而行人依然是川流不息、拥挤不堪。

就在婺源县民众为南京国民政府将自己从安徽划出、转属江西而强烈抗议之时，没过多久，江谦先生的预测就应验了。

上次江谦回婺才几年，眼看日本人就已大军压境、兵临城下，全国一片混乱。此刻，家乡的属徽属赣问题，还有所谓的剿匪问题，“打红（红军）”“打黑（土匪）”问题，已经退居到社会的次要位置，枪口朝外、抗日救国成了四万万炎黄同胞一致的呼声。

1934年，在日本关东军的导演下，“大满洲帝国”悍然成立，溥仪再次当上“陛下”；红军开始二万五千里长征。次年，日寇在东北多次制造惨案，并随时要向关内挺进。中共立即开始执行全面抗战路线，并接连发表《为抗日救国告全国同胞书》《抗日救国宣言》，年底瓦窑堡会议又确定了建立抗日民族统一战线的政策。

1936年8月，中共中央发出致国民党书，再次呼吁停止内战、一致抗日，实现第二次国共合作，并放弃红军称号。12月“西安事变”爆发，东北军领袖张学良将军和西北军领袖杨虎城将军在西安扣留蒋介石实行“兵谏”，迫使其答应“联共抗日”。

1937年2月，国民党五届三中全会在南京举行，其内外政策开始转变。7月7日夜，日军向北平卢沟桥一带中国军队开火，中国守军予以还击，“七七事变”爆发，全面抗日战争开始；翌日，中共中央发出“中国共产党为日军进攻卢沟桥通电”，号召全国军民团结起来，共同抵抗日本侵略者；7月17日，蒋介石就“卢沟桥事变”发表声明，表示坚决抗战；7月29日，北平、天津沦陷；12月13日，南京城沦陷，日军开始人类历史上最惨无人道的、长达六个星期的大屠杀；12月24日，杭州沦陷。

……

“渔阳鼙鼓动地来，惊破霓裳羽衣曲。”（白居易《长恨歌》）当时的中国，正如诗中所描述的情景。就在日寇大军压境、长驱南下、急如闪电，国家危在旦夕之际，各地的汉奸、伪军、特务、宪兵队等反动势力也开始活跃起来，蠢蠢欲动，上蹿下跳，为迎接“皇军”而做先期工作。具有汉奸性质的“维持会”纷纷建立，而革命性质的地下“锄奸团”也在四处活动，社会矛盾尖锐、关系复杂。那二爷到了一生中最紧张的时期。

二十四

1937年的那二爷，已经由当初的果敢童子、放纵少年、勤勉青年，成了发福的、五十多岁的稳重中年人甚至小老头了。自然，他的几个长辈，岳父朱子安先生、岳母朱汪氏、母亲那邢氏、二舅邢登科都是七八十岁的垂垂老翁老妪了，二舅已到弥留之际，大去之日不多了，来电报让他马上去趟上海，想见他最后一面。二爷觉得很是有些踌躇。时为1937年冬，上海已经沦陷，成了“孤岛”。此去一路都在打仗，鬼子猖獗，枪林弹雨，吉凶难卜。

但他还是下决心要去。毕竟，他今天荣华富贵的一切，大部分是二舅赐予他的。再说二舅是自己母亲的骨肉同胞亲兄弟，在这人生的最后时光里，自己能不去看看他吗?

从上饶经衢州、金华、杭州到上海这条公路，现在倒是修得非常平坦好走了。开自己最好的那辆新买的德国产“宝马”去，几个小时就能赶到。半夜出发，凌晨即可抵沪。再把云武、俞儿两人都拉上，并带上两支早些时候从美国购回的“勃朗宁”手枪，以防万一路上有什么不测。

尽管二爷计划得很完满，没想到临启程时又节外生枝。母亲说，她也要跟着他们兄弟去上海，要见自己的亲哥哥最后一面。这就让二爷太为难了，他连自己去上海还能不能平安回来都没法肯定，现在老太太也要去，这可怎么办呢?

他看着小脚蹒跚、头发花白的老太太，满心的怜惜和担忧，赶紧劝道：“娘，现在外面到处都在打仗，很不安全。再说车子一路颠簸，我们又是半夜赶路，天气冷，风寒大；您又年纪大了，身体不好，怎么经得起这一路折腾?”

那邢氏这次非常执拗，板着脸说：“不行，我一定要去！二哥自从辛丑那年你与玉儿结婚最后一次来婺源，我与他都有三十多年不见了。如今他快要走了，我总得去他送他一程。我这个当姐姐的，于情于理都该去看看他家的后事怎么处置。再说我当年带着你们兄弟俩从北京逃到婺源来，不也是兵荒马乱的嘛，不也是顺顺利利地过来了吗?”

而此前几次她说要去上海，二爷等人随便劝了几句，她就放弃了的。不过老太太七十多岁了，口齿倒还清楚，声音也比较洪亮，底气颇足。

二爷急了，说："当年怎么能跟现在比，那时打的仗哪有今天这么可怕?！那不过是几个蟊贼拿着几把钝刀 、几根棍棒，装腔作势吓唬吓唬平常人而已，云武一个人就可以随便撂倒几十个。可现在都是大炮坦克、长枪短枪。鬼子个个凶狠残忍，禽兽不如。而且您那个时候还年轻，现如今您又老了，毕竟岁月不饶人。您要是有个什么闪失，让我们做儿子的情何以堪?"

那邢氏仍一再坚持，说："你不用讲得那么可怕，我的身子我自己知道，没什么大不了的。"

一旁的朱碧玉、朱子安夫妇和那云武也帮着劝说那母。武爷哭丧着脸，苦苦哀求着，就差没给老太太下跪了。可那邢氏坚持要去，她都已经开始在做出发前的准备了：换穿路上的衣服、毛皮鞋、加披外套及戴帽子、手套，给二哥邢登科带礼物、特产之类。

二爷终于理解了母亲的一番心情。毕竟，人老了，知道自己将不久于人世了，是很想见见一些至亲的，这大概也是一种人之常情吧。

他咬了咬牙，心想："那就不妨带着母亲走吧。咱也豁出去了，咱母子仨要死就死在一块儿。多亏老天爷保佑，庚子年让咱们侥幸从北京逃到了婺源，于是咱们多活了三十几年。这次老天要是不再保佑咱们，那也没办法。"

当天晚上，那家母子仨带着那俞，与朱家众人依依不舍。令那母唯一有些遗憾的是，三个孙子、一个孙女没有一个在身边，也就没有一个来送自己，陪同自己的竟是一个养孙。

朱碧玉哭哭啼啼的，眼圈都红了。二爷有些心烦，说："你都是老太婆了，连孙女、外孙都大了，还像个小姑娘似的哭鼻子，好意思吗？况且你哭成这个样子！又不是生离死别。我过两天就回来了。莫非你在诅咒你老公被鬼子打死，回不来了不成?"朱碧玉只得强忍住了泪水。

终于，他们出发了。在去的路上，倒是没发生什么大事。但因为有母亲在车上，那二爷让驾驶员那俞把车尽量开缓慢、稳当些，这样就比预定的时间多了不少，可又必须赶在天亮之前到达上海才容易混进城，所以就提前到晚上九点便启程了。

时令已是深冬，户外滴水成冰，天气太冷。兄弟俩让母亲尽量多穿些衣服，把身子围得严严实实的，又把车厢封得紧紧的。过了桐庐，二爷下车打听到杭州已经沦陷，到处是鬼子，就不敢继续走富阳的大路了，而让车向北绕行临安、德清、湖州、南浔，沿太湖、淀山湖畔，经朱家角、青浦、九亭、七宝等古镇到达上海城西。

这一路虽然没有遭遇敌人，但山高路险，且多绕行了不少路，耽误了大量时间。直到过了湖州，地势平了，路好走了，那母也睡得很沉，二爷就让那俞加快了速度。但在赶到上海西门时，天已蒙蒙亮了，影影绰绰的房屋、汽车、大树和行人都看得清了。

由于在临近上海时，他们已发觉有日军活动的踪迹，如零星的军营哨兵、被日军烧杀抢掠过的村庄等。为避免引起祸端，他们开车沿着小道，绕开日军哨所，经贫民区到了一个小城门附近后，把车停在一个僻静处，稍事化装，然后跟着一群卖蔬菜、肉类、鸡蛋的菜农混进了城。

在战战兢兢通过两排守卫城门的荷枪实弹、全副武装的鬼子兵的盘查之后，他们的手心里早已沁满了一把汗，心还“扑通”“扑通”地跳。

进得城来，到处都是成群结队的日军和东洋人，楼墙、电车、街道、路灯上打过仗、被毁坏的痕迹更为严重。那二爷一行根本不敢抬头看他们，“破帽遮颜过闹市”。四人赶紧租了两辆黄包车，那母与武爷、二爷与那俞各乘一辆，把车顶罩牢，迅速往二舅邢登科家而去。

二舅家里没有人。听佣人说，一大家子都去华山医院看望老太爷了。于是他们随便吃了点早餐，又急忙朝华山医院赶。

二舅正躺在重症病室的病床上，已病入膏肓，喘着粗气，脸色苍白。听二舅母韩氏说，医生诊断是肺结核，且心脏也不大好。

这段时间二舅生病住院治疗，都是二舅母在照顾他。韩姓二舅母年轻时只会打扮、玩乐，啥也不会做，现在成了老婆婆，自己都年迈体弱了，还懂得一直照顾老伴，给他喂饭喂菜、送水送药、按摩揉搓、端屎倒尿，不离不弃的。这就叫命运造化!

至于二舅当年那个秘书兼情妇白小姐，跟了他二十来年，二舅都不知送了她多少金银钱财、珠宝首饰，还给她买了一套公寓。但在他数年前一迈入年老多病的门槛时，也就离开了他，另攀高枝，再嫁新君了。不过二舅还是理解她，并不为难她，让她只顾走，且送了她不少钱置办嫁妆，她结婚那天还去参加了她的喜事，真有男子汉风度!

二舅的两个子女，亦是那二爷的表弟、表妹，其实并不比二爷小几岁，也都五十出头了，带着他们的爱人、子女、孙子孙女、外孙外孙女、曾孙，一大群，把并不算小的病室挤得满满的了。大家围在塌前，叽叽喳喳，倒是热闹极了。

表弟邢贵子承父业，现在是上海大顺发贸易有限公司的实际总负责人，其实他最擅长的却是建筑工程设计；弟媳是家庭主妇，相夫教子。表妹邢惠在圣约翰教会大学当经济学教授，妹夫是《东方早报》的著名记者，也都是很有出息的。

那二爷兄弟和那俞已来过上海很多次了，跟他们都认识。可那母还没见过他们，少不得由二爷给大家彼此一一介绍，然后握手寒暄问好。

二舅看到他们来了，尤其是看到自己已三十多年没见面的姐姐来了，似乎突然有了精神，黯淡的眼珠现出了光芒，竟然由老伴儿和女儿搀扶着坐了起来，激动地说：“姐啊，没想到今生今世咱姐弟俩还能再见上一面，这可是前辈子修来的福分哟!”

那母移动三寸金莲，颤巍巍地走过去，拉着二弟的手，挨着他的床头坐下。两人先是不说话，只是对视着，轻轻拍拍对方的手背。他们已经不会像年轻人那样流泪、红脸了，但显然很激动、兴奋。这一幕把在场的人，包括护士都感染了，一个个抽噎、唏嘘起来。

二舅接着又训斥起了那二爷："乡儿，我可要批评你了，你明知道你母亲年纪大了，经不起这一路的折腾，车子颠来颠去的，又是这种寒冬腊月的冷天。再说现在上海正在打仗，到处是日本军队，危险得很啊，你怎么就把她也带来了?！要是你老母亲有个什么三长两短，你该怎么交代？我又如何去九泉对你的姥爷、姥姥说?"

那二爷正要辩解，那母抢着说："你别怪乡儿，是我自己要来的。我想来看看你，咱姐弟俩已分别三十多年，现如今早晚是都得去见爹娘的了，再瞧上最后一眼，说说体己话不行吗？将来去了那边，大家也好还能认得。"

"倒也是啊！好在你终于平安来到这里了。"听到这里，二舅也就不说什么了。这一对风烛残年、年逾古稀的老姐弟，一个牙齿脱落、说话漏风，一个头发花白、手脚颤抖，他们在一起回忆童年趣事，回忆京华旧闻，说到开心处也会露出微笑。美中不足的是二舅牙齿漏风，声音怪怪的，逗得几个曾孙辈的孩子哈哈大笑。

只听二舅对那母说："姐啊，很不好意思呀。想我当年年少懵懂、意气用事，听不进诸位长辈的劝告，一心要去外面闯一闯，却忘了'父母在，不远游'的古训，一个人离开北京，离开家里，离开爹娘，来到这十里洋场的上海滩打拼，而把赡养父母、为他们送终的义务都推给你和大哥了，实在是不孝之子啊，对不起你们了！"

那母说："爹娘临终前，确实一直在念叨你的名字，但并无一句话有怪你的意思啊！俗话说，好男儿志在四方。你一个人南下上海闯荡，不是干出一番大事了吗?！现在家大业大，儿孙满堂，在上海有头有脸，不是很好吗？你经常给家里寄去钱物，还有外国产的好东西，咱爹娘都挺高兴的呢！我后来不是也跟你一样，背井离乡来南方了?"

两人一边说着，一边潸然泪下。

那二爷听他们描述姥姥、姥爷的音容笑貌、言谈举止、点滴往事，想起小时候在两老身边快乐的情景，也不免恻隐之心自然升起，鼻子有些发酸、翕动。

二舅絮絮地说："不错，我这一生是做了一些事情，子女、孙辈们也争气，没有多少的遗憾。我现在就是想北京的家，想咱爹咱娘，常常夜里做梦还梦见他俩老人家。我想，咱跟他们在九泉之下相见的日子已不远了。所以我不怕死，相反我还希望早一天就死，那就能早一天看到他们了。"

那母附和着说："我也是这样，这些天也常想爹娘他们，想前几年死去的咱大哥。"

听他们轻描淡写地讲述死亡，几个大人都掩面落泪，有些甚至忍不住，躲到远处哭泣去了。只有几个小孩子不觉得什么，仍在两位老者旁边嬉闹。

二舅说："咱死以后，想归葬到咱们在北京西山樱桃沟那边向阳坡上的邢家祖坟去，那儿地势高，阳光好，看得远，风景也不错，四周是红叶林子。而且跟爹娘、大哥、祖父、祖母在一起，大家有个伴，在那边也不会冷清。"

那母笑道："呵呵，那咱们姐弟倒是想到一块去了，我也想葬回北京去。其实咱婺源的风景倒是很美，可我还是想跟乡儿他爹葬在一个地儿。这样吧，等咱们殁了，就放一把火烧掉，烧成一撮灰，用盒子装好，让乡儿、武儿兄弟和你们贵儿、惠儿兄妹送回北京去吧！"

二舅笑道："姐啊，现在北京已被鬼子占领，而且早已改名叫北平了。咱上海不也是沦陷了，成了所谓的啥'孤岛'吗？到处在打仗，不太平，没法出去。得过些年头，把日本鬼子赶跑了，他们才能回北京，咱们也才能跟着他们回去喽。其实我是舍不得烧掉，可不能马上送回去安葬，入土为安，只能先烧掉啦。身体发肤受之爹娘，岂能焚毁？这也是无可奈何也。以后到了那边，再向爹娘告罪吧。不过咱上海是有殡仪馆，有火葬场，我多次去看过，火化那一套倒是很专业的。"

那邢氏回头看着那云乡、那云武、邢贵、邢惠四人，问道："我们两个老家伙的这点愿望，你们能帮我们实现吗？"

四人强忍着泪水，连忙点头答应。

那二爷实在是承受不住了，就拉着武爷、邢贵到阳台上去说话。

那二爷说："哎，贵子，这鬼子怎么来得这么快呀？这才几天，就把偌大一个上海城给占领了！这国军都是干什么吃的？"

邢贵说："这你就不了解了，国军在淞沪会战中打得还真是英勇顽强，虽然最终是失败了，上海落入了日本人的手里，虽然付出了巨大的代价，参战人数和牺牲人数都是日军的好几倍，却浴血坚持了长达整整三个月，真是可歌可泣啊！当初日本军部叫嚣扬言三个月灭亡全中国，却没想到一开始仅在上海就打了三个月，这就粉碎了他们的作战计划和所吹嘘的'神话'。再说，要是没有我们上海所付出的巨大牺牲，南京国民政府和和全国各地民众内迁会这么顺利吗？

"你不知道，在那九十个日日夜夜里，整个上海的人民就没有睡过一天安稳觉，军民团结，支援国军，众志成城，那场面实在是太感人了。你看，城里不是到处有战争过后的痕迹吗？残垣断壁，车毁树倒，硝烟浓浓，尸横遍野。从早到晚，几乎枪炮声就从没有断停过，不时地在某个角落里响起，然后有一天就到了你的耳朵边、你的眼前。几乎每个巷子、每座楼房里都发生过战斗。

"怪了，打到后来，就连我们普通老百姓都不怕了。天上飞机不停地轰炸，地上坦克、大炮隆隆地开过，日本人动刀动枪、张牙舞爪、横行霸道，我们也敢跟他狗日的对着干。”

那二爷说：“原来如此啊，那我是错怪咱国军了，可惜那场面我没看到。听你说来，还真是惊心动魄啊！日本军队太强大了！”

“可不是。”邢贵问道，“表哥，关于我们公司的事，我们老爷子同你说了吗？”

“你们公司的事，我怎么知道？你现在不是公司的真正的老总吗？——哦，我想起来了，他曾经是对我提过几回的，可我还是了解得不大具体、详细，你再说说。”

“是这样，老爷子说，你的经营管理能力比我强很多倍，这我自然清楚。我虽然到国外学了几年，而且那还是国际顶尖的管理学院，但我毕竟天生不是这块料，只是为了继承家业，勉为其难罢了。而你才是天才的职业经理人。所以，我们的公司与你的公司将来干脆合为一家，由你来任总经理，我给你当副手。反正这些年来，我们两家的业务大部分是一体的，基本上都已经算是一家了。前些年里，你每年都有三分之一的时间在上海，实际上你就是这个公司的副总，我们老爷子是老总。对此我毫无意见。

“老爷子还说了，整个公司就全部交托给你了，此后公司一切由你做主，你全权决定所有事务。将来你若觉得我真的能独当一面时，就把上海这边的公司仍交我负责，你自己只负责安徽——不，江西那边。你若觉得我还是不行，就还是由你一直负责，或者你另安排人接替你也可，比如你的子女、后辈们。这就是他的遗嘱的主要内容，等会他还会亲自找你谈的。

“老爷子说的这些我都同意，我母亲、我妹妹也都同意，也完全信任你。你知道，我们兄妹，还有我俩的这些子女、后辈们，所爱好和擅长的领域都不在这里。将来你只要分给我们一些股份，让我们坐享其成，呵呵，那就很感谢了。”

二爷连忙推辞：“这怎么成？你现在不是把公司打理得好好的嘛！你自己就这样做下去吧，我觉得就很好啦！你不要一味听你们老爷子的，他所说的和所想的也不一定全对。你想，我婺源那边自己的一套班子都弄不清呢，还怎能兼顾到你这边？你那几个表侄也都不愿跟着我走，各干各的，都是成天脑袋搁在裤腰带上的危险营生，我还大伤脑筋呢！”

邢贵苦笑着说：“是啊，这个公司先由老爷子好不容易从北平来到上海创业出来，后来有了你的加盟和协助，曾经出现过长达三十多年辉煌的黄金时代，算是颇有规模和名气了。可现在，咱们两家的后代都不感兴趣也没能力延续、发扬下去。加之又遇上战乱年代，内忧外患交织，兵燹灾害不断，生意很难维系。莫非是老天要绝咱们的公司吗？”

“真要到那一天，那也是没有办法的了。”二爷长叹了一口气，说，“你刚才也说了，现在到处都在打仗，我也没法老是待在上海啊！这里我看够可怕的了。再说婺源那边的公司、一大家子人、偌大的家业，得我去支撑啊！要不群龙无首，一盘散沙，就全乱套了。当然，我更没法成天两头跑呀。

“我想这样吧，咱们马上就装电话了嘛，我还是待在婺源，这边还是由你来管，咱俩有什么事就多电话沟通吧！说实话，兵荒马乱的，还有多少生意可做呢？公司暂时停止几年运营也行。一切等战争结束，日本人走后，咱们再从长计议。”

“这样也好。不过等会我们老爷子跟你谈话时，你得撒撒谎，暂时答应他吧，就说你接受他的安排。这也是没有办法啊。”

“好的。”

由于昨晚一夜的奔波和惊恐，婺源方面四个人都很累了。邢贵让他们回邢家休息一会儿，晚上再过来看他父亲。可那邢氏似乎仍很清醒和兴奋，不想走，就仅留下她和二舅母两人在医院里陪同二舅，任他们絮叨、叙旧，其他人都各自行动。邢贵带着那家的二爷、武爷兄弟回家休息。

那二爷眼看二舅仍处在回光返照的弥留之际，还没那么快过世，他们在上海还得多待几日，就先给婺源家里发了个一切平安和简述情况的电报；又让邢贵给那俞配了几个好手，拿着走关系搞来的“良民证”“特别通行证”等，出城去了一趟，把他的那辆新“宝马”轿车藏到了大顺发公司在城外的一个仓库。

一代名妓、那俞曾经的养母赛金花，早在去年已于北平病逝。当时，全国各地许多报刊都发表了讣告、报道、传记文章、艳情小说。当然，其头衔不是用“一代名妓”，而是“民国奇女子”“近代传奇女性”“一代女杰”之类。那二爷在婺源得知消息后，还私下与那俞为她举行了一个小小的吊唁仪式。这次那俞跟着二爷来沪，又自己去了一趟曾经跟赛金花生活过一段时间的居仁里旧址。

那俞下午回来后，告诉二爷说，他是想去看看养母赛金花曾经的女佣，她还留在居仁里的老屋里。当初就是她与赛金花一起，把他从大街上捡回来的。所以他想去感谢她，顺便给她带些吃的、穿的去。可谁知女佣也已经离世了，只是还留下一个儿子，那俞就请他吃了一顿中饭。

那俞说得挺平淡、简单的，可二爷看他的表情眼神，好像有一些异样，心中暗暗感到奇怪，却也不好再追问下去。

当天傍晚，邢贵和那二爷兄弟早早吃了晚饭，就去华山医院了。二爷让武爷带母亲、二舅母回家去休息，自己陪同和看护二舅，与他聊了一会儿。奄奄一息的二舅，向他断断续续地交代着后事，所说的与邢贵说的基本上是一个意思。二爷只好违心地一再点头同意，却偷偷扭头过去，暗自饮泣。

四天之后，二舅永远停止了呼吸，闭上了双眼。二舅母领着邢家的全部女眷和孩子们号啕大哭，呼天抢地的。那母却没有哭，也没落泪，但脸上毫无表情，双目像木刻的“间或一轮”，很决绝的样子，那比哭还让人瘆得慌。

大家把二舅送去火化了，在殡仪馆给他举行了追悼告别会。来的人还不少，各方面的人物都有，包括一个副市长、一个警察局局长、工商界领导、同行业老板、银行董事、律师、报社记者、驻军官员、歌舞演员、书画家、大学教授、寺庙僧侣、黑社会老大、江湖人士、外国领事馆参赞等。说明邢登科在上海的人脉、名气、影响还是颇大的。待邢家兄妹领回骨灰盒后，婺源四人就告辞返婺了。

回去的途中，他们尽管还是夜里赶路，尽管还是走的来时同一条路，可在经过浙江湖州时，还是遇上了日军。大概是一支鬼子宪兵队在路上设立了一个关卡，盘问过路的，就把形迹可疑的他们给拦住了。在漫漫风雪之中，十好几个东洋兵端着擦得锃亮的长枪，枪口还挺着明晃晃的刺刀，把他们的车子紧紧包围，领头的满嘴“哇哩哇啦”的日语，随时准备冲过来，发起攻击。

那武爷和那俞两人满脸的凝重和专注，他们各执一把手枪，拢在衣袖里，悄悄拉开保险、扣下扳机，黑洞洞的枪口对准鬼子，打算跟对方拼个同归于尽。死了就死了，但总得尽量多干掉对方几个，也不算白活一世。还有就是要尽量保证二爷、那母的安全，哪怕牺牲自己。二爷脸都白了，眼睛发直，整个身子瘫软着，一动都不敢动，心乱如麻。那母也被惊醒了，面对这一幕，亦是双眼圆瞪车窗之外，连大气都不敢出一声，蜷缩成一团，靠在后座的一角。

眼看就是鱼死网破，与敌人一起丧命的时刻。这真是剑拔弩张，紧张极了。

但就在这时，一个很奇怪的事情发生了。那俞好像突然在心里作出了一个什么重大决定，他把手枪的保险和扳机关掉，把枪扔在座位上，示意大家都保持安静和镇定，别出声，让武爷也把手里的枪放下，然后把车门打开，一双手举过头顶，自己一个人走了出去。

也不知道他对那群鬼子兵说了些什么，反正他也是“哇哩哇啦”的不知道是说什么，奇迹出现了：那些鬼子兵马上“嗨”了一声，把枪收了起来，向两边让出了一条道，还恭恭敬敬地向他敬礼，那俞也向他们回了礼。

那俞上了车，关上车门，发动车子，继续赶路。外面天气非常严寒，就这么短短的一两分钟，看他的嘴唇、脸颊，都被冻得发紫了；头顶上是一团雨雾，还夹着雪霜；两只手也冻僵了，只好先慢慢地开车，等到恢复常态才逐步加快。

大家惊魂甫定，仍屏气敛声，不敢说话，静静地看着那俞驾驶着车，一脸的惊讶和疑惑。

大概走了有好几分钟，坐在后排的那云武忍不住开口了，他问那俞："呃，小俞，你刚才对日本人说了些什么，他们就同意咱们走了？"虽然他是那俞习武的师傅和叔辈，但因为他只比那俞大十来岁，平时便只把他当兄弟看待，只叫他"小俞"，而不是跟着兄长、嫂子、母亲他们叫他"俞儿"。

那俞全神贯注地看着路、开着车。他脸上显得非常的平定和淡然，只微微一笑，回答武爷道："我对他们说，你们是我的朋友，咱们从上海来，要去杭州办个事儿。"

"你是怎么说的？他们怎么听得懂你说的话？"

"我也是说的日本话啊！"

"你怎么会说日本话的？"

"嘿嘿，我小时候在我……养母赛金花那儿，她就会说日本话啊！再说还经常会有一些日本的朋友来看她，于是我就跟着他们学会了。"

"哦，原来是这样啊！小俞，多亏你还有这个本事。刚才可把咱们吓坏了。你算是救了咱们那家母子仨的命啊！谢谢！"那邢氏终于搭了腔，充满感激。

那俞连忙表示辞让："祖母您这是说哪里话来？我不也是咱们那家的人吗？我不也是您的孙子吗？当初要不是咱契爷收留了我，还有您老人家、云武叔对我这么好，我哪里会有今天?！你们的大恩大德，我还没言谢呢！"

武爷又问道："那你对他们说你是谁？"

"我骗他们说我是住在上海租界的日本人，还骗他们说我是日本驻上海领事馆的总领事片山清源的秘书，是片山先生命我去杭州送一份紧急文件，要不他们哪里会对我这么客气、恭敬？至于日本的上海总领事片山清源的名字，那是我偶尔在报纸上看到的。"

武爷大笑道："哈哈，小俞，你还真机智啊！好，干得不错！"

二十五

那云武的师傅李天恩已经许多年没有消息了，就像完全从这世上遁灭了一样，李桃花对他彻底死了心，就当曾经没有这个人的存在。而那武爷对她的一往情深也终于打动了她，"赤诚所至，金石为开"，两人正式相好了，爱得甜甜蜜蜜，迟来的"两人世界"

尤其难得。这大概也是一种“天意怜芳草，人间重晚晴”吧！

李桃花虽然仍住在妓院“翠月楼”里，但不再接客，只与武爷长相厮守，除了闺房之乐、床笫之欢，还有切磋武艺、江湖际会。于是武爷的精神面貌彻底改观，心情好多了，成天满脸笑容，完全换了个人，亦根本不像个快五十岁的中年汉子。

婺源首富的二当家、紫阳老街的大帅哥、来自京城的世家公子，却成天与一个妓女鬼混厮守在一起，竟然把个婊子当作宝贝，这名声委实有些不大好听，在背后指指点点的街坊邻居、三姑六婆还不少。

不过那二爷还算开明，弟弟总归是恢复元气，重新做人了，这才是第一重要，他想干什么就干什么，想跟哪个女人结婚就跟哪个女人结婚吧。况且他的人生第二春是这个女人给他的，就连他的武功当初也是来自她和她义父。

那二爷还同母亲、妻子商量，想早日把李桃花从“翠月楼”里赎出来，给云武他俩在附近买一套大宅子，或者建一栋新楼房，帮他们把喜事办了，两人从此好好地过日子，要是再生个一儿半女就更圆满了。那母、朱碧玉当然也是这个想法，求之不得了。

这次在从上海奔丧返回婺源的路上，在浙江湖州城外与日军狭路相逢的过程中，二爷长时间并没说话，一方面他确实被刚才这一幕吓得不行，到现在心还在猛烈地跳动。二爷虽说也见过不少世面，经历了大风大浪，但他终究是个自私、谨慎之人，在经营管理、货殖生意方面是高手，可也胆小怕事、明哲保身。如今随着年岁增长，就更加保守、怯弱。

另一方面，他越来越对那俞这个自己十几年前从上海赛金花那里“捡”来的儿子的举动、言行及来历、身份生起疑来。他知道那俞是在撒谎，他的话里疑点和破绽不少。但在没有确凿证据、真相未明之前，他也不好轻易说破。毕竟他不清楚那俞为什么要这样做，再说那天确实是他救了大家。

那母由于一路风寒和颠簸，二哥的去世、碰上鬼子所造成的恐惧，加上年事已高身体甚差，一回家就病倒在了床上。仅坚持了十余天，那母也追随邢登科而去，到九泉之下与父母、哥哥们相聚了。

那、朱两家一片悲伤，大家打起精神，给那邢氏办理了后事，条件所限，当时只是将她临时葬在了紫阳城外的凤凰山上，直到1945抗战结束以后，才由那二爷将其送回北平，与父亲那大爷夫妻同茔。那二爷还与表弟邢贵一道，把二舅的骨灰盒亦带回北平安葬。那母去世的信息，并没告诉上海的二舅母、表弟表妹他们，担心他们赶来奔丧，路上又遭不测。

这天，小赫哥突然从北平来到了婺源，一身疲惫。原来北平沦陷了，他们在北平的分公司也开不下去了，不但生意没法再做下去，就连几个店面也被日军砸了。好在他们的资金基本上早已存在外国的银行里，小赫哥把账目、存折都带了过来，日本人和伪政府是抢不去的。他还擅自替二爷做主，把员工都及时解散回家，并适当给他们发了一些抚恤金。

事已至此，那二爷也只能是无可奈何。对小赫哥所做的这一切，他均表示满意。看他这些年似乎突然衰老了不少，也改变了许多，憔悴、虚弱、黑瘦、忧郁，以及一路的风尘、沧桑、疲惫，二爷也挺同情和佩服他的。此后，小赫哥就在婺源这边的公司总部上班，给二爷分担一些日常管理和后勤上的工作。

那二爷唯一担心的是，小赫哥素来风流成性，贪欲美色，拈花惹草，他曾经就是因为与朱碧玉的三姐朱碧卉勾搭在一起，沉湎太深，闹得很不成样子，木匠姐夫乃至整个朱家都对他产生了仇恨，所以二爷才不得不把他支走。

如今他又来到了婺源，万一与朱碧卉旧情复燃，搞到一起，那该怎么办？即使不这样，木匠姐夫会不会原谅他过去的所作所为？要是不原谅，那万一两人再打闹起来，又怎么办？

还有，小赫哥要是好色本性难改，在这里再与别的什么女人发生了不轨行为，届时又会是怎样的局面和收场？毕竟，小赫哥是自己的朋友，又帮自己做了很多事情，他如今来投奔自己，自己也不好赶他走，只能看他本人的造化了。

谁知那二爷这些担心都是多余的。那天，他约小赫哥去自己馆子里喝茶，当他忧心忡忡但是又比较含蓄、委婉地对小赫哥表达自己的意思时，小赫哥却笑着说："二爷，这些你就放心吧，我的那些个'寡人之疾''楚王之癖'的老毛病早都改了，再也不会管不住自己脐下三寸、裤裆里的这玩意儿了。我不会给你再添什么麻烦的。过些天我还想让你帮我约一下你的三姐夫，我要当面向他负荆道歉，他怎么打我骂我、惩罚我都可以。"

那二爷喜出望外，满眼绽放兴奋的光芒，说："你说的这是真的？你是怎么改掉的？你不会骗我吧？我原以为，你这个家伙，哪怕就是死，也要先快活一番。你不是早对我说过嘛，什么'宁在花下死，做鬼也风流'的狗屁人生哲学。"

小赫哥苦笑了一声，说："是啊，我还没对你说，因为这个毛病，我还真差点就死了。这就叫'人在做，天在看'，自个儿的报应啊！自作聪明、轻狂放纵、玩世不恭、我行我素，我想这就是我的命，上天在惩罚我，怪不得别人。"

原来，小赫哥在北平的前些年，依然经常逛妓院，玩女人，还特别嗜好跟俄罗斯、美国、法国的西洋金发美女乱搞，觉得西洋女人长得华美、风骚、热烈，有新鲜感，而且她们身体壮、欲望强，床上功夫厉害，更带劲、刺激、过瘾。

结果却未料到他便染上了花柳病，下身长霉生疮，又疼又痒，整日整夜搔抓得十分厉害，肌肉溃烂发臭、流血流脓，十分难受，喊爹叫娘，差点死去。家人托朋友在美国人开办的著名协和医院找到一位男科主刀大夫，好不容易才给他根除治愈；却也花了一大笔钱，弄得赫家几乎倾家荡产，而且再也不能过性生活，不能生育了。

“啊?!”那二爷真是吃惊不小。没想到小赫哥还有这样一段不幸遭遇，怪不得看他身体好像很糟糕的样子，而且相貌也非常显老。想当年，他可也是北京城颇有名气的大家公子、风流衙内、倜傥少年啊！二爷啼笑皆非，不知道该怎么安慰他。其实，小赫哥是个有才干、个性、思想的人，怎么会弄得这么惨！

那二爷说：“发生了这么大的事情，你怎么不对我言一声呢？你需要钱的话，可以问我要啊！这点钱我还是出得起的。你还把我当你的哥们儿、朋友看吗?!”

“我知道你有钱，你也一定会帮我。可是，我自从生了那场病以后，那一年多里，对分公司的工作基本上都放弃了，是其他员工在勉强维持，因此业务大大减少，利润几乎和开支持平，根本没赚钱。可你还照样给我那么高的薪水，我就已经很感谢你了，哪里还好再来麻烦你呢?”

“咱们是朋友，是哥们儿啊，你怎能如此见外？你不用多言了，我再给你增发两年的工资，就算作我送给你治病的吧。我给你开张支票，你下午就去公司财务部领取。”

小赫哥没法推脱，眼圈发红，热泪簌簌而下，感激涕零地说：“二爷是孟尝君再世，急公好义，古道热肠，慷慨解囊，愚兄只能恭敬不如从命。十分感谢，十分感谢！我拿到钱就得赶紧寄回去给我大哥，我家的一些字画、古董还在当铺里呢!”

看他谦和卑恭、客气有礼，哪里有一点儿当年那个狂放不羁、桀骜不驯的京城八旗贵胄的影子呢？命运是可以大大地改变一个人的啊！那二爷心里暗暗感慨。

那么，自己变了没有呢？变得大吗？哪里变了？可自己哪里知道？只有别人知道，而且是曾经非常了解自己的人，在很久之后再见到自己，才看得最清楚的。

刚刚那二爷还在担心小赫哥来了之后会再捅什么乱子，现在又在可怜他、为他考虑了。

二爷问道：“小赫哥，那你下一步怎么打算？你也快奔六十的人了，还是‘茕茕孑立，形影相吊’的，也不是个事儿，总得成个家吧?”

小赫哥摇摇头，说：“我都基本上是一个废人了，比过去的太监还不如，哪个女人愿意跟我？况且，像我这种情况，再成个家也没有必要。”他完全一副消极、颓唐的心态，不过也很现实。

“有个伴，晚年能照顾自己，那还是应该的。你一个人怎么过日子?”

“可我哪有那么好的福气呢？老天没把我收去，就是对我很开恩了。”

那二爷却还是希望将来遇上机会能给小赫哥找个伴，老的或小的都行。不过现在面临战乱，抗日是第一位的，等先把鬼子赶跑再说吧。

二十六

威廉·白德礼神甫来向那二爷辞行，他近日要回美国去了。白德礼白发苍苍、长须飘飘，快七十岁了，准备这次返回祖国和家乡，那就是中国人所说的“叶落归根”，作为归宿，终老于斯，不再来中国了。所以这次辞行，实际上也是永别啦。

白德礼对二爷这些年来对自己在婺源建教堂、传教义、收教徒、搞活动等一应工作的大力支持表示感谢。确实，他能在婺源坚持传教这么多年，要是没有二爷的支持和帮助，那是不可想象的。婺源大教堂已兴盛了二十多年，成了赣东北、皖西南、浙西北数十个县市数千教民的精神圣地。

二爷曾经对基督教、天主教并不了解、不理解、不感兴趣；他支持和帮助白德礼，只是因为觉得白德礼本人还算是个不错的“外国佬”，值得交往，而且他也确曾帮助过自己。但这些年来，他通过与白德礼的交往和谈话，以及看白德礼在婺源这里所做的一切，客观地说，宗教对安慰人心、安定社会还是产生了一定作用的，并与各寺庙、尼庵、道观和平共处。再说，白德礼后来还帮他翻译过外国资料、提供过国际信息。所以他也挺感谢这位老神甫的。

他们是老朋友了，多年的交情，还是有友谊的。二爷为老神甫设宴饯行。席上，白德礼说，他对自己的祖国——美利坚合众国——有一些意见。日本侵华绝对是非正义的，可联合国设在美国，美国是常任理事国，却因未侵害自己的利益，便作壁上观，不主持公道，这很不好。

白德礼坚决表示，尽管自己地位卑微，也许起不到多大的作用，但回国之后，仍一定要尽力为他的“第二故乡”——中国“鼓与呼”。

那二爷对老神甫对中国如此深情、眷顾，而他又如此正直、有良心，十分佩服，由衷感谢。他把表弟邢贵家的地址、电话抄给了白德礼，并对他说：“如今日本人在中国各地到处肆虐，战火纷飞，您在路上要小心点，这些东洋鬼子对你们‘西洋鬼子’、文明人也不见得会格外开恩的。您到了上海以后，若遇到什么困难，就和我表弟联系，他会竭尽全力帮您的，您见了他就同我本人一样。再说，您与他的父亲、我的二舅邢登科先生也是老相识、好朋友了，对他就不要讲什么客气。”

果然，白德礼后来到了上海，还真是遇到了麻烦，竟被日本宪兵队给扣留了。好在他想起了临走前二爷给他说的那番话，于是找到邢贵的电话，联系上了邢贵。邢贵马上派人赶来，托了关系、花了钱，给他解决了。不过那是后话了。

二十七

日军的铁蹄越来越临近，婺源方方面面的人，也有了各种各样的选择和表演。

有一天，那二爷让那武爷去了一趟清华附近的游击队驻地，寻找那徽，让他帮参考一下，现在鬼子快要来了，婺源社会的情况异常复杂，他该怎么做？大家都要推举他当“维持会”的会长，他能不能当？他自己是不想当，那又怎么拒绝？

来到婺源的三十多年里，那二爷勤劳聪明，艰苦创业，不断积累财富，不过短短十余年，就发展成为家业万贯、全县首富，当选为县商会会长、经济界和实业界领袖，后来又先后成为安徽省、江西省议员。他曾经很为自己感到自豪、满意，却没想到，有一天他的巨大财富竟会成了沉重的累赘和负担，甚至可能惹上杀身之祸！

当时中国的东北、华北、华东乃至华南地区，大多已落入日本人之手。国民中央政府首都南京、远东最大城市上海均已沦陷，蒋介石等政府和军队首脑已经迁去内地武汉、重庆，中华民国可谓名存实亡。婺源县政府其实是形同虚设，停止办公，县长唐申秋随时可以离开。不过他想与婺源共存亡，所以仍还待在婺源，准备同婺源军民一道坚持抗日杀敌、舍命保家卫国。

如此一来，真正有社会影响力的人物，倒是像婺源首富、婺源最大企业——京昌隆贸易有限公司的老板、婺源县商会会长那云乡，婺源第二富、徽商代表人物、商会名誉会长萧江宗宪，婺源最大的地主、本土乡绅代表人物、商会副会长汪兆宏等人。

于是，那些亲日分子便公然成立了一个维持会，想请这些人出面，担任会长。名义上说得好听，是主持婺源大局，维护社会稳定；实际上就是给日本人当走狗，替他们游说和麻痹民众、在物质条件上做准备，为将来日寇大军入境打基础。大家都清楚，这就是当汉奸，卖国求荣，非常耻辱，谁愿意干?!

再说，地下革命进步人士也相应地及时组建了“锄奸团”，便衣遍布市井人群中，随时可能暗杀之。

那二爷首当其冲，是亲日分子的第一人选。二爷遂一改过去逍遥洒脱、自由自在、东游西荡、满不在乎的做派，变得坐立不安、寝食不思起来，成天关门在家，惶惶不可终日。

前两天，几个亲日分子找上门来，恭请二爷出山。这些人都不是婺源本土人氏，二爷素不认识，也不知道他们是从哪里冒出来的。据二爷等人猜想，他们大概是上海、南京或者华北沦陷区的汉奸，活动到婺源来了。他们对二爷晓以利害，软硬兼施，即当这个会长有什么什么样的好处，“皇军”大大的喜欢、厚赏之类；不当则有什么什么样的坏处，坐牢、枪毙、抄家，等等。他们把这个会长的地位、权力、好处，夸张得像“土皇帝”一样。仿佛婺源是个“独立王国”，而维持会会长则至高无上、独断专行，比民国政府的县长、商会会长自然是强多了。

他们也次第去拜访了萧江宗宪、汪兆宏等人，甚至还找过那二爷的岳父朱子安、大姐夫即紫阳学校校长吴翱，说的都是类似的话。他们还找过县长唐申秋，可惜他们找不到他，唐县长藏得很隐秘。他们有自知之明，考虑到没有谁会答应，为确保不扑空，就尽量把婺源有头有脸的人都挨个找遍了，只要有一人答应就行。

其中朱安老先生是当即就坚决拒绝了。他说：“老朽年迈，风烛残年，估计瞑目之日已不远，无能为力，阁下还是另请高明吧。”

一方面是答应而得到的利益、拒绝而产生的危害，另一方面是答应而产生的危害、民族大义，二爷没有把握，深感为难。在那家，基本上是反对他出任维持会会长的，其中以朱先生、那俞两人的态度最为鲜明、强烈。

朱先生是不用说的了，受传统文化影响至深，具有强烈爱国情怀，把民族大义、士大夫气节看得非常重，“人固有一死，或重于泰山，或轻于鸿毛”；可那俞为什么反应这么强烈呢？他只一味地说这个职务很危险，随后可能会遭敌人的暗算，或遭自己人的冷枪，具体就不愿说得太多了。

二爷就让武爷去找游击队，问问那徽的意见。顺便也去国民党军部队里找那源，也让他说说自己的看法。不过那源毕竟还年轻，而且他的爱好和特长只在军事理论方面，重点还得那徽拿主意。

当时国共已经正式实现第二次合作，那徽的游击队和那源的国民党部队成了友军，营地靠得很近，已经在一起商议过多次了，即停止内讧，团结抗日，互相配合，协同作战。不过话是这么说，双方也明争暗斗，偶有掣肘、摩擦之时。

还有胡啸天、那紫带领的土匪部队，也成了配合国共两军作战的一支重要抗日武装力量。对于全体民众来说，保家卫国、赶走日寇已摆在第一位，国民党军队不再敌视他们，征剿土匪，亦把他们当作友军、后备力量，“山大王”第一次站到了阳光之下。

此时，那云乡和朱碧玉夫妇已经承认了胡啸天和那紫结婚的事实，见他俩感情恩爱，又生了孩子，实在是无话可说。

又好在如今那徽、那源、那紫三兄妹走到了一起，加上胡啸天，他们同仇敌忾，互通声气，都成了抗日的中坚力量，令那二爷老夫妻俩感到欣慰，就盼老天爷保佑他们平安。

老夫妻俩只是觉得太对不起俞芊芊了，偶尔在老街遇上她，见她一人拉扯两个孩子，日子过得很劳累，曾经的紫阳城大美女都成了“黄脸婆”，都不敢对她说真话。俞记旅馆早已划入二爷的京昌隆公司旗下，胡啸天不辞而别后，二爷另外派人去管理，但将旅馆的全部收益交到俞芊芊的手上。

还有就是老大那京在日本部队里当翻译官，也不知道他们如今行军到哪里了。已经有好几个月没有收到他的来信、电报了，作为母亲的朱碧玉很是牵挂他，以致晚上在梦里还念叨着“京儿”的名字。

在几个孩子里，父亲那二爷最器重次子那徽，母亲朱碧玉却最心疼长子那京，毕竟他是她肚子里出来的第一个孩子。

那云武从山上回来了，并带回了那徽和那源兄弟的意见建议。他俩的意见也差不多，就是绝对不要答应，别做令“亲者痛，仇者快”的事情；不过那徽的建议更明确可行，但也更残酷决绝，简单说就是“散尽家产，消灾灭祸”。

那徽建议的具体内容，就是在短短几天之内，把土地、茶山全部送给佃农，把仓库里的粮食都分给百姓，还要开铺舍粥（当时紫阳街上已聚集了不少从各地来的难民和乞丐）；把钱财送给游击队、国民党军队和土匪军打鬼子；把茶厂、砚厂、瓷厂和店子统统关掉，清退所有员工并给他们多发一些安抚费，从而恢复为一个普通百姓。这样亲日派就不好强迫他当维持会会长了，总能保住他的性命和一家人的安全。

那二爷刚开始自然是十分心痛，舍不得。自己辛辛苦苦创业了几十年，才好不容易积累起这个家业来，难道就如此又毁在他的手里，一切归于零？

他想起当年北京城东四隆福寺后的大富人家那府，堂堂八旗后裔、亲王贵胄，被自己这个才十五六岁的纨绔少年、浪荡公子，在短短一年多的时间里就迅速败耗掉了，还气得父亲那洪熙一命归西。如今眼看历史又要重演，莫非自己就是个薄命人，敛不了财？可婺源首富的天下，又是怎么能打下来的？

小赫哥对他说：“这符合辩证法，符合自然规律。月亮有圆有缺、季节有冷有热、海浪有涨有落，人也有得到有失去、有高潮有低谷、有出生有死亡，三十年河西三十年河东，合久必分分久必合。人生就是一个大圆圈，就是一个循环，赤条条来赤条条去，生不带来死不带去，整个人类的历史也是如此。

"当年你那家的万贯财产若是自己不挥霍掉，后来义和团、八国联军、革命党也会'革'掉你的；现在你的庞大公司若是不散尽，时逢乱世，你也难保住，不是被这帮刁民分去，就是被日本人抢走。你还不如主动破财消灾，求个全身而退，韬光养晦，平平安安，日后有机会东山再起。我看那徽说得很对，他们兄弟几个当中老二真的最像你啊！"

这些话若不是出自小赫哥的口，那二爷一定会非常生气，认为对方是在说风凉话，在嘲讽自己，在幸灾乐祸。但他冷静地想了想，觉得小赫哥说得不无道理，自己也只能按徽儿的建议去做。他赶紧开了一个公司的高层常务会议，执行这个"自毁长城"的计划。那徽曾经做过多年公司的实际总经理，公司的制度很多是他制定的，高层人员也基本上是他任命的，就连日常工作套路风格也深受他的影响，所以执行起来很顺利，也很高效。

不过二爷还是适当保留了部分钱财、粮食、土地和三两个店铺。在将大部分钱物送给几支抗日军队时，他将其大体分为三块：四成给共队，四成给国军，两成给胡啸天的土匪军。

与此同时，在萧江宗宪的家里，关于是否接受维持会会长一职，也是矛盾重重，争议得异常激烈。首先，他给江谦先生发过电报，江先生回复是立场鲜明地反对的，说"宁为玉碎不为瓦全"，就是牺牲自己亦不当汉奸，不能背叛民族，有辱萧江氏先人。一群徽商同人也说坚决不要做。可是这样势必会得罪日本人，将惹来杀身之祸。送命的不是他们，而是萧江宗宪。讨论到此处，他们便无话可说了。

奇怪的是，萧江宗宪的一个手下，绰号"三狗子"的，则力争他接受。

"三狗子"是跟随萧江宗宪多年的一个忠实随从。前几次那二爷与萧江宗宪见面，去江湾也好，去大鄣山也好，"星江大酒楼"设宴也好，都有他在场。二爷不知道他的具体底细，但料想他一定是婺源本地人。对比他与那俞，二爷觉得他俩一样都对主子很忠心，是称职的随从和保镖。也许那俞的功夫更好，可"三狗子"更显朴实，不像那俞有些怪异，令人琢磨不透。

但人总是会变的。他们不知道，"三狗子"的主子萧江宗宪更不知道，其实"三狗子"投靠日本人，其暗中的身份是日本侵华军队的情报员。

原来，"三狗子"的家里很穷，有一个瞎眼的老母亲需要照顾，自己结婚成家也需要一大笔钱。亲日分子便偷偷与他见面，许诺给他丰厚的酬金，让他游说自己的主子萧江宗宪出任维持会会长。他考虑了多日，终于答应了下来。

也不知道萧江宗宪是怎么想的，他最初还是坚决拒绝当维持会会长的，但当"三狗子”不断在他耳朵边描述当上这个会长后这样那样的好处以后，他渐渐地有些动心了。“三狗子”自然不会说跟日本人做事如何如何好，那就是很明显地叛变为狗汉奸了，而是说萧江老板可以借这个机会再次把那云乡打垮，夺回“婺源首富”的金字招牌，以雪二十年之耻。

所以就在亲日分子和日军便衣再度登门，告诉萧江宗宪：“那云乡仍然表示拒绝当维持会会长，却殷切希望您萧江先生担当此重任，并且那云乡已把公司和店铺都关掉，让员工全部回家，将田地、茶山、粮食全部送人。如今婺源的首富已是您萧江先生，您才是婺源十万人民的领袖和希望，您就别再推辞了，这个位置已非您莫属。我们也早认为，您比那云乡更加德高望重、博大精深、根底雄厚、深孚民意，更合适这个职务。”亲日分子和日军便衣还说，他们对那云乡的所作所为非常气愤，认为此人很不配合“皇军”，将要对他不客气，狠狠惩罚他。

萧江宗宪听说那二爷竟舍得忍痛散尽家产，宁可不要首富的名分，而将这“烫手的山芋”推给自己，心里也暗暗佩服他的爱国豪情和民族气节。他仿佛在心里考虑了一刻，咬了咬牙，像是要豁出去似的，斩钉截铁、简捷有力地说：“好吧，我接受!”

当那二爷听说萧江宗宪竟答应了日本人的要求，真的准备出任维持会会长之职时，一方面为自己心中悬着的那块石头终于落了地而高兴，但另一方面又为萧江宗宪捏了把汗，十分忐忑。

他与萧江宗宪认识了三十多年，既是忘年交、好朋友，又是生意场上的对手，恩恩怨怨三言两语道不尽。但他对萧江宗宪应该说还是很了解、也很理解的，这人也许有这样那样一些小缺点，却还是一个顶天立地、光明磊落的男子汉，他绝不会当可耻的汉奸、背叛自己民族的。

可他为什么终于答应了日本人，要当这个维持会会长呢？他是出于什么样的考虑？是利益的驱使吗？他应该看不上；还是害怕日本人戕害？他也没这么胆小。他肯定有别的什么想法。但究竟是什么想法，那二爷一时还猜不出来。

这时，紫阳街上的亲日分子、日军便衣、被收罗的汉奸越来越多。同时进步青年、中共地下党人员、游击队便衣、国民党便衣也越来越多。两种势力都越来越活跃，频繁走动，所以市面越来越不太平、安定，时常有暗杀、爆炸、暴动、流血冲突等事件发生。

那二爷把家产散尽以后，成了普通百姓，整天把自己关在内院里，大门不出、二门不迈，以避免无谓的祸殃，只与岳父朱子安老先生、大姐夫吴翱和一直隐藏在那家的大宅院中的唐申秋县长以及小赫哥、那云武、那俞等人在一起读书，下棋，弹琴，喝茶，饮酒，写书法，品金石，聊文史，仿佛是两耳不闻窗外事，逍遥自在过日子。

朱子安夫妇、那二爷夫妇还可以成天与胡啸天、那紫的宝贝儿子小山魁在一起逗玩，含饴弄孙，老少搭配，安享晚年。

只有那云武、那俞他们两人偶尔出去走走，探听一下风声，了解一下动态。

一墙之隔，外面是乱哄哄、闹糟糟的世界，里面却分外安静、平和、悠然。偌大的一个那府，本来就是一个规模可观、自给自足的独立世界。二爷本人的心态也放松多了，再也不像前些天那么惶恐不安。身外之物全扔了，一切从零开始，就像那家母子仨当初刚来到婺源时一样，一个普通的教书匠、一个清贫的读书人之家，还有什么放不下的呢？

那天清早，二姐夫汪兆宏冒着风险赶过来了，女佣杨妈给他开了前院的偏门。他一走进内院厅堂，一边脱外套、卸武器，一边大嚷道：“呵呵，通天下兵荒马乱、鸡犬不宁的，就你们这深宅大院、高楼厚墙里是世外桃源、太平盛世啊！真让人羡慕。干脆我也搬过来与你们做伴得了。”

二爷迎上去说：“这怎么可能？‘华北虽大，已容不下一张读书的桌子了。’婺源和紫阳这么小，弹丸之地，危如累卵，咱们更没法安身立命了。这不过是一时的苟且、虚无的假象罢了。今天是哪股风把您大驾给吹来了？”

汪兆宏显然很激动惊奇：“你们大家想必都知道了，萧江宗宪已经同意出任婺源县维持会会长，等会十点半有他的就职演讲，就要在唐县长您的县衙前的广场上公开举行。我刚才从旁边经过，如今广场上便已聚集很多人了。我实在是搞不清，他萧江宗宪怎么就同意了呢？他真的愿意当汉奸，为东洋人卖命吗？”

汪兆宏的这段开场白，就像点燃了一把大火，在场的众人已经压抑了多日，装满了一肚子想要说的话，于是都各抒己见，议论纷纷起来，十分热烈。

那二爷开玩笑说：“这就是二姐夫你的不是了。之前要你当，你不当；现在人家当了，你又不甘心。莫非你是为丢掉了这个堂堂婺源县维持会会长的金交椅而感到遗憾吗？那你自己为什么不当呢？日本人也找过你的啊！你哪怕当个副会长也好啊！”

汪兆宏顿时大为生气：“那二你怎么这样说话？鬼才想当呢！大概是你自己想当而没当上，所以才感到遗憾吧！我只不过对萧江宗宪最终还是向日本人屈服了，很不理解罢了。”

那二爷笑了笑，说：“二姐夫莫生气，我不过是同你开个玩笑。但问题是这个会长总得有人当啊！你不当，我也不当，那他萧江宗宪只好当啰。人家挺身而出，冒大风险，给咱们当挡箭牌、替死鬼——哎哟，不好，咱犯口业了，咱们应该感谢他还来不及呢！”

汪兆宏冷笑道：“他萧江宗宪哪有这样的好心？他不过是想借助日本人撑腰，把‘婺源首富’的桂冠抢回去，恢复其昔日的容光呢！”

那二爷笑道：“他还需要抢吗？他已经是‘婺源首富’了。”

在场的诸位，大多数人，包括那母邢氏、那二爷岳母朱汪氏、朱碧玉、汪兆宏、吴翱、小赫哥、那云武、那俞等人，都认为萧江宗宪是为了一己之私利，为了夺回“婺源首富”的地位，甘愿叛变国家，做日本的走狗汉奸。只有二爷、朱子安、唐申秋三人表示怀疑，可是他们也说不出个所以然来，而且各自的分析和猜测也不一样。

比如二爷无意中说出口的，萧江宗宪是为他与汪兆宏等人当替死鬼，挺身而出，牺牲自我，这是谁都没法相信的。可二爷内心里的想法，却很奇怪地越来越往这个方向靠了。

到十点钟以后，那二爷让那云武、那俞两人化好装、带上枪，去萧江宗宪的“就职演讲”现场看看情况，并吩咐他们小心点，其他人在家里等消息。

才过了一会儿，那武爷就一个人跑回来了，说：“唉，无聊，没什么意思。这萧江宗宪甘当汉奸，不得人心，就连他那一群徽商朋友都没来几个，显然是对他有意见。来的寥寥几人坐在台下第一排，大概是被迫拉来的，也朝他撇嘴乜眼，没什么好脸色、好态度。在场的百姓也是一个个在台下暗暗对他指指点点，低声地骂‘日本狗’‘坏汉奸’‘臭奴才’。本来是安排他演讲的，可他好像并不愿意讲，就草草搞了个‘授证仪式’，准备马上收场了……”

那云武的话还没说完，就听见一阵并不十分响亮但还能听得见的枪声，从会场那边的方向传来。大家面面相觑，心想：“还是出事了。”

再过了一会儿，枪声渐渐停住了。没多久后，那俞也气喘吁吁、满脸大汗地跑了回来，说：“刚才好险啊，真刀真枪地干，就像是战场前线一样。我都差点挨了枪子儿，回不来了。嘿嘿!”他说得那么可怕，但自己脸上又笑呵呵的。

武爷赶紧问道：“这到底是怎么回事？你说呀!”

就在萧江宗宪手拿由大日本天皇和日本中国派遣军司令部亲笔签名授予他的“婺源县维持会会长”证书，朝台下的观众亮相，接受拍照时，突然观众席中有几个人站了起来，朝着他和台上几人开枪射击。“三狗子”本来站在台下，便马上朝他们回击；并迅速冲上台去，护住了萧江宗宪。顿时会场乱成一锅粥，大家哭爹叫娘，乱喊乱叫，四散逃窜。也有人被乱枪射中的，有人被踩倒在地的。

萧江宗宪因为有“三狗子”等人帮他挡住了枪，没有挨着。可“三狗子”本人中了一枪，好在只是打中手腕，不是致命的，但也马上鲜血直流，洒在台上。

我赶紧躲到一个高处往下看，见“三狗子”他们护着萧江宗宪，边打边撤，躲进了自己的车里，迅速开车跑了。几个暗杀者也各自散开，趁伪警察未赶来之前，逃离了现场。

“就在这时，不知是谁朝我这边开了一枪，‘呼啸’一声从我头皮边掠过，好险啊，只差一点儿我就丧命了。我吓出了一头的冷汗，赶紧拿出枪来护卫自己，跳到人家小屋顶上逃走了。广场地上是几个被无辜打伤、踩伤的平民，还有被踩烂的相机和凳子、丢掉的衣服和鞋子之类……”

不用说了，大家又热烈讨论、评价起来。

那二爷深深瞧了那俞一眼，洞若观火，心想：“你肯定没说真话，你是起先就朝人家开枪了。不管你是朝谁开枪，也不管你是凑热闹还是别有意图，反正你是先开的枪，否则人家怎么会冲着你来?”却也没说破他。

再过了一会儿，有人来那府送请柬，据说他们还分头去给汪兆宏、吴翱、朱子安等人送了请柬。原来是萧江宗宪又在“星江大酒楼”摆下酒宴，恭请他们参加。其实他明知道他们不会去，也要来这番“客套”。那二爷暗自冷笑，忖道：“出了这么大的事，亏你还好意思办酒宴！哪怕什么山珍海味、美酒佳肴，你吃得下去吗?”

眼见日本鬼子即将打到家门口了，婺源人民心急如焚。1938 年，也就是中华民国二十七年农历戊寅年的春节，也过得很不痛快。就连鞭炮、烟花也不如往年放得多，有些人家干脆连春联都省得贴了。

相反，倒是那二爷一家这个年却过得难得的安生。从小年、除夕、正月初一到元宵，都在祥和、热闹中度过。大家相聚一堂，高朋满座，娃儿绕膝，欢声笑语不断。

婺源乡绅系列

NA ER YE DE ZHAN ZHENG

那二爷的战争

第十一章　晴天霹雳

1938年5月的一天，那云乡与萧江宗宪均收到大儒江谦从江苏和上海敌占区发来的最新战报，说日军大部队南线已行进到上饶附近，也可能有其一支队到了怀玉山下，甚至到了德兴和婺源的南部，让他们时刻注意，做好应敌的准备。

那二爷特意看了看江谦先生信中提到的驻上饶敌军的番号——大日本皇军“第××军”，突然觉得这个数字有些熟悉，好像在哪里见过。他想了想：“敢莫这竟是京儿所在部队的番号?”赶紧走进卧室，翻箱倒柜，把那京几年前写的家信找出来一对照，果然没错！

天啦，难道那京随着日军，从东北、华北打到华东的家乡来了？远渡重洋、负笈扶桑、误入虎口、脱不了身的那京，竟然是以此种方式总算回到了故乡！

他想，若果真如此，那就很戏剧化了，阴错阳差，一家人都在如此奇特、惊险的场合聚头了：作为父母的他与朱碧玉，是在中间的婺源县城紫阳；而在紫阳北边，呈“品”字行，依次排开，正北是老二那徽和萧江承英的新四军游击队，东北是老三那源的正规国民党军，西北是老幺那紫和胡啸天的土匪帮——他们现在已联起手来，配合作战，属于正义的一方；而在紫阳南边，怀玉山下、乐安江畔，是老大那京的日本侵略者——他们属于反面的一方。四兄妹刚好把老两口紧紧包围起来。

“呵呵，这还真有意思呢！——但真的是有意思吗？让人哭笑不得，还危机重重呢！全家人，父母子女、兄弟姐妹、敌我双方、中日两军，如此狭路相逢，火并在一起，不是你死就是我亡，这不是前世作孽、命运造化吗?”那二爷在家里捶胸顿足地喊道。他又坐不住了。

为证实自己的判断，或者说更为否定自己的猜想，那二爷便安排那武爷、那俞分头带人往南而去，渡过乐安江、翻越怀玉山、穿行浙赣线，搜索日军的所在，寻找那京的下落。

那武爷与那俞等人花了几天几夜，冒着生命危险，四处打探，在上饶附近找到了一个日本驻军，果然就是那京所在的部队。好在那俞懂日语，他让武爷先藏起来，独自走进军营，才询问了几个士兵和军官之后，倒还真的寻到了那京。

那京没想到，能在这样一个场合、这样一个时刻碰到那俞，心情激动是不用说了。自他离开家去日本留学，都有十五年了，那时那俞才从上海来到那家一两年，还是个爱流鼻涕的小孩子，现在却成了胡子拉碴的大男人。而自己也是早已人到中年，老气横秋了。

那京问那俞是怎么找到自己的，那俞自然又说他曾经跟其养母赛金花学过日语。可光会说日语，也不见得就给他进军营啊，那京表示奇怪。那俞就说："我给士官们撒了个谎，说自己是日本驻上海总领事片山清源的秘书，近日刚巧在上饶办事，有一份紧急的中文资料需要马上翻译成日文，发电报回日本，就来驻军找翻译官，有人介绍了你。"

那京没再追问下去。那俞把他带到营房外的一个小茶楼里，与那武爷见面，他在外面放哨。叔侄俩分外感慨，几乎抱头大哭起来。男子汉感情深沉，总算是控制住了。

武爷告诉那京："你祖母与上海的二舅公，去年冬天已相继辞世。你父亲、你母亲的身体都还好，就是想你，想你的女儿小日华。你既然都已经到家门口了，那就回去一躺，看看你父母吧。"

那京说："这不可能！军人以服从命令为天职，现在正是战争特殊时期，我是不能擅自离开军营的。要是不辞而别，那军部就会为难我在日本的家人，我的妻子和女儿难保不被他们杀害。我给父母他俩老人家写封短信吧，麻烦您给带回去。"

武爷想想，觉得那京说得也是，就不再强迫他了。

那京又说："日军主要是驻扎在浙赣铁路沿线的一些大城市里，如上饶、鹰潭、抚州、南昌等。至于婺源、德兴、景德镇、休宁、歙县那样一些小县城，位置偏僻，交通不便，而且山高路险，大部队是不会去的了。毕竟日军人数有限，而中国面积太大，他们不可能把所有地方都占领，只能占领一些大城市。小地方沦陷对他们没多大好处，倒还有不少弊端。不过也不排除他们会派小分队前往骚扰，特别是他们会派飞机前往轰炸县城的房屋、街道，还有桥梁、公路、铁路、矿山、古迹什么的，所以你们还是要保持警惕，做好准备。"

武爷点了点头。

那京还说："我所在部队可能还会在上饶这里驻留一段时间。家里若有什么事，你们就让那俞来找我。这小子懂日语，人又机灵，我听说他还跟你学过拳脚、枪法，本领一定还不错。您就别亲自来了，一则危险，二则辛苦。我不能在外面滞留太久，我给父母写封信后，马上就得回军营。”他匆匆写了几句，就同武爷、那俞告辞走了。

当天半夜，武爷、那俞等人赶回了婺源。那二爷和朱碧玉听说他们真的见着了那京，自然是激动难禁，朱碧玉更是哭了起来，“哎，真是作孽啊，我苦命的儿！”

然后他们一起看那京的信：

“父母亲大人安好：别后十五载，儿子无一日不思念两老，曾无数次梦里相见，醒来时泪水打湿枕头。所幸儿子现一切尚佳，请两老万勿挂念，以免伤了身子。儿子唯一所盼，是两老身体健康，长寿百年，全家和美，安享天伦。儿子过去不听你俩劝告，误入歧途，一意孤行，尔致今日。然而悔已晚，只能一条道走到黑，纵使砍一百个头亦难弥补万一。今身不由己，妻儿家小皆操控在人家手上，故无法回家，但求体谅。身披汉贼外衣，替倭寇效劳，助纣为虐，实无颜以见江东父老。眼下战事吃紧，兵燹凶猛，万请关注动态，保证安全。你俩若想见小日华，待日后战事完毕，天下太平，我便让合子将她送过来，或我自己返日本带她回国亦可。”

他们一边看一边老泪纵横，低声呜咽，泪水模糊了信笺的一角。

二十八

据《婺源县志》和《上饶市志》的记载：

1937—1945 八年抗战期间，江西省上饶地区下属的十几个县里，除了婺源和德兴是唯有的两个日军没有大批入侵的边远山区县以外，其他地方都遭到了倭寇铁蹄的践踏，烧杀抢奸，无恶不作。共有一万余名无辜民众惨死在日军残忍的屠刀之下，其中也包括婺源县军民被杀害、炸死和奸淫而亡者二百一十一人。

日军除了派地面部队直接侵占了上饶市区以外，还用飞机对上饶下辖各地进行轮番轰炸。就连边远山区婺源，日军的飞机也并不放过，甚至作为重点投弹区，先后四次入侵婺源领空，实施惨绝人寰的大轰炸，造成巨大的人员、房屋、财产损失。

婺源尽管没有遭到大批日军的入侵和沦陷，但在整个上饶地区，其经济损失之大却仅次于上饶市，而远远高于别的沦陷县份。这是为何呢？一则，日机轰炸次数、投弹数量很多，破坏十分严重；再则也说明，婺源作为昔日徽州六县之一，尽管是边远山区，但经济状况比上饶其他县份都要好。

敌人来得真快啊！就在上次那云武、那俞见了那京回家才没多久，那二爷清清楚楚记得那是戊寅虎年（1938 年）四月十三日上午，日机第一次轰炸紫阳古城，仿佛是一次晴天霹雳，他的夫人朱碧玉就遇难了。

当时正是江南梅雨季节，此前已下了好几日绵绵细雨，天空昏暗、地面潮湿。那天刚好雨过天晴，天气煦暖，外面风和日丽、百花盛开、美景无限。憋闷在家里多日的人们，正准备出去赏赏风光、散散心、走动走动，没想到敌机就来了。

当时大约有十几架日寇的军机，“嗡嗡嗡”地像一群大黄蜂在鸣叫，飞在天上就像黑压压的许多只大乌鸦，遮天蔽日，张牙舞爪，簇拥而来。可大家刚开始发现时，还觉得挺稀奇有趣，因为从来没有见过，所以根本就没有意识到危险性，也不知道躲避与藏匿。不少人还走出房门来，抬起头观望，就像是在欣赏一幅动态的巨画，还开心地指点、议论不已。

然而，就在这时，这些日机掉头一个俯冲，放慢了速度，降低了高度，就像擦着屋顶掠过似的那么又矮又近，突然露出狰狞的面目，打开了底舱门，不断抛下一枚枚巨大的黑色炮弹，就像一个个魔鬼突然凭空降下。

迅速地，诸多炮弹在各地坠落爆炸，接二连三发出震天的猛烈响声，腾起浓重的烟雾，把整个古城罩住，大白天顿时变得像黑夜一般。不少房屋被摧毁，坍塌，古木被拦腰切断，倒下。街道上被炸出一个个大坑，路面稀巴烂；店铺、小摊、货物、招牌、广告、人力车全被炸得粉碎，撒得满大街都是。有些地方马上燃烧起来，大火弥漫，火光冲天。

有些人不幸被炮弹打中，或当场死亡或身受重伤，顿时皮开肉绽、血流成河，哭爹叫娘、东奔西跑。牛、马、猪、狗、鸡……全都乱了套，惊慌失措地窜到外面来，发出凄厉的叫声。这一幕真是惊天动地，十分混乱，悲惨不堪，仿佛人间地狱。

此刻，那二爷与朱碧玉老两口趁着天气转好，正准备带着小外孙山魁出门玩。而朱子安、朱汪氏夫妇年老体弱，就不出去折腾了。那俞早已把车子开到大门外，坐在驾驶室里静静等着他们。朱碧玉刚开始在卧室里精心盥洗打扮，老半天不出来，二爷等得都有些不耐烦了。他常揶揄地说她是“老来俏”“老妖精”，都五十多岁的老太婆了，还这么爱臭美。

不过也还别说，在紫阳老街朱家四姐妹当中，朱碧玉虽然并不是最漂亮的，却耐看也耐老，这些年家境丰殷，她保养甚好、心情甚佳，又爱打扮、会打扮，而且本来就是姐妹中最小的，所以反倒她显得最年轻、好看。论年纪都五十好几快六十了，可看那容貌，就跟才四十出头的少妇似的。用一句俗话形容，还真是“徐娘半老，风韵犹存”。

就在日机通过紫阳上空，投掷炸弹的那一刻，朱碧玉恰好梳妆、穿戴完毕，正准备走出内院。也就在她前脚刚刚迈出内、外院之间的那个圆月形门洞时，就在这个瞬间，站在离她不到三十米远的外院庭堂中央、正在等候着她的那二爷，眼睁睁地看到一枚燃气瓶大的圆柱状炸弹突然降落，不偏不倚，在朱碧玉的身边爆炸开来，响声震耳欲聋，烟火腾空而起，四周顿时被破坏得完全变了样，墙毁门碎、柱断树倒，一片废墟。

那家大宅，无论面积规模、豪华程度，在紫阳古城都是首屈一指的。所以日机曾前后四次轰炸紫阳，那家大宅都是重点对象。第一次投掷了两枚炸弹，一枚在内、外院之间，一枚在大门附近；后面三次也一共投掷了五枚炸弹，把那家大宅几乎彻底摧毁，房屋、池塘、庭院、物品损失殆尽。后来他们只好搬到原来的朱子安先生家，即朱熹老屋后面的紫阳学校里，倒是安全了。

但令人诧异的是，日机四次来袭，竟从未对朱熹老屋和紫阳学校实施过轰炸。不过他们当时并不知道，所以每次日机来袭都是赶紧外逃的。

那二爷在不远处惊恐地瞅着，自己老伴朱碧玉如何发出一声短促、凄惨的痛苦尖叫，当即被强大的气浪抛向空中数米，然后又被重重地扔到了地上。而她手里那只精致的小提包，早已脱手而出，被摔得远远的了。

二爷赶紧把自己的手杖丢在一边，冲了过去。只见朱碧玉躺在地上的血泊里，她的脸上、身上已被炮灰染得乌黑，头发乱蓬蓬的，外衣多处被扯烂，头部、胸部、腿部等处都被破碎的弹片所击中，伤口汩汩地往外冒血，血肉模糊。她全身痉挛，双眼闭得只留一条缝，痛苦地低声呻吟着，只剩最后一息。看来受伤太重，很快就要不行了。

二爷一屁股跌坐下来，把朱碧玉抱在怀里，号啕大哭，双泪直淌，一边给她擦拭脸上、身上的炮灰，给她整理头发、衣服，给她捂伤口、堵流血，一边声嘶力竭地喊道："阿玉啊阿玉，是我害了你啊！这一切都怪我啊，我才是罪魁祸首啊！你快睁开眼睛啊，你醒过来啊，我是你云乡啊！我不该催你走，不该叫你出来，不该让你单独在屋里，不该傻愣在这儿，没有马上扑过去把你推开啊！快来人啦，俞儿、老吴、杨妈、周妈，快来救救她呀！"

回忆起朱碧玉这么多年来对自己悉心的照顾，给自己生了这么多孩子，在事业上对自己莫大的帮助和支持，以及两人的恩爱缱绻，曾经那美好、甜蜜的点点滴滴、一幕幕，那二爷更加痛不欲生、追悔莫及，他不断地用拳头狠狠捶打自己的胸膛、脑袋。

那俞所在的那家大门外，也被日机投下了一个炸弹。好在他人机灵，迅速闪到了几米开外的街对面。而二爷的那辆“宝马”名车，刹那间被炸得粉身碎骨，完全报废，十来万块大洋是损失了。炸弹还把大木门炸掉了一大片，露出一个大窟窿；街面上也被炸了一个大洞，不少砖头破烂或粉碎。门楣上与两旁的红灯笼、照妖镜、门墩、石狮、下马石也都被炸飞。一根柱子被炸歪，稍微碰一碰就可能垮掉。

那俞正想再仔细看看，突然听到府院里也有轰炸声，接着还有养父的呼喊，知道出事了，就再也不顾这些了，狂跑进门。几个在家的佣人，亦都已从屋内冲到院子外，立在台阶上，惊恐地待着。面对这一幕，大家一时都傻眼了，不知该怎么办。然后几个女佣开始掩面啜泣，失声痛哭，那俞也热泪盈眶，十分难过。

不过，那俞是非常冷静和理智的人，他强忍悲伤，与一个佣人把养母抬进大厅里的长躺椅上，盖好毯子。又指挥他们分头给养母轻柔地洗脸、梳头、掸灰、换衣、止血，安慰和看护养父，处理两个被炸毁的现场，驱走前来围观的外人。自己则开着另一辆车，去找医生。他们在婺源县西医院认识一个德国的大夫劳理士，是白德礼神甫从山东介绍过来的。

医院里此刻已满是受伤的人，或躺在地上呻吟叫喊、谩骂日寇，或瘸着腿、瞎了眼，身上都是殷红的鲜血。据事后统计，日机第一次轰炸婺源，死者达一百余人，伤者更有近千人，是死亡、受伤人数最多的一次，因为大家还未做好准备。就连医院也遭扔了一个炸弹，建筑和施舍受到了一些破坏。几个医生、护士忙进忙出，素未停歇过一刻。

劳理士自然是最忙的了，他身为副院长，又是外科主治大夫，但因为与那二爷、白德礼是好朋友，平时没少得到二爷的关照，且又听说二爷夫人情况紧急，就把工作对几个手下交代了一下，立即跟着那俞的车过那家来了。

可是当他们回到那家时，朱碧玉早已停止了呼吸，永远闭上了双眼，全身僵硬、冰冷，连一句话也没留下。劳理士检查了一下，摊开两手，眼里写满沮丧和歉疚，用夹生的中国话说："现在就是上帝在场，他也无能为力了。"那二爷已经恢复理智，静静地坐在朱碧玉身边，用深情的目光定定地看着她的脸，两个人的双手紧握着——尽管她的手早已经凉了。劳理士向大家告辞，那俞仍把他送回了医院。

在此后的一个时辰里，那云武与李桃花一对儿、朱子安与朱汪氏夫妇、吴翱与朱碧云夫妇、汪兆宏与朱碧雪夫妇、木匠姐夫与朱碧卉夫妇……亲人们都闻讯赶来了，不少人还是那俞开车去通知他们并接他们来的，以及住在那家的小赫哥、唐申秋等人，也都围在朱碧玉的床前。女眷们都哭成一团，哭得歇斯底里。男人们则静默而立，表示悼念。

接着一两天，在阴沉如晦的梅雨天气里，武爷又与那俞等人分头去南边的城里、北边的山里，把那京、那徽与萧江承英夫妇、那源、那紫与胡啸天夫妇四兄妹接了回来。

其中，只有那俞去上饶接那京，颇费了一番周折。当时他仍是以大日本国驻上海总领事片山清源秘书的身份去请见那京的。刚开始那京当然是非常悲伤、气愤、痛苦，但究竟回不回去见母亲最后一面呢？他艰难纠结了很久。因为一旦他违抗军纪、擅离军营，那不但自己可能会被军法处决，还将连累在东京的妻儿。

可是，终于，想最后见一见阔别多年的家乡，见一见可怜死去的老母亲，还有老父亲、外祖父、外祖母、三个弟弟和妹妹的强烈念头占了绝对上风，那京毅然决定回家去一趟。他让那俞在营房外面等自己片刻，给上司留了个小纸条，只说出去给片山清源先生的秘书翻译一份文件，很快便返回营地。然后稍事乔装，跟着那俞往外走，在营门旁出示了一份"特别通行证"，就被放行了。

两人冒着滂沱大雨、猛烈寒风，死命奔跑，找到那俞停在上饶郊区一僻静地点的汽车，不到两个钟头就赶回了紫阳那家。

除了已先后死去的祖母、母亲，全家人都在，还有萧江承英、李桃花、胡山魁、唐申秋等。大家彼此打了简单的招呼，点头示意后，那京赶快去瞻仰母亲的遗容。面对她，那京羞愧不已，欲哭无泪，心里燃烧起对日本人的极度愤恨。

而且那京还不能待得太久。在朝母亲遗体行了三跪九拜之礼、燃烛敬香、诵经默哀，跟大家一一道过别之后，来去匆匆的他，又风雨兼程地要赶回日军营地。大家知道他身不由己，处境危险，特别是担心这样祸及其东京的家庭，故尽管很舍不得，却也不好再挽留和阻拦他，只得强忍泪水，眼巴巴地目送他而去。那生离死别的场景，令在场者无不肝肠寸断。

回去的路上，那京改让武叔、徽弟、源弟陪自己，四人在汽车里交谈了很多关于同日寇作战的经验、战术、计划。那京还向他们透露了自己所在部队的官兵人数、武器装备、驻扎地点、行军安排等军事情报。又把自己东京家的地址、电话抄给了他们，有什么事就同他的妻子相良合子联系。

那云武等人以为那京这只是随便说说，哪知道他已下了死的决心，在做临终留言呢！

当那京独自下车，悄悄摸回军营宿舍时，这次倒是连魔鬼也发慈悲了，上司并没有责怪、更没有惩罚他，只是要求他绝对下不为例。而另一方面，日军还缺他不可，他对他们尚有利用价值，所以也暂时不会为难他的。

又过了数日，那二爷心里总觉得不踏实，对那京那天的神情、言谈、举止很不放心，连晚上睡觉也不安稳，在朱碧玉装殓下葬、入土为安，那徽、那源、那紫等人也归了各自的部队以后，让那俞和云武再去一趟上饶的那京驻军之地。

他们俩潜入日本军营，私下向守兵打听了一下。果然，内心早已决绝、对人世毫无留恋的那京，就在那天从家里回到驻军的深夜里，在自己宿舍开枪自杀了。

那京不愿意担上助纣为虐的罪名，戴着“汉奸”的帽子，继续为侵略自己祖国和家园的强盗、仇敌们服务。但他又没有别的办法，身在敌营的他只有死路一条。他知道，他只能这样做，才既可稍稍弥补自己心中的愧疚，也让东京的妻儿不至于受到牵连。

由于那京没有一字半语留下，也找不到一丁点儿与他自杀有关的证据，日本上饶驻军大佐便无从知道他为什么突然要如此做，但也排除了他杀的可能性。后来他们打电话给日本国内的军部汇报此事，军部派人到那京原来工作的律师事务所、毕业的早稻田大学查找其履历表、学籍册，才知道他的故乡就在上饶附近。军部猜想那京一定是见故乡遭此战祸，实在无奈，故而自绝人寰。不过既然他人已死，他们也就不再追究下去了。

日军当时就命人把那京的尸体抬了出去，十分随意、简单地埋在军营背后的野山头上，再另外想办法找寻新的随军翻译。那武爷和那俞买通了几个兵士，在得知埋葬那京的地方之后，于半夜偷偷上山将其尸体挖出，带回了婺源。

朱子安老先生看到那京的尸体，白发人送黑发人，痛失爱女和外孙的他，跟大家一样十分伤心。他义愤填膺地说：“我中华上下五千年泱泱文明，素未见过有像日本人这样残暴无道、忘恩负义之徒！连老孺妇幼之属、手无寸铁之辈都不放过。他们本来也算是我黄炎后裔了，却在自己的祖籍地如此飞扬跋扈、横行霸道。‘子系中山狼，得志便猖狂。’真是蛇蝎心肠，禽兽不如！”

那二爷在短短的数日里，即接连失去了两位至亲——爱妻、长子。与其说他非常痛苦，不如说更加愤怒。这个一直难免看重个人经济利益，自私世故，对国家、民族、政治、战争素不关心的大商贾，在痛失几个亲人之后，终于把民族大义置于第一位了，第一次喊出了“我要抗日，打小鬼子，把东洋狗强盗速速消灭”的高亢之音。

此外，直到七年之后抗战结束，那二爷才有机会派人前往日本，根据那京所留下的地址、电话，按图索骥，找到了他的日本妻子相良合子和女儿那日华，并将日华接回了中国。

二十九

1938年7月的一天，日军的一个团，约几百号人越过怀玉山，到达乐安江南岸，与婺源仅一水之隔。由于这一带地形复杂、山高路险，且雾厚雨多、毒瘴气重，他们不熟情况，行军困难，又水土不服，所以不敢再全团挺进，只好就地驻扎休整，仅派出小分队到处骚扰和探路。

几天之后，其中一个小分队的十来个人，领头的是猿度夕少尉。他们就像瞎子摸象、误打误撞，竟渡过了乐安江，进入婺源县境，还闯入了县城紫阳镇。

日军刚到城南门外，一群亲日分子便闻讯赶去迎接，夹道欢迎“皇军”“太君”，彩旗猎猎，锣鼓喧天。城里百姓都躲藏了起来，大门禁闭，店铺也都关了，老街显得非常冷清。

不知是何缘故，婺源县维持会会长萧江宗宪已称病卧床，闭门不出。他的随从“三狗子”瞒着他独自前往，当了鬼子的向导。他们先到“星江大酒店”好吃好喝了一顿，酒足饭饱之后，猿度夕提出“花姑娘的干活”，“三狗子”等人就带着他们直奔妓院“翠月楼”而去。

那段时间里，那武爷和李桃花姑娘已同居在一起，朝夕相处，日夜欢合，恩爱甜蜜，桃花有了两个月身孕。自从两年前与武爷正式相好以后，桃花就不再接客了。但由于他们还没结婚，武爷还没有自己单独的住房，所以桃花仍然一直住在“翠月楼”里，鸨母也对她特别照顾。那二爷早就准备给他俩购置一套宅院，并操办婚事的，无奈日本人打了过来，家中连续发生变故，这事儿便耽搁了。

当这伙日本兵兽欲高涨、气势汹汹地冲进“翠月楼”时，不巧那云武刚刚有事离开了。妓院本已关门，院里的姑娘们大都躲到别的地方去了，只有鸨母、桃花等少数几人在。桃花虽然肚子还没显，但已有妊娠反应，感觉身体不大舒服，不想走动。再说武爷说了，办完事后马上会赶来接她去那家，所以就暂时还滞留在“翠月楼”。

“三狗子”领着日本兵们，把紧闭的“翠月楼”大门强行撞开，把迎上来的满脸惊恐的鸨母一把推倒在地，便“蹬蹬蹬”地上了楼，怀着一脸的淫笑，一个个房间搜过去。一旦他们找到姑娘，就不管对方如何挣扎抗拒、哭喊叫骂，只顾嘻嘻哈哈地笑着，一副狰狞的面孔，蛮横地将她们按倒在床上或凳椅里，性急地解开皮带，脱掉裤子，肆意蹂躏，兽性大发。甚至三两人协作行动，一起下手。就连已有五十多岁但仍颇有几分姿色的鸨母，他们都不放过，也将她强奸了。

当“三狗子”领着猿度夕少尉冲进李桃花的房门时，他心里暗暗在叫苦不迭。他知道这个“紫阳一枝花”是那云武的人，那家尽管与他的主子萧江宗宪有宿怨，可他也不敢轻易得罪他们，只能暗中捣捣鬼。他以为李桃花既然已经与那云武成了一对，那早就该被那家赎身，从良了嘛，没想到还在这里。如今尽管有日本人为他撑腰，是太君自己要干，可毕竟是他带的队，将来一旦那家知道了，他可吃罪不起，死路一条。可事到如今他也没有什么办法。

李桃花在日本人闯进“翠月楼”院里时还没听到，因为鬼子们来得太快。直到“三狗子”陪同猿度夕一脚踢开她的房门，她才顿时惊醒，脸如纸白，愣立床沿，但此刻想逃也来不及了。她很是懊悔不早先离开，下意识地将枕头边一把用于针线活的剪刀操在手里。

猿度夕一眼看到李桃花，她那红艳如桃李、白嫩若凝脂的面庞，妩媚似春色、清澈像秋水的双眸，那花色精美、匀称合身的旗袍，以及整洁雅致、香气扑鼻的闺房，马上睁圆眼睛，瞳孔放大，兴奋地叫道：“花姑娘，好看!”口水都溢出嘴角了。

他就像一个饿了多日的人突然看到一块肥肉似的，连军服军帽也没脱，手枪皮带也没卸，当即猛扑过去，将桃花姑娘压在被子上。“三狗子”识趣地蹑手蹑脚退出房门，将门轻轻掩上，自己则站在不远处守卫、窃听。

李桃花一时根本不懂得该怎么反抗。第一次遇到这种场合，她刚开始有些心慌意乱、手足失措，身子不听使唤，好像不是她的身子似的。她觉得手心发凉、手指发软，剪刀也掉在了一边，而两行眼泪已不由自主地流淌在脸颊旁。她只任猿度夕在自己身上忙乱，解她的扣子，扯她的衣服。

直到猿度夕已经入港，快活无比、全神贯注地对李桃花发泄兽欲时，桃花姑娘在撕心裂肺的疼痛中再次醒悟。这时她倒镇定了，不再慌张和麻木。她想把猿度夕从自己身上推走，可推不动。想阻止猿度夕继续肆虐，可双手过不去。她随意摸索着，很快就把那把剪刀找到并拿了起来，她咬咬牙、狠狠心，就用剪刀在猿度夕身上到处用力乱戳乱扎。

猿度夕痛得连叫了几声“哎哟”，脸上一阵扭曲和痉挛，被李桃花所戳的背、腰、臀、腿几个地方开始往外冒血。他立刻从桃花身上闪开，站了起来，骂了一句“八嘎”，抽出腰间的“王八盒子”手枪，朝着桃花连开了几枪。桃花姑娘挣扎了几下就再也不动了，鲜血流得满床都是。

“三狗子”听到枪声，马上把门撞开了。面对这一幕，他十分惊愕和害怕。只见猿度夕把“王八盒子”插回枪盒，揉捏着被李桃花戳痛的几处伤口，脸上是怏怏不快和气愤不已的表情，口里骂道：“这个……花姑娘……很坏！……死啦死啦的！”

他们不再理会已死在床上的李桃花。“三狗子”带着猿度夕，出门又去找别的姑娘了。

就在这时，已办完事的那武爷与那俞，正走在赶回“翠月楼”的路上。他俩听到了枪声，又看到了被撞坏、洞开的大门，武爷说：“不好，鬼子进去了！”同时他俩心里掠过一个念头：“看来桃花出事了！”可谁都不敢说出口。

那武爷顿时头发、汗毛都竖了起来，脸青如铜。他抽出“勃朗宁”手枪，一个箭步，往院里冲了进去。那俞迟疑了半刻，也就比武爷慢了几步，跟着他跑进了“翠月楼”。

十几个鬼子，此时都在几个姑娘的房里一心一意地“忙着”。那武爷先是在内堂里一枪撂倒了一个正在强奸鸨母的鬼子，再给他补射了一枪，看着他真的死去。鸨母满脸歉疚，正想说话，武爷却已跨出内堂，走上楼梯。那俞还是犹豫不决似的，在外厅里徘徊。

当那武爷在楼下内堂里枪击鬼子时，楼上那些鬼子还不大听见，继续专心快活。武爷冲上楼道，一个个房间盘查。他还没走到桃花姑娘的房门口，就看到两个鬼子正在另一间房里同时糟蹋一个姑娘。他一生气，“啪啪”连续几枪，把这两个鬼子都干掉了。

这会其他鬼子终于都听到了，马上停止了手中的“活计”，抢着端起步枪，跑出房来。一时枪声大作，乱成一团。武爷以门为掩护，不时朝敌人射击，又打死了一个。眼见对手如此厉害，日兵们均胆怯不敢靠前，只在远处胡乱放枪。

就在这时，那武爷的“勃朗宁”里没有子弹了。他取出藏在口袋里的一把小铁蒺藜暗器投向鬼子，又放倒了两个。

在那边指挥手下的猿度夕少尉“哈哈”狂笑着，扬了扬手里的“王八盒子”，用日语对兵丁们说：“支那人没有子弹了！冲过去，给我打死他！”剩下的六七个日兵，端着枪，战战兢兢、你推我搡、很不情愿地朝武爷藏身的地方靠近。猿度夕走在最末一个殿后，“叽里呱啦”指手画脚。而“三狗子”早已逃之夭夭，或者不知道躲到什么地方去了。

突然，那武爷大吼了一声，从房里冲出来，闯入敌阵，赤手空拳与鬼子展开近距离打斗。武爷神勇，施展其高超武功，尤其是那“黑虎掏阴功”，重拳快腿、闪避迂回，利爪如电，招招致命，连续打翻和杀死了四五个鬼子，只听得他们凄厉、悲惨的叫声不断。但他自己也被敌人的刺刀刺中了几下，背上还挨了一枪，受伤之后，手脚也渐渐变弱变慢了。

这时，几米开外的猿度夕朝那武爷打了一梭子，几发子弹都击中了他的胸部和腹部，顿时血如喷泉般射了出来。武爷的身子和脑袋重重晃了几晃，脚步一个趔趄，差点摔倒。武爷使劲睁开双眼，作势向他扑去，可才走得两三步，就重重地倒在地上，不多久便断气了。

猿度夕大笑着，用日语嚷道："支那人死啦死啦的！"他，还有两三个没被打翻的、被打翻的也有一两个没死复又站起的，全都往那武爷包围过去。

可就在此刻，原本躲在楼梯拐角、一直在观望和犹豫的那俞，终于下了决心，当他在远处看到武爷被猿度夕打中、血如泉涌、轰然倒地的一幕，顿时血脉贲张、气往上冒，愤怒的子弹一连串地从枪口里射出，将猿度夕等几人当场击毙。

枪里没有子弹了，那俞便将腰间的匕首抓到手里，几个箭步冲向日兵，使出那云武教自己的"黑虎掏阴功"，那手掌和匕首就像凌厉的闪电一样刺向对方下体，招招致命，以掩雷不及迅耳之势，三下五除二，把剩下两个已经受伤的日兵都杀掉了。

那俞情急之下怒吼出来的，竟然也是日语："你们这帮强盗，死啦死啦的！"奄奄一息的猿度夕，听到这些话后十分惊讶，把眼帘死命挤出一条缝，用不敢相信的眼神望着他。那俞当即又给他补了一刀，彻底收拾了他。

那俞扑到那武爷的身上，喊了一声"武叔，我对不起您啊"，然后"呜呜呜"伤心地哭了起来。哭了一会儿，他又跑进桃花姑娘的房里，见她的尸体已经冰冷，淌了一床的血液都凝固了。他把桃花的尸体搬到武爷的身边，让他俩靠在一起，这时他又大哭起来，哭得惊天动地、撕心裂肺的。

鸨母和几个被奸污的姑娘闻讯，见鬼子兵都死了，此刻终于敢走出来了。她们头发凌乱、衣衫不整，面对这惨烈的一幕，她们也都跟着那俞哭了一阵。然后大家找来一辆板车，帮着那俞把那云武、李桃花的尸体抬下楼，装上板车，由那俞拉着他们回那家。而那十几个鬼子兵的尸体，则由她们等到天黑了再另外找人偷偷运出去，选一个僻静的山谷，挖一个大坑，全都埋了。

那俞一个人拉着板车回到那家，全家人见了都哭成一片。那二爷刚刚死了妻子、长子，如今又死了弟弟、桃花姑娘，顿时满心悲怆。他再次发誓："打死这些狗日本！把他们都消灭！都赶走！我要把我的钱都拿出来，去上海、去北京买枪炮、买子弹，送去给徽儿、源儿、啸天他们，叫他们多杀鬼子、杀光鬼子！"

晌午的阳光正烈。毒日头下，那、朱两家人都攥紧了拳头。

第十二章　还我河山

因为正值特殊时期，那家的丧事还不敢大操大办。只好择了一个大清早，悄悄将他们葬在紫阳城边的凤凰山上，与那母、朱碧玉、那京葬在一起。

那云武与李桃花生前没能举办婚事，现在那二爷让他俩的坟墓紧挨着，总算实现了“生不能同寝，死也要同冢”的愿望。

仅有那家、朱家、汪家、吴家二十余人参加了葬礼。大家还不能高声大哭，只能压抑着低声抽噎；更不能放鞭炮、用“三牲”祭奠了。

短短几个月里，凤凰山上就增加了许多座新茔，还有几座是紫阳镇上次日机轰炸中，与朱碧玉同时遇难的居民，但见新土裸然、幡旗招展、纸钱飘飞。

此事过了几天以后，日军团长见小分队还没有回营地，很是疑惑和焦急，就又派了一个中队百把人，在中川太郎少佐的率领下，再次来到婺源县城紫阳镇。他们就驻扎在县长衙门里。

此时，国民政府县长唐申秋已受那云乡的委托，与吴翱、汪兆宏等人，由那源派兵护送，前往外地购买军火物资。那俞则因为功夫好，就留在婺源，以防不测。

几个亲日分子赶往迎接日军。“三狗子”怕他们怪罪，自己脑袋难保，都不敢再出现了。那二爷等全城百姓都把家门紧闭，谁也不出来。有不少民众已经逃出城了。

亲日分子带着日军去见婺源县“维持会会长”萧江宗宪，好不容易才找到了他。因为萧江宗宪担心“锄奸团”等进步人士暗杀自己，同时他也不想见日本人，就躲藏在离江湾数公里的篁岭山上的古村庄里。饶是如此，他两月前下山办事，仍差点儿被一国民党便衣特务打死，以后他就更加不敢下山了。

萧江宗宪当了将近一年的维持会会长，但那都是挂名的，其实什么事也没做、什么活动也没参加，平时都让“三狗子”代他出面。反倒背了一个“汉奸”的恶名，时时有生命危险。

篁岭茂林修竹，风景秀美，同时环境幽静，冬暖夏凉。古村偏远，地形险要，“一夫当关，万夫莫开”，只有一条道上山，易守难攻，陌生人根本上不去。

萧江宗宪几个月都缩在房屋里，也像紫阳城里的那二爷一样，大门不出、二门不迈，成天只是看书，写字，品茗，养神，当起了“寓公”。他让手下“三狗子”长期代自己外出办事，却没想到，“三狗子”正是因为这些机会，早已被日寇收买。

日军来到篁岭山下，中川太郎亲自率人攻打，架起机关枪，准备向山上一通扫射。萧江宗宪担心两败俱伤，老百姓和山庄受损失太大。再说自己毕竟还挂着“维持会会长”的名头，不好公开与日本人作对，就主动下了山，马上便被鬼子抓了起来。

中川太郎让萧江宗宪找出上次他们的小分队的下落。若是被杀害了，则把凶手交出来。还有就是让他回县城主持召开公民大会，正式向“皇军”表示投降，接受其统治。

日军押着萧江宗宪，杀气腾腾地到了江湾，将他家团团包围，并把他软禁了起来。

萧江宗宪并不愿意接受日本人的这些要求，但他也不好直接忤逆他们之意，就表面上答应了，假装同他们“蘑菇”，拖延时间，只陪着他们每天吃喝玩乐，游山赏水。

他也假装派了一些手下，带着几个日本兵，到处打探失踪的猿度夕少尉等人的下落，就说一时还没发现。至于召开公民大会，则说还在寻找国民政府县长唐申秋，待唐县长出面，效果会更好的。

中川太郎便答应了，而且他也喜欢中国的茶道酒文化、琴棋书画。两人“臭味相投”，成天在一起“切磋”“交流”，关系似乎好得很，日子悠悠而过。

在如此一个大军压境、敌我对峙、时刻都可能发生战争、就连空气中亦充满火药味的紧张时期，而这段日子却显得格外反常的宁静。

每天晚上都要外出行动、打探听消息的那俞，把这些天里萧江宗宪与日本人的交往动态汇报给了那二爷，说：“契爷，您看，这萧江宗宪的狼子野心、庐山真面目是不是暴露无遗了？他日日夜夜都与那个日军少佐中川太郎鬼混在一起，亲密得很呢！要说他没有叛变的心思，鬼才相信!”

那二爷却说：“不，他这样做，一定有他自己的苦衷和想法。至少，他还没有公开宣布投降，也并没有告发咱们。”

“到这个时候了，您还这么相信他。”

“那你就等着看吧。”

朱母、和怀上二胎回到娘家来待产的那紫等人都认为那俞说得对。只有朱子安先生、小赫哥两人觉得那二爷分析得有道理。

果不其然，这日本人也不是好忽悠的。中川太郎少佐在享受了几天好日子以后，开始明白过来，知道萧江宗宪是在敷衍自己，遂十分恼怒，露出凶恶的本相来，命令士兵们将萧江宗宪五花大绑，“大刑伺候”，逼迫他马上把杀害日军的罪魁祸首揪出来，马上召开公民大会向“皇军”投降。

萧江宗宪英勇不屈，坚决表示拒绝，被打得遍体鳞伤，五内俱损，呜呼哀哉！

萧江宗宪躺在自家的床上，生命垂危，气如游丝，随时可能停止呼吸和思想。待日军一走，他强撑一口气，叫一个手下赶去紫阳，请那云乡先生过来一趟，说临终前很想见他最后一面。

三十

围绕着去不去见江湾萧江宗宪，在那家展开了一场激烈的争议，大家全体表示反对。这一次，就连一直支持那二爷的朱子安、小赫哥，也坚决不同意他去。

朱子安总结和代表大家的意见，说：

“目前咱们还不了解具体情况，你就不该贸然行事，尚须从长计议。若万一这是日本人与萧江宗宪演的一出‘双簧’，设了个圈套，目的就是引你上当、迫你就范，那怎么办？再说即使萧江宗宪不是骗你的，他确实是条汉子，因拒绝与日本人合作而遭到陷害，可你这时候去见他，在他周围布满了日军，鬼子随时可能出现，将你逮捕，甚至向你开火，此去同样凶多吉少。还有，已失踪多日的‘三狗子’，他潜伏在暗处，也会随时出现，基于报复和杀人灭口的目的，对你下毒手、放冷枪。所以，你这次千万不要冲动，现在就赶去萧江宗宪家，先还是按兵不动吧，以静观事态进展。”

可那二爷还是坚决要去，他说：

“凭我与萧江宗宪大哥三十几年的交往和了解，我还是相信他的为人的，他一定不会骗我。我们相知相交一场，却在他临走之前都不去见他最后一面，这实在是说不过去的，将会留下终生的遗憾。哪怕是龙潭虎穴，我也要闯一闯，赴汤蹈火也应在所不惜。何况他想见我最后一面，那肯定有很重要的话要对我说，我怎能舍得不去？只是到时我多带几对眼睛、几只耳朵去，‘眼观四路，耳听八方’，尽量小心防备点就是。”

那二爷这次却非常固执，而且已经在做出发前的准备了。大家也没有办法，便安排那俞在二爷身边紧紧保护他，还须多带几个身手好、枪法好的兄弟去，并俱紧身打扮、全副武装，带足子弹和暗器。一个个就像“敢死队”的队员，去赴一场没有回头路的约会，满脸的庄严肃穆，显得慷慨而悲壮，大有“风萧萧易水寒，壮士一去兮不复还”的气概。

那俞尤其暗暗下了死决心，哪怕牺牲自己，也一定得确保干爹的安全。

这一路上倒是没有碰见一个日本兵，直到进了江湾镇子里，进了萧江宗宪的家门，也没有任何鬼子的迹象。不过二爷明白，越是这种貌似的平静祥和，就越是杀机四伏，越是不得大意。

原来，中川太郎日前得到上司的命令，说在婺源西边与景德镇交界的地方，发现有零星的中国军队——大概就是那源所在的部队了，让他们赶去将其剿灭，可是由于情报有误，结果他们扑了个空。

萧江宗宪正躺在床上，老态龙钟，枯瘦如柴，全身是伤，气息微弱。他的两个儿子与一些手下静候在侧，把厅堂挤得满满的。见那云乡等人到了，他们赶紧给他让开一条道来，垂首分立两旁。这些人平时是“仇人相见，分外眼红”，态度很不友好的，今天却变得分外温驯，显然是萧江宗宪对他们嘱咐过了，不要为难那二爷那边的人，二爷是朋友，是自己人。

二爷见曾经叱咤风云、英雄盖世、独当一面的宗宪兄，却落得如此黯淡的田地，再想起他们漫长的几十年交情，恩恩怨怨、明争暗斗，现在大家都老了，剩余的时日已不多矣，于是所有误会和名利都不复存在，一切仿佛烟消云散，惺惺惜惺惺，情不自禁地为他感到难过，内心悲怆，流下了真诚的眼泪。

萧江宗宪的大儿子将嘴凑到父亲耳边，轻声说：“爹，那二爷看您来了。”

那二爷也用柔和的腔调给萧江宗宪打招呼：“宗宪大哥，我是云乡。”

萧江宗宪用力睁开双眼，支撑起身子，一副欣喜的神色，并对儿子和手下示意，让其安排那二爷坐在自己身边。待二爷在床沿坐下后，其长子又用大枕头放在萧江宗宪背后给他靠着，好同二爷说话。大家都屏气静息，侧耳聆听。

萧江宗宪拉着那二爷的手，动情地说：“非常感谢二爷对老朽的信任，能在老朽临别之际来送老朽一程。二爷敢冒着生命危险，毅然赴约，毫无芥蒂，真是弥天大勇，光明磊落，令老朽既感动又敬佩。老朽目下要先二爷而走了，真遗憾不能在有生之年与二爷再多相处、多交流。大去之时就在咫尺，对这个世界实在是留恋啊!”

那二爷也感动了，说：“宗宪大哥高风亮节，义薄云天，一腔苦心，竟能不顾个人安危，不怕天下人詈骂耻笑，挺身而出，迎难而上，甘愿为小弟等人当挡箭牌、替罪羊，这种置生死于度外、舍己为人的牺牲精神，才是值得我们所有人敬仰的。其实我一直就知道，您主动把这个‘维持会会长’的位子担待下来，就是想牺牲您自己，以保全我们。小弟代各位深深感谢宗宪大哥的保全之恩!”

萧江宗宪高兴、激动地说：“没想到老朽的这点小九九，还是瞒不过二爷你的火眼金睛、英明睿智啊！很多人都以为老朽晚节不保，卖国求荣呢！都在诅咒我、埋怨我，盼着我早点挨枪子、早点完蛋呢！这还得感谢二爷对老朽的理解和信任。其实我正是在想，既然老朽已经是日薄西山、垂死挣扎的人了，而且既然总得要有人出头来做这个替死鬼，那何不老朽先行呢？‘我不下地狱，谁下地狱？’你说是不是？二爷才高八斗、学富五车，年轻有为、前途无量，将来的世界是你们的，让你们年轻一辈来为我们这些老家伙送死，岂不是太可惜了吗?”

等到吃力地说完这一席话，萧江宗宪一直激烈的咳嗽和喘息。他的儿子赶紧给他端送茶水来，另一个则走到其身后给他捶了捶肩背。

见那二爷还要对自己说什么，无非又是感谢和敬重之类的话，萧江宗宪作势阻止了他，郑重地说：“今天请二爷你过来，是有一要事相托。请二爷看在老朽的薄面上，看在我们相知、相交一场的分上，千万不要推辞才是。”

那二爷见萧江宗宪一副十分严肃的样子，顿时正襟危坐，认真地说：“宗宪大哥有什么要吩咐的，您请尽管说。只要小弟能做到的，我绝不推脱。”

“我总共生了五个孩子，两个儿子在这里，两个女儿出嫁了，还有一个女儿现在成了你的儿媳妇。所以，我的孩子就跟你的孩子一样，他们就是你的儿子、女儿、孙子、孙女、外孙、外孙女。他们不成器，我不在了，你就代我管教他们。有什么事情需要他们做的，你也尽管安排他们。我的这点家当，也请你帮我承担起来……

“你先别说话，让我说完。你是一个非常优秀的经营管理人才，这些年来你在婺源及外地的巨大产业、你惊人的发展速度、你超群的经济才干，还有你长远的眼光、非凡的气魄，大家都是看在眼里的，尤其令老朽佩服，真是望尘莫及。你把自己的钱财、土地、粮食都拿出来，送给老百姓，送给咱们自己的军队打鬼子，如此高尚的爱国情操，令老朽非常钦敬，我完全可以信任你。特别是你的几个孩子现今都在抗日的最前沿，冲锋陷阵，浴血奋战，堪称我中华民族之英雄、当世之中流砥柱，可歌可泣！

“所以我的意思是，你要是觉得可行，我也把我的这点老本都交给你，看看还能买多少枪支弹药，能装备多少士兵，能对抗日起多大作用？反正一切都听你的吩咐，你说怎么做就怎么做，你说拿来打鬼子就打鬼子，你说送给老百姓、送给政府，或留下来继续用于产业发展，都行。我的几个儿子、孙子，也让他们跟着那徽、那源去打仗吧……

“日本人侵略我神州领土，倒行逆施，卑劣暴戾，毫无人道，我坚信他们不久就会遭到惨败，就会被中国军队消灭，就会被赶出中国的。我遗憾的是自己不能亲眼看到了。可孩子们将来会祭告我的，就像陆游说的，‘王师北定中原日，家祭毋忘告乃翁。’那时我就可以含笑九泉了。”

那二爷感动地说：“宗宪大哥赤心爱国，可敬可佩。又如此信任我，以重任相托！但云乡何德何能，令您这么看重？真是愧不敢当。不过既然大哥让小弟为您效犬马之劳，我也不好拒绝。我想，说到贵公司的业务和发展事宜，一则两位令郎都是人中翘楚，根本无须我襄助的；再则现在又正值战争时期，各项事务基本上都已停止，所以还是等咱们把鬼子打跑了，再从长计议的好。您刚才也说了，这个日子不远了，您只要好好养伤，是能看到的。

“至于为抗战应敌尽一份力量，这是我们所有炎黄子孙、华夏后裔的神圣职责，当然义不容辞，而且也是多多益善，哪怕倾家荡产。小弟在这里代咱们自己的军队，姓国的也好，姓共的也好，姓匪的也好，对您的这份心意表示万分感谢。

“但问题是，一则现在不过是少量鬼子来侵犯咱们家乡，还无须大家把全部家产都贡献出来；再则将来谁知道还会有什么事情发生呢？不管是咱们整个国家、民族，还是咱们婺源和紫阳、江湾这个小地方，还是您与我的这些家业，都在一盘大棋里，要看大棋怎么下。

“所以我想，大哥若有这份心意，不妨先拿出一点点来，购买一些军火，送给咱们的军队，让他们去打鬼子，那他们一定会非常高兴的。这些小弟倒可以为您代劳，具体经办有关事务。过会我与两位令郎再好好商议一下，看看怎么操作。至于您大部分的家业，我想还是先留着，看看事态的发展如何。”

那二爷一边说着，萧江宗宪一边点头，并拍着二爷的手背说：“二爷办事，我很放心！你说得很好，看来我是托对人了，一切就照你说的去做吧！”并看了看周围。他的老妻、两个孩子与媳妇、管家、随从等，在一边均点头表示同意。

萧江宗宪与那云乡说了这么多话，兼之因为非常激动伤神，牵扯了筋骨，所以很累了，身上又疼。家人给他把背后的大枕头撤掉，让他平躺了下来，眼神迷离，呼吸低微，已是灯尽油灭之时，却还紧紧拉着二爷的手。

就在这时，突然一阵乱枪声响起，大致有些来自大门外，有些来自窗台上。甚至有些还出现在屏风后面，那里连着后院。没枪的都下意识低头躲下或逃跑、掩藏；有枪的则赶紧拔出枪，朝枪声的方向还击。那俞则冲过去挡住那二爷，同时也没忘记抽出枪来以御敌。

在这一刻，萧江宗宪那刚刚提起的一线生气，受此一惊，又顿时窒息了下去，基本上是心脏停止跳动，回天乏术了。

他们原以为是日本兵打进来了，但仔细一看，竟是“三狗子”带着他的那一伙人，有亲日分子，有流氓地痞，有萧江宗宪手下后来被他收买的。难怪他对萧家的情况非常熟悉，能不为人防备地闯进来，从窗台上、屏风后发起攻击。

“三狗子”杀人灭口的目的是彻底的、全部的。不光是那云乡一边的人，就连其老主子萧江宗宪一边的人，他也要统统消灭，好向其新主子日寇邀功。

屏风后正是“三狗子”本人，还有一个随从。他向萧江宗宪及其长子、那二爷、那俞的位置连连开了好几枪：一枪击中了萧江宗宪的肩膀，虽非致命地方，然老先生当场毙命，眼睛瞪得大大的，嘴巴夸张地张开，原本握着二爷的手也撒开了，呜呼而去，肩膀处随即渗出血流；打向那二爷的那几枪，则全都着落在那俞的身上，几处伤口的血液呈水管状喷出。

但那俞仍没忘了朝“三狗子”两人亦连开了数枪。“三狗子”的随从当场被打死。他本人也挨了一枪，受了轻伤，迅速退到了屏风后面，一边捂住伤口一边再装子弹。

这边，接连中了几枪的那俞，栽倒在血泊里，眼看快要断气了。那二爷扑过去抱着他那行将变僵、冷却的身体，歇斯底里地哭喊着“俞儿，俞儿啊”。萧江宗宪的老妻、几个子孙，也都拥向已死的萧江宗宪，号啕大哭。

而萧江宗宪与二爷的那些手下，则一边围护着他们，一边左手拿匕首、暗器，右手拿枪，向几处敌人发起还击。

“三狗子”已重新装好子弹，悄无声息地从屏风及布帘后窜爬到了屋梁上，将黑洞洞的枪口对准那二爷的后脑勺，眼光里含着快意的笑，正准备下手……

就在这时，两记枪声几乎同时响起。“三狗子”被击中，从屋梁上摔了下来，当即死亡。

枪声是从大门外传来的，原来是那徽与萧江承英，带着游击队赶来增援了。这两声枪响，是他俩同时射出的。紧接着是那徽洪亮、利落的声音：“你们被包围了。若缴枪投降，饶尔等不死。若继续负隅顽抗，格杀勿论！”

战斗很快结束。

萧江承英冲向躺在床上的萧江宗宪，喊了一声“爹，我来迟一步了”，嘤嘤地哭了起来。那徽来到那二爷和那俞的身边，也喊了一声“爹，俞弟”，脸上非常抱歉的样子，静立一旁。

那俞拼尽最后的一点气力，对那二爷说：“契爷，……很对不起您，我骗了您。”

那二爷柔着声说：“俞儿，我知道你想说什么的，我并没有怪你。要不是你，我这条老命都不知道丢过几回了！”

那俞断断续续地说：“……是的，我想您也早就猜出来了，我其实是日本人……我父亲是日本在上海一个情报部门谋事的文职人员，至于他的名字，母亲并没有告诉我……而我的亲生母亲，您当然知道，其实她就是我的所谓‘养母’赛金花。所以我才懂日语，才好几次解决了问题。”

其他在场的人，包括那徽、萧江承英与她的两个哥哥，听到这里都大吃一惊。只有那二爷本人却一脸的释然，因为他从一开始就懂的，只是始终对谁都没有透露过。

那二爷难过地说：“我什么也不管，你就是中国人，你就是我的儿子，我的那俞。感谢你的母亲赛金花，让你来到了我的身边。”

那俞继续艰难地说：“之前，我在知道自己是日本人以后，就很恨你们中国人。所以我曾一再挑拨您与萧江宗宪之间的矛盾，甚至还想过先把他暗杀掉，这样把您也连累进去，因为他们一帮也不会放过您的，这样让你们斗个鱼死网破、同归于尽，我就在一旁幸灾乐祸、暗自得意。

“……可是后来是你们的无私、你们的爱国精神、你们对我的好把我感动了。我也觉得我们日本人侵略你们中国是不对的，所以就开始帮你们了……可我又知道自己是日本人，我这样做好像也不应该，所以心里很矛盾、纠结。”

那二爷点点头，轻轻地说：“这些我都明白，我一直就没有怪过你。”

那俞竭力睁开眼睛，挤出最后的几句话：“契爷，……我们日本人太对不起你们中国人了……我要离开您了，您多保重！徽哥、承英姐，你们也多保重，代我多杀几个……日本兵！”

就在这时，那俞把头歪向一边，脑袋耷拉下去。那二爷紧紧抱着他，就像抱着一个小婴儿，嘶哑地哭泣。

待那二爷哭了一阵后，那徽对大家说：“我们接到情报，日军中川太郎的一百多人马，正向这边开过来。眼下我们可作战的人数非常有限，寡不敌众，赶紧撤退。包括你们萧江一家的全部人口，也都得马上离开。等人马齐备了，我们再来消灭这群鬼子。”

他们草草处理了一下后事，就迅速离开了江湾大院。当他们刚藏到对面的山林里，便看到山口的大路上，一队日军嚣嚣而来，扬起满地黄尘……

三十一

那徽带着大家准备与来犯的这一百多名日军进行一场大决战。他们先是悄悄地将紫阳城里的大部分民众转移到了另外的地方，尤其是日军驻扎的县衙周围一带的民众，在一个晚上全都神不知鬼不觉地“消失”了。至于那、朱、汪、吴几家，是早已被重点撤退了。

此时，唐申秋、吴翱、汪兆宏等人已顺利回婺，购回了一大批枪支弹药。那徽与萧江承英的游击队、那源和他带来的一个连、胡啸天的土匪帮，加起来总有六七百人马，“吃掉”这个日军中队已是绰绰有余。

那徽借鉴了朱子安老先生提出的“坚壁清野”战略。博览群书的朱老先生说：“这个坚壁清野啊，出自西晋陈寿的《三国志·魏书·荀彧传》：‘今东方皆以收麦，必坚壁清野以待将军，将军攻之不拔，略之无获，不出十日，则十万之众未战而自困耳。’南朝梁沈约的《宋书·何承天传》里也说：‘斥候之郊，非耕牧之所；转战之地，非耕桑之邑。故坚壁清野，以俟其来；整甲缮兵，以乘其敝。虽时有古今，保民全境，不出此途。’清朝陈忱的《水浒后传》第二十一回里也说：‘不许出战，只是坚壁清野，待这干贼寇粮尽力弛，方可追他。’这是一种坚固堡垒和收清粮食以困敌人，从而不攻自退的策略。”

朱子安还给大家讲述了《三国志》里提到的那个典故：

“东汉末年，曹操在镇压黄巾军、占领了兖州地区后，雄心勃勃地准备夺取徐州要地。

“那时，颍川颍阴（今河南许昌）有个名叫荀彧的谋士，非常有才能，为避董卓之乱而迁居冀州，被袁绍待为上宾。他看出袁绍不能成就大事，就转而投奔到了一代枭雄曹操的门下。曹操大喜，遂任命他为司马。从此，他跟随曹操南征北战，出谋划策，深得曹孟德的信任。

“汉献帝兴平元年，徐州牧陶谦病死，死前将徐州让给了刘备。消息传来，曹操夺取徐州的心再也按捺不住了，忙着要出兵徐州。

“荀彧知道了曹操的想法，说道：‘当年汉高祖刘邦保住关中，光武帝刘秀据有河内。他们都有一个巩固的根据地，进足以胜敌，退足以坚守，所以成了大业。如今主公竟不顾兖州而要去攻打徐州，我方留守兖州的军队若留多了，则不足以取得徐州；若留少了，倘若吕布此时乘虚而入，又不足以守住兖州。最后，一定是弄得兖州尽失，徐州未得。’

“他还指出：‘眼下正值麦收季节，听说徐州方面已组织人力，抢割城外的麦子运进城去。这说明他们已有了准备。一旦有风声传来，他们必然会加固防御工事、转移全部物资，一切准备就绪迎击我们。这样，你的兵马真的去了，不但城池攻不下，什么东西也得不到手，不出十天，军队就会不战自溃。’

“曹操便听取了荀彧的建议，先不急着攻打徐州和刘备，而是全力以赴对付吕布，很快就打败了奉先。后来他又打败了刘皇叔，终于占据了徐州。”

婺源方面的国、共、匪三支中国军队，在把百姓基本上转移，把粮食、物资、值钱的东西都藏好以后，便将中川太郎少佐及其率领的一百多名日军严密包围在紫阳城里，使之成为一座四面楚歌的孤城，然后再困了他们好几天，使之粮尽援绝、饥饿无助、嗷嗷待哺，像无头苍蝇一样乱窜；就在一个深夜，乘其疲乏、睡死、不备，偷偷冲入城中，摸进县衙，对其发起猛攻。

军事指挥主要是以那徽为主、那源为辅，萧江承英则做政治思想和宣传鼓动工作；而由胡啸天打头阵，一马当先，率先遣队杀人，勇不可当。他们还在一路上放起熊熊大火，很快火光蔓延，直冲云霄，将全城映照得如同白昼般红彤、亮堂。

激烈的战斗很快打响了，鬼子们从睡梦中幡然惊醒，一个个根本来不及穿衣服，就慌里慌张跳下床榻，在惊骇被动中成了真正的枪下之鬼、刀下之鬼；还有些则干脆举手、缴械投降以保命。

有些日军原本穿着衣服的，或随便套了件衣服、显得衣冠凌乱的，甚至还有全身裸露、只穿了条裤衩的，反正天气炎热、半夜也不冷，仓促中操起枪便投入作战。

但不管怎么说，鬼子兵还是比较骁勇善战、反应机敏、枪法很准，而且武器装备精良，尚有一定的战斗力，在大敌面前多数仍能顽抗到底。他们虽然被打得很惨，却也给了中国军队以重创。他们或架起机关枪向我军疯狂扫射，一倒下就是一大片；或据于高处、隐于墙后，将我军一个个击毙。尤其指挥官中川太郎本人，一边手执军刀命令士兵们作战，一边自己还亲手打死了我方几个战士。

中国军队与日本军队先是实行远距离枪战，到后来两军便打到了一块，便扔掉步枪、手枪，展开白刃战，或使匕首、军刀、棍棒，或施展拳脚，有些则干脆肉搏，抡膀子便上。这种场面就更加惊险、血腥了。双方斗得难解难分，你死我活，血肉横飞，鬼哭狼嚎。一个个被杀死、打倒在地，壮烈丧命。没死的也是全身伤痕累累、鲜血直流。

在战斗中，那徽、那源兄弟俩都受了轻伤，挂了彩。而受伤最重的，当数冲在队伍最前面的胡啸天，自然他也作战最威猛，杀鬼子最多，枪击数人、刀砍数人，还逼得多人投了降。

可是，就在他冲向日军首领中川太郎时，被对方迎面给了几枪，打得他上半身成了个“筛子”，往外汹涌“漏”血，衣服染得鲜红。但他仍一手按着血不往外飙，一手拿着大刀，双眼通红，冒着怒火，继续冲向中川太郎。

中川太郎被他的神勇吓坏了，在这一迟疑间，胡啸天已冲到他身边，刀砍到了他的臂膀上。好在胡啸天已受重伤，双手的力度不大了，否则这一刀下去，中川太郎的手臂不被砍断才怪。尽管如此，中川太郎仍被这一刀砍得血流如注，痛得肌肉抽搐、牙关打战、眼神迷蒙，尖叫了一声日语“哎哟”。

就在此刻，两人已扭打成了一团。中川太郎被胡啸天的拳头打得眼冒金星，双脚亦为他勾住，动弹不得。但他也迅速清醒起来，知道这样下去非被胡啸天缠住不可，不是被他绞死，就会被其他中国人赶来擒住。

但问题是，两人如此近距离搏斗，中川太郎无法使枪，再说他的手枪里估计所剩子弹也不多了。紧急之间，他举起那把颇重的“王八盒子”，猛击胡啸天的头部。

胡啸天经过长时间的激战，本来已成强弩之末，哪受得起如此猛烈击打？他的两手垂下，身子瘫软如泥，迅速委顿下去，往地上滑落，更没法回击中川太郎了。中川太郎兴奋不已，更加重了对其头部的痛打。眼看胡啸天的毙命就在这一瞬。

这时，那徽、那源兄弟俩带着大部队及时出现了。他们赶紧朝中川太郎开了几枪，将他击毙，救下了胡啸天。胡啸天精疲力竭、奄奄一息，牺牲之前对那徽、那源兄弟俩说：

“请二位兄弟代为转告父亲大人，我对不起那家，对不起他，祝他健康快乐、长命百岁，来生我报答他老人家。

“也请代为转告那紫，我也对不起她，让她多保重，将来我们的第二个孩子出生了，不管是男是女，都叫胡紫阳，请两位做舅舅的多多关照、管教。

“还有，我最对不起的还是俞芊芊，请二位代我向她表示歉意，也请你们那家能够看在我的面子上，适当关照一下我的那两个可怜的孩子。

“我手下所剩的弟兄，就任由那徽兄弟处理吧！那源兄弟的国军人多势众、待遇高贵，想必是看不起我们这些‘山大王’的。

“我胡啸天这一辈子打死了十来个鬼子，又为咱胡家留下了四个后代，总算是没有白活……”

此一役，日军中川太郎中队一百多余人马，除了十余人缴械投降、数人受伤被擒之外，其他全部被消灭了。而我方牺牲了两百来人，其中多数是在战斗前期为敌人的机关枪扫射所死。尽管我方损失人数更多，但毕竟取得了彻底的胜利，将来犯之敌尽剿，使得婺源再次成为一方净土。还缴获了不少的敌军精良武器，改善了自己部队的装备。

日军被消灭之后，藏在各地的紫阳民众便纷纷回城了。唐申秋县长率先到达，代表国民政府，对三支中国军队英勇杀敌、保家卫国的行为表示赞赏，并给予嘉奖：发大洋两千块添置新衣服，及另以公款购买部分枪支弹药送给他们。

其实只有两支中国军队了。因胡啸天的土匪军剩余十几人，已被并入那徽的游击队——那徽对他们说可以继续“占山为王”，过曾经那种逍遥自在的生活；也可以解甲归田，自愿回家。但他们都愿意待在游击队里，坚持打鬼子。

接着是那二爷等人也赶回紫阳了。当听到那氏兄弟告诉他胡啸天壮烈牺牲的噩耗，以及他临终的那些遗言时，老爷子点点头，连声说了几句“好！好样的！”紧接着，老泪簌簌而下，一双发抖的手差点握不住拐杖。那氏兄弟赶紧抢上两步，一左一右架住他，以防他摔倒。

那紫腆着个大肚子，由一个女佣搀扶着，还有儿子胡山魁拉着她的手，走在最后。那徽还在犹豫是不是马上告诉她胡啸天的事，可她一看两个哥哥难过、悲伤的表情，又一看他们旁边没有自己丈夫，顿时就明白了，脸色一下子变得非常恐怖，什么也不用问、不用说了，她“哇”地一声大哭，喊了一句“我的啸天”，眼前一片昏黑，身子向后仰倒。胡山魁一边大哭一边高喊着“母亲，母亲”。几个人急忙把她抬起，送回房里躺下休息。

经过这几次折磨，眼看一个个亲人离他而去，那二爷几乎天天沉浸在痛苦之中，泪水洗面，内心伤恸，加之为躲鬼子，跋涉辛劳、担惊受怕，毕竟年纪老了，身子骨差了，所以在紫阳大战甫一结束，重新回到家里，松懈平定了下来以后，便大病了一场，在床上躺了好几天，经过多番抢救、精心护理，才好不容易捡回一条命来。

已逾古稀之年的朱子安、朱汪氏夫妻，抗战八年尚未到头，还没盼到日本人投降，就双双去世了，凤凰山上又多了两座新坟。

婺源乡绅系列

NA ER YE DE ZHAN ZHENG

那二爷的战争

尾声　东南净土

1938年的夏天，日寇先后派出了两支小部队，一百二十余人，到婺源境内，都被当地军民彻底消灭，此后就再也没有踏入过婺源三千平方公里的神圣领土。只是后来还有过三次派飞机轰炸紫阳等地。不过老百姓已有以前的教训，预先便有警惕，防空能力增强，日机并未炸死多少人，可是对古城的建筑、财物大有破坏，损失惨重。

不知道是什么原因，日军放弃了大规模入侵和占领婺源及其附近地区的企图，南部上饶等地和北部安庆等地的鬼子，只是一路向西，往其他地方去了。从而婺源、德兴等县终于得以保住，成为中国东南一带极少数未沦陷的一块桃源净土。

日军之所以最终放弃婺源，是与当地有利的地理条件、自然环境有关的。婺源位置边远，地形崎岖，山多谷深，河网密布，云雾重重，湿气很大，易发瘟疫，各乡镇巷子弯曲幽深，“一夫当关，万夫莫开”，实在是易守难攻的好地方。当然更主要的还是中国共产党的领导，国共一心，军民团结，弄得日寇侵略者团团转，找不着北，无计可施，最后只好悻悻绕道走了。

在爱国民族大义的主旨下，婺源军民团结一心，众志成城，形成铜墙铁壁，很好地保护了自己的家园。除了坚守婺源、保卫家乡以外，那徽、萧江承英率领的清华游击大队还积极支持和有力配合了附近几个县份的抗日斗争，做出了较大的贡献，也付出了巨大的牺牲。在几次攻打上饶日军的战斗中，都有他们英勇的身影。

后来，清华游击大队除保留一部分坚持在婺源从事革命工作以外，还参加了叶挺、项英、陈毅等人领导的新四军，转战于东南各省打鬼子，但始终没有离开过以家乡婺源为中心的大圈子，总是在皖、赣、浙、闽、苏交界地区活动。到抗战结束前夕，那徽与萧江承英已双双牺牲，但好在生下了一个儿子，继承了那家的香火和父母的革命事业。

老三那源则因为在国军当中擅长军事战略战术，作战果敢，捷报频传，后被调升为某师部中校参谋，离开婺源和江西，先后参加了在湖北、湖南、广西等地的多次抗日大战。1949年解放前夕，他已是一位战功赫赫的少将师长了，后被迫去了台湾。此乃后话。

但不管怎么说，婺源保卫战之所以取得了胜利，婺源之所以没有被日军占领，还有一个重要原因，那就是以那云乡为首，还有萧江宗宪、汪兆宏等婺源乡绅们，以民族大义为重，献出自己的家产，购买军火医药，提供粮食服装，扩充兵力战马，有力地支援了中国军队的抗日斗争。而且，在国、共、匪三支部队的携手作战过程中，他们也起到了很好的凝固剂作用。

抗战八年，仅那氏一家，就牺牲了朱碧玉、那京、李桃花、那云武、那俞、胡啸天、那徽、萧江承英八口人，付出了巨大的代价！